KB213686

Be Healed

나는 치유되었다

Be Healed: a guide to encountering the powerful love of Jesus in your life by Bob Schuchts.
© 2014 by Robert Schuchts. Ave Maria Press, Inc., P.O. Box 428, Notre Dame, IN 46556, USA.

나는 치유되었다

교회 인가 | 2023년 3월 2일
1판 1쇄 | 2023년 7월 22일

글쓴이 | 밥 슈츠
옮긴이 | 이진아
펴낸이 | 김사비나
펴낸곳 | 생활성서사
편집인 | 윤혜원 **디자인 자문** | 이창우, 최종태, 황순선
편집장 | 박효주 **편집** | 정은영, 안광혁, 이광형
디자인 | 강지원 **제작** | 유재숙 **마케팅** | 조상순 **온라인 홍보** | 박수연
등 록 | 제78호(1983. 4. 13.)
주 소 | 서울특별시 강북구 덕릉로42길 57-4
편 집 | 02)945-5984
영 업 | 02)945-5987
팩 스 | 02)945-5988
온라인 | 신한은행 980-03-000121 재) 까리따스수녀회 생활성서사
인터넷 서점 | www.biblelife.co.kr
가톨릭 교회의 모든 도서는 '생활성서사' 가톨릭 인터넷 서점에서 만나실 수 있습니다.

ISBN 978-89-8481-643-5 03230
책값은 뒤표지에 있습니다.

나는
치유되었다

예수님과 함께하는 치유 여정

글쓴이 **밥 슈츠**
옮긴이 **이진아**

Be Healed

생활
성서

차
례

추천의 말

    제가 밥 슈츠를 처음 만난 것은, 2004년 10월 루이지애나 호머에서 열린 강의 피정 때입니다. 당시 저는 서품을 받은 지 3년이 지났을 때였고, 이미 고해성사를 주고 영적 지도를 하면서 사람들에게 귀 기울이는 데 많은 시간을 할애해 오던 터였습니다. 저는 영적 삶에 대해 점점 알아 가게 되면서, 우리 자신보다 하느님께서 무한히 더 우리가 자유롭기를 바라신다는 사실을 깨달았습니다. 그럼에도 정말 무언가 부족하다는 것을 너무도 자주 느끼고 있었습니다.

    그 피정이 진행되면서 저는 피정에 참석한 이들의 죄 고백을 듣기 시작했는데, 저는 그때껏 그런 죄 고백을 들어본 적이 없었습니다. 그들은 자신이 지은 죄와 그 완전한 실상을 고백했습니다. 그들은 존재 깊은 곳에서부터 고해성사를 받을 준비가 되어 있었습니다. 고해성사는 바로 그렇게 받아야 하는 것을 저는 눈앞에서 그들의 변화를 목격하고 알았습니다. 자연스럽게 '이것이 어찌된 일이지? 무슨 일이 일어나고 있는 거야?'라고 묻게 되었습니다. 주님께서는 곧 봉사자 밥이 소그룹 신자들과 작업하던 강의실로 저를 이끄셨습니다.[1] 밥은 개별 작업을 마치자 성사, 특히 고해성사를 볼 마음이 들도록 그들에게 용기를 북돋아 주었습니다. 아하! 바로 이것이었습니다. 그들은 자신들의 상처 한가운데서 주님을 체험하고 있었고, 그래서 더욱 고해성사를 받고 싶어진 것이었습니다.

2004년 이후 저와 밥의 관계는 점점 발전했는데, 그것은 저에게 특별한 은총이었습니다. 저는 밥과 일대일로 작업하는 혜택을 입었고, 주님께서는 저에게 더 풍부한 치유와 자유를 안겨 주셨습니다. 저는 그와 함께 강의 피정과 개인의 내적 치유 기도 지도를 해 왔습니다. 우리 두 사람은 주님과 함께 걷는 여정 속에서 개인적 우정을 나누었습니다.

우리가 함께한 모든 일 가운데, 미국과 캐나다 전역의 교구들과 루이지애나 호머-티버도 교구의 신학생들과 사제들을 위해 밥이 해 준 역할이 가장 감사합니다. 주님께서는 교회 쇄신을 열망하시는데, 이 쇄신은 사제직의 쇄신과 더불어 시작되어야 합니다. 이를 목표로 2005년 호머-티버도 교구는 샘 제이콥스 주교님의 지도로 철학 과정을 마치고 신학 공부로 들어가기 전 단계에 있는 모든 신학생들이 특별 영적 양성의 해를 보내도록 했습니다. 이는 '삼위일체 하느님과 지속적으로 친밀하게 일치하는 삶을 사는' 역량을 강화하고, "참된 영적 부성을 키워 갈 능력을 갖춘, 성숙하고 활기찬"[2] 사제가 되도록 신학생들을 양성하기 위한 것이었습니다.

베네딕토 16세 교황의 권고에 따르면, "충실한 신앙인이 사제들에게서 기대하는 것은 한 가지입니다. 사제들이 인간과 하느님의 만남을 증진하는 전문가가 되는 것입니다." 그렇게 되기 위해서,

나는 치유되었다

"사제들은 자신에게 정직하고 영적 지도자에게 마음을 열고 하느님의 자비를 신뢰할 필요가 있습니다."[3]

밥은 신학생들과 사제들이 마음 깊은 곳에서 자신에게 정직해지고 하느님의 자비를 신뢰하는 법을 배우는 데 아주 중요한 역할을 했습니다. 실제로 제가 신학생들이나 사제들과 사제 양성에 대한 추억담을 나누다 보면 자신들의 양성 전 과정에서 가장 큰 영향을 준 사람으로 밥을 제일 많이 꼽습니다.

이 젊은 신학생들은 한 사람 한 사람 예수 그리스도의 사제로 서품을 받으면서, 영적 아버지로서 신자들을 그리스도와의 만남으로 이끌어 갈 수 있다는 자신감을 더욱 갖게 되었습니다. 또 그들은 베네딕토 16세 교황께서 "치유는 그리스도교의 본질적 차원입니다."[4]라고 하신 말씀의 의미를 마음 깊이 이해하게 되었습니다. 그리스도 안에서 치유와 변화, 새 생명은 하느님 백성 전체를 위해 참으로 가능하고도 필요한 일입니다.

불행히도 많은 사람이 주님의 치유 능력과 원의를 의심합니다. 크리스토퍼 웨스트가 말하듯이, "그리스도의 사람들이, 그리스도 안에서 회복시켜 주시려는 하느님의 원래 계획과 그 희망을 찾지도 않고 … 부조화를 '그냥 그런대로' … 받아들이는 경향이 있습니다."[5] 많은 사람이 바람 빠진 타이어 같은 삶을 살면서, 상황이 별반 나아지지 않을 것으로 생각합니다. 표현하지 못한 채 마음에 남은 슬픔이 스스로 만든 감옥에 우리를 가두고 있습니다. 우리는 거기서 해방될 필요가 있습니다.

그것이 바로 복음의 기쁜 소식입니다. "그분 없이 생겨난 것은 하나도 없다. 그분 안에 생명이 있었으니 그 생명은 사람들의 빛이었다. 그 빛이 어둠 속에서 비치고 있지만 어둠은 그를 깨닫지 못하였다."(요한 1,3ㄴ-5). 하느님께서는 우리를 간절히 원하십니다. 그분은 우리 모두를 원하십니다. 그분은 우리 마음과 역사歷史, 모든 것을 원하십니다. 그분은 어둠 속에 사는 우리에게 빛을, 자유롭게 살지 못하는 우리에게 자유를 주고자 하십니다.

주님께서 교회 안에서 다양한 형태로 치유 사목에 헌신하는 이들과 이 책을 읽으며 순례하는 이들을 축복해 주시기를 기도합니다. 이 순례 여정에서 삼위일체 하느님을 더 깊이 만나고 삶의 모든 영역에서 새로운 개방성과 자유를 체험하기를 기도합니다.

마크 톱스 신부

머리말

예수님의 시선, 그분 마음과의 만남이 우리를 치유하고 … 진
정으로 우리 자신이 되게 하며 그리하여 온전히 하느님의 사
람이 되게 한다.

베네딕토 16세 교황,『희망으로 구원된 우리』, 47항 참조

우리 내면 깊은 곳 어딘가에는, 창조주 하느님께서 궁극적으로
계획하신 사람이 되고 싶은 열망이 불타고 있습니다. 충만한 삶을
살고 싶고 온 마음 다해 하느님께 우리 자신을 선물로 돌려 드리고
싶습니다. 그러나 이런 열망에도 불구하고 우리는, 원하는 바로 그
것을 두려워하면서 망설이고 저항합니다. 우리는 순수해지고 온전
해지고 싶어 하면서도 하느님의 정화와 치유 과정을 피합니다.

저는 야곱의 우물가에서 예수님을 만나기 전 사마리아 여자의
마음이 이와 비슷하지 않았을까(요한 4장 참조), 생각해 봅니다. 그 이
야기를 기억하지요? 예수님과의 짧지만 강렬한 만남은 그 여자의
마음의 비밀을 드러내고 그를 해방하여 다시 사랑할 수 있게 했습

니다. 그는 '목마름'이 가시지 않아 우물에 왔습니다. 세상의 연인들은 그 사랑의 갈망을 채워 주지 못했습니다. 그 역시 그들의 소모적 욕망을 채워 줄 수 없었습니다. 하루 지나 맛이 없어진 청량음료처럼 남자들은 연거푸 그를 버렸습니다. 예수님을 만나기 전에 그가 스스로를 얼마나 절망적이고 무가치하게 느꼈을지, 우리는 상상해 볼 수 있을 뿐입니다.

예수님께서 물을 청하면서 그 여자에게 다가오셨을 때 그가 받았을 충격을 상상해 보십시오. 당시 관습으로는 사마리아 여자가 유다 남자와 이야기할 수 없었습니다. 더욱이 어떤 학자들은 그가 동네 사람들과 마주치지 않으려고 정오 무렵에 나왔을 것이라고 설명하기도 합니다. 하지만 예수님께서는 그 만남에 조금도 놀라지 않으십니다. 우물에 도착했을 때 예수님께서는 너무 목이 마르셨지만, 사실 물 이상의 것을 찾고 계셨습니다. 그분은 다른 남자들이 그를 원하던 방식과는 전혀 다른 깊은 갈망으로 그를 목말라하셨습니다. 남자들은 자신의 쾌락을 위해 그를 소비하려 했지만, 예수님께서는 당신 자신을 쏟아 주심으로써 그의 목마름을 채워 주기를 간절히 원하셨습니다. 그분은 그를 이용하는 것이 아니라 충만히 채워 주기를 바라셨습니다.

두 사람이 서로 인사 나누며 예수님의 다정한 시선이 그 여자의 시선과 만나는 장면을 상상해 보십시오. 저는 그가 예수님과 눈이 마주치는 것을 급히 피하는 모습을 그려 봅니다. 그러다 순간 그가 예수님의 존재에서 뭔가 비범함을 감지하면서 눈을 들어 꿰뚫어 보는 듯한 그분의 시선 속으로 빨려 들어가는 상상을 해 봅니다. 예수님께서는 말씀으로 그의 수치를 꿰뚫어 영혼의 깊은 곳에 닿으면서, '그를 보시며' 누구도 한 적 없는 그런 방식으로 마음에 이야기하십니다. 그분의 뜨거운 사랑이 그의 마음을 정화하고, 자존감을 실추한 수치로 인한 거짓말을 태워 버립니다. 그가 이전에는 닿을 수 없던 우물, 영혼의 우물은 이제 살아 있는 물로 넘쳐흐릅니다. 그러자 여자는 마을로 뛰어가 만나는 모든 이에게 신선한 물을 주고 싶은 마음이 간절합니다. 그는 예수님을 만나 완전히 변화되었습니다. 처음으로 자신의 존엄성을 알게 되고, 이제 자신을 온전히 하느님께 바치길 간절히 바랍니다. 자신에 대해 "모든 것을 아는" 이분에 관해 모든 사람에게 이야기하고 싶습니다. 그는 우리 모두에게 와서 그분을 직접 만나 보도록 초대합니다.

이런 근본적 변화는 성경에 나오는 그저 근사한 이야기가 아닙니다. 예수님께서는 오늘날 우리 각자에게도 같은 치유를 하고 싶어 하십니다. 저는 '전인적 치유 피정'에서 이와 비슷한 변화를 목격했습니다. 피정에서 예수님의 강렬한 사랑을 만난 사람들은 많은 이에게 그 이야기를 하지 않을 수 없습니다. 이 피정은 원래 마크 툽스 신부님과 협력하여 교구 신학생 인격 양성과 수련을 위해 개발한 것입니다. 이 피정이 확대되면서 북미 전역에서 사제, 수도자, 평신도, 그리스도 몸 전체의 목자들과 지도자들이 오고, 참가자들은 모든 연령층과 직업군을 아우릅니다. 이제 우리는 이 보물과도 같은 은총을 더 많은 사람과 나눌 때라고 생각합니다. 삶에서 예수님의 강한 사랑을 만나도록 당신을 초대하려는 것입니다.

각자 자신의 내면을 정직하게 바라보면서 이 치유 여정을 함께 시작해 보기를 권합니다. 갈증을 느끼시나요? 더 충만한 삶을 살길 바라지만 두려움과 수치, 환멸이 방해합니까? 참된 만족을 주지 못하는 거룩하지 않은 관계나 활동으로 마음의 빈 구석들을 채우곤 했습니까? 그렇다면 이 책은 당신을 위한 것입니다.

마찬가지로 누군가, 자신의 삶에서 더 큰 자유와 치유를 발견하도록 다른 사람들을 돕는 일을 하고 있다면 이 책이 큰 도움이 될 것입니다. 그러나 먼저 각자 자신의 삶에 이 책의 내용을 적용해 보길 강력히 권합니다. 깨닫고 있든 아니든 우리 각자는 상처받고 치유를 필요로 합니다. 저도 오랫동안 치유 봉사를 한 다음에야 저 자신 역시 참으로 깊은 치유가 필요하다는 사실을 알았습니다. 이제 저는, 저 자신의 치유 과정이 결코 끝이 없을 것이며 늘 깊어지고 있음을 깨닫습니다. 예수님께서는 사마리아 여자를 만나신 것처럼, 우리가 가장 깊이 목마른 자리에서 몇 번이고 계속해서 우리를 만나 주십니다.

예수님께서는 사마리아 여자를 단순 장엄하게 치유하십니다. 그분은 그를 당신과의 만남으로 초대하십니다. 그분은 그의 부서진 모습을 드러내고 치유하기 위해 최고의 약, 곧 당신의 사랑과 진실을 주십니다. 예수님께서는 우리 각자를 자주 같은 방법으로 치유하십니다.

그래서 저는 이 책을 1부 예수님 만나기(1-4장), 2부 부서진 자신 마주하기(5-7장), 3부 상처 치유하기(8-10장)의 세 부분으로 구성하여, 치유의 3단계를 설명하고자 합니다.

이 책의 목적은 치유하시는 예수님과 만나도록 당신을 안내하는 것입니다. 이 목적을 돕기 위해, 교회의 2천 년 치유 전통을 따르면서 철저하게 성경의 진리에 기초를 둘 것입니다. 각 장에는 참조할 성경 말씀과 치유 사목 관련 여러 그리스도교 저자들의 책들이 소개됩니다. 이 책의 원제『건강하게 되기Be healed』는, 예수님 사명의 핵심이 우리의 온전한 회복이라는 믿음에 기초합니다(참조: 루카 4,18-19; 1테살 5,23). 우리의 어떤 부분이든 그 부분을 치유하는 것은 우리 전 존재에 영향을 미치지 않을 수 없습니다(『가톨릭 교회 교리서』 363-368항 참조). 우리가 의식하든 못하든 육체적 질병과 영적 고통, 심리적 허약은 서로 깊이 얽혀 있습니다.

이 상호 관계를 밝혀 주는, 흥미로우면서도 때로는 놀라운 개인 치유 체험들을 책 전체에 걸쳐 소개할 것입니다. 몇 가지는 저와 가족의 이야기입니다. 다른 이야기들은 몇 해 동안 제가 함께 기도할 수 있는 특권을 누리게 해 준 사람들의 삶에서 나왔습니다. 이 이야기들에서 자신의 이야기나 일에 적용할 수 있는 면들을 찾게 되리라 믿습니다.

이 책의 가르침과 이야기들을 각자의 삶에 적용할 수 있도록 여러 장에 다양한 그림과 표로 요약해 놓았습니다. 같은 이유로 매 장마다 개인 성찰을 위한 질문들이 제공됩니다. 이 자료를 가지고 더 깊이 들어가길 원한다면, '요한 바오로 2세 치유 센터'* 에서 워크북과 CD 및 다른 자료들을 구할 수 있습니다. 이 추가 자료와 강의 피정 소식을 원하면 센터로 직접 연락하기를 바랍니다.

이 여정을 시작할 준비가 되면 이 책을 눈으로 읽고 또한 마음으로도 읽기 바랍니다. 먼저 책 내용을 전체적으로 이해하기 위해 통독하는 것이 도움이 될 것입니다. 그다음 두 번째는 천천히 생각하며 읽고 기도하기를 권합니다. 개인 성찰을 위한 질문이 각 장과 결론에 들어 있습니다. 이 책이 제시하는 과정에 더욱 온전히 참여하고 싶다면, 서로 힘을 주고 신뢰할 만한 작은 모임을 만들어 함께 질문들을 나눠 보길 바랍니다.

* www.JPIIhealingcenter.org

1부

예
수
님
만
나
기

저는 여러분 가운데 몇몇이 아직 예수님과 고유하고
개별적인 만남을 갖지 못했을까 봐 걱정입니다. … 예수
님은 그 어느 때보다 당신을 더욱더 사랑하십니다. 그
분은 당신을 갈망하십니다.

성 마더 데레사,『사랑의 선교회 가족에게 보내는 편지』

1장
"건강해지고 싶으냐?"

치유는 그리스도교의 본질적 차원입니다.… 치유는 우리가 받은 구원의 내용 전체를 표현합니다.

베네딕토 16세 교황,『나자렛 예수』

저는 인간 본성에 대한 예수님의 통찰력에 경외심을 느낍니다. 그분이 우리를 창조하셨음을 알고 있지만, 상황의 핵심을 바로 보시는 그분의 능력이 늘 놀랍습니다. 우리가 어떻게 묶여 있든 문제가 되지 않습니다. 그분은 우리가 갇혀 있는 감옥 문을 열 수 있는 열쇠를 정확히 아십니다. 우리는 예수님께서 만나는 사람 하나하나와 맺는 관계를 통해 드러내시는 지혜를 복음서에서 봅니다. 벳자타 못 가 병자와의 만남이 가장 좋은 예입니다(요한 5,1-9 참조).

38년 동안이나 '치유'의 못에 들어가지 못하면서 못 가에 누워 애쓰던 이 병자의 심정이 어땠을지 헤아려 볼 수 있습니까? 요즘 맥락으로 누군가 루르드 치유의 샘 옆에 38년 동안 누워 있다고 상상해 보십시오. 상상이라도 할 수 있습니까? 이 사람은 날마다, 해

마다 벳자타 못 가에서 누군가 자신을 도와주기를 기다렸지만 어떤 도움도 받지 못했습니다. 예수님께서 멈추시고 그의 마음의 부르짖음을 들으시기까지 수많은 사람들이 그를 지나쳤습니다.

저는 예수님께서 이 가엾은 이에게 연민으로 다가가셨으리라 확신하지만, 솔직히 "건강해지고 싶으냐?"(요한 5,6) 하시는 그분의 첫 마디가 좀 당황스럽습니다. 저에게 이 물음은 희생자인 듯 행동한다고 이 병자를 비난하시는 것처럼 들립니다. 그래서 저는 이 상황에 개입해서 '당연히 이 사람은 병이 나아 건강해지고 싶습니다. 그가 얼마나 오래 고통받았는지 보십시오.' 하고 이 힘없는 사람을 옹호해야 한다는 생각이 먼저 듭니다. 그러나 예수님께서는 제가 분명히 바로 보지 못한 무언가를, 이 사람 영혼의 더 깊은 마비 상태를 보신 것이 틀림없습니다. 그 긴 세월을 지나면서 이 병자는 언젠가 나을 것이라는 희망을 포기해 버린 것 같습니다. 누가 그를 비난할 수 있을까요? 계속해서 실망만 할 뿐이니 희망을 붙들고 있을 이유가 무엇이겠습니까?

그런데 예수님께서 이 사람에게 던지신 물음을 곰곰이 생각할수록 제 마음이 점점 불편해지기 시작했습니다. 예수님께서는 단지 이 병자에게만 낫고 싶은가 하고 물으시는 것이 아닙니다. 우리에게도 같은 질문을 하십니다. 우리는 다양한 형태의 육체적·심리적·영적 허약함과 싸우면서, 이렇게 부서진 자신에 대해 체념하고 '인생이 뭐 그런 거지.' 하고 믿는 것은 아닐까요? 또한 절망에 빠져 병이 낫지 않을 것이라고 믿는 것이 아닐까요? 대개 우리는 체념한 것을 의식조차 못합니다. 그냥 상황을 받아들여 최선을 다해 견딥니다. 당신도 그렇습니까?

내면 바라보기

예수님의 치유를 받을 준비가 되었는지 나 자신을 바라봅시다.

- 치유가 필요합니까?
- 병이 나아 건강해지고 싶습니까?
- 나을 수 있다는 희망을 포기했습니까?
- 예수님께서 나를 치유하길 원하신다는 것을 믿습니까?
- 내 안에서 예수님의 강한 사랑의 치유를 받아들이지 못하게 하는 의심과 불신은 무엇입니까?

여기서 자주 언급되는 '치유'라는 말의 뜻이 궁금할 것입니다. 간단히 말하면 치유는 몸과 영혼과 정신이 온전해지고 건강하게 되는 과정입니다. 이 과정에는 하느님과의 친교 회복과 우리 자신의 통합, 우리와 주변 사람들과의 화해가 포함됩니다. 다음에 인용한

『메리엄 웹스터 사전』과 대부분의 사전들이 '치유'에 대해 그렇게 정의합니다.

1. 건강하게, 온전하게 상처를 낫게 하다, 건강을 회복시키다.
2. (바람직하지 않은 상태를) 극복하게 하다, (결함이나 분열을) 고치다, 친구 사이에 생긴 틈을 메우다.
3. 원래의 순수함과 온전함을 회복하다, 죄에서 고쳐지다.

성경은 '치유'라는 단어를 '구원하다, 병을 고치다, 온전하게 하다, 틈을 메우다, 친교를 회복하다, 치료법을 적용하다' 등의 뜻으로 사용합니다. 벳자타의 병자에게는 육체적 치유가 가장 절실했지만, 예수님께서는 훨씬 더 깊은 치유가 필요한 것을 아셨습니다. 그가 하느님께서 주신 본성적 갈망, 곧 온전해지고 모든 관계를 회복하고 싶은 갈망을 간직하고 있는 한 희망을 모두 잃어버린 것은 아닙니다. 비록 그는 절망으로 마비되었지만, 묻혀 버린 이 갈망을 스스로 인정할 능력은 있었습니다.

이 갈망을 아무리 억누른다 해도, 우리는 정말 낫기를 원합니다. 그렇지 않다면 왜 온갖 분야의 의사와 상담 치료사, 사제, 목사를 찾아가겠습니까? 그렇지 않다면 왜 그렇게 많은 사람이 건강을 추구하며 상당한 시간과 돈과 에너지를 쓰고 있습니까? 세계은행

에 따르면 현재 전 세계 재원의 10-20퍼센트가 건강 관리에 사용된다고 합니다.[1]

우리는 건강해지고 온전해지고 싶어 하는데, 그것은 하느님께서 인간 존재 구조 안에 낫고 싶은 강한 마음을 심어 놓으셨기 때문입니다. 베네딕토 16세 교황의 말씀대로, 치유는 그리스도교 신앙의 본질입니다. 그리스도인은 이 목적을 위해, 곧 우리를 온전하게 회복시켜 아버지와 인간 상호 간의 충만한 친교 안으로 다시 데려오기 위해 예수님께서 이 땅에 오셨다고 믿습니다.

교회는 성경이 계시하는 이 믿음을 2천 년 역사 동안 다음과 같이 충실하게 선포했습니다. "'앓는 이들은 고쳐 주어라.'(마태 10,8). 주님께 이러한 사명을 받은 교회는 병자들을 보살피고 아울러 그들을 위해 전구의 기도를 드림으로써 이 사명을 수행하고자 노력한다. 교회는 영혼과 육체의 의사이신 그리스도의 생명을 주는 현존을 믿는다."(『가톨릭 교회 교리서』 1509항). 오랫동안 검증을 거친 이 말씀에 잠시 머물러 보십시오. 사람이 되신 치유자 하느님, 예수님은 영혼과 육신의 궁극적 의사이십니다(탈출 15,25-26 참조). 시편 저자가 노래하듯이(시편 103,3 참조), 예수님은 우리의 모든 죄를 용서하실 뿐 아니라 우리의 모든 병을 낫게 하십니다.

예수님께서 행하신 과거와 현재의 치유 기적은 하느님 아버지께서 부서지고 고통받는 한 사람 한 사람을 부드러운 연민으로 친밀하게 돌보신다는 사실을 말해 줍니다. 그 기적들은 그분이 골고타에서 우리를 위해 이루신 궁극적 치유를 알려 줍니다. 베네딕토 16세 교황의 말씀이 이 점을 잘 요약합니다. "치유는 … 구원의 '내용 전체'를 표현합니다."² 지난 2천 년 동안 교회의 전례와 신학, 기도는 모두 우리가 삼위일체 하느님과 더욱 깊이 일치하면서 회복되는 것을 도왔습니다.

치유는 하나의 과정으로, 천국에서 온전히 완성될 것입니다. 그러나 그 과정은 우리 각자가 육체적 질환, 심리적 어려움, 영적 고통을 마주하면서 지금 여기서 시작해야 합니다. 따라서 예수님께서 벳자타 병자에게 하신 질문은 우리 각자에게 하신 것입니다, "너는 건강해지고 싶으냐?" 어떤 점에서 우리는 모두 치유 물가에 누워 있는 병자와 같습니다. 그 병자처럼 우리도 혼자서 예수님께 가까이 갈 수가 없습니다. 그분의 도움이 필요합니다. 동시에 예수님께서는 우리가 동의하고 협력하지 않으면 치유하지 않으실 것입니다. 많은 사람이 자신이 치유가 필요한지 또는 얼마나 깊은 치유가 필요한지조차 깨닫지 못합니다. 그러면서 지금 이대로 괜찮다고 믿고 있습니다. 이는 잘못된 것입니다. 제가 20대와 30대 초반에 그랬습니다. 예수님 시대의 종교 지도자들처럼, 저는 괜찮으니 의사가 필요 없다고 생각했습니다(마르 2,17 참조). 교만으로 눈이 어두었지만, 예수님께서 눈을 열어 주시어 제가 엄청난 치유가 필요한 사람이라는 것을 보게 하셨습니다.

제 이야기를 읽으면서, 그 이야기에서 무엇이건 당신 자신과 연관된 점을 찾을 수 있기를 기도합니다. 각자 사는 모양은 달라도 우리는 모두 삶에서 망가지고 부서진 경험이 있습니다. 자신의 이야기를 보고 자신의 부서짐을 인식하도록 제 경험이 당신에게 자극이 되기를 바랍니다. 이러한 과정에서 당신이 지금까지 체험하지 못했던 예수님의 강한 사랑을 만나기를 기도합니다.

저는 사람들에게 농담 반 진담 반으로, 가족 상담 치료사 일을 열네 살이라는 나이에 시작한 애늙은이였다고 말합니다. 학위는 스물여섯 살에 받았지만 대학원을 마칠 무렵에는 이미 수년 동안 비공식적으로 가족들의 '상담 치료사 역할'을 해 왔습니다. 상황에 떠밀려 얼떨결에 그 역할을 맡았습니다. 저의 아버지는 어쩌면 좋은 분이었을지도 모릅니다. 그러나 아버지는 자신의 삶을 바꾸는 선택을 했고, 그로 인해 아버지에게 버림받은 저와 어머니 그리고 여섯 형제는 스스로 생계를 꾸려 나가야 할 처지가 되었습니다.

아버지가 가족을 떠나자 제 마음은 무너져 내렸고 온 가족이 엄청난 충격을 받았습니다. 한때 안전했던 세상이 산산이 부서진 것입니다. 남은 가족은 모두 말할 수 없는 고통을 겪었습니다. 특히 가장 상처가 깊었던 데이브 형은 열여섯 살 때부터 마약에서 위안을 찾았습니다. 형은 1969년에 열렸던 그 악명 높은 '우드스톡 록 페스티벌'에 참가하는 등 머리를 길게 기르고 권위에 저항하며 당시 막 떠오르던 히피 문화에서 자신을 찾으려 했습니다. 아버지가 집을 떠난 뒤 형도 곧 집을 나갔습니다. 그들이 떠나면서 저는 가장 친한 친구이자 남성 역할의 본보기였던 두 사람을 잃어버렸습니다. 두 사람이 무너지는 것을 보면서, 절벽에서 집단으로 뛰어내려 자살한다는 레밍 쥐 가운데 한 마리처럼, 벼랑 가까이 다음 차례가 될 위험에 처한 느낌이 들었습니다. 저는 저 자신과 어머니, 어린 동생들을 보호하기 위해 뭐라도 해야 했습니다. 둘째인 저는 힘들어하는 온 가족의 정서적 짐을 어깨에 짊어졌습니다. 그 과정에서 저의 아픔은 부인하고 다른 사람들의 안녕만을 지나치게 염려하게 되었습니다.

그런데 아버지와 형을 잃은 것은 너무 힘들었던 제 중학교 2학년의 시작일 뿐이었습니다. 그 후 열두 달 안에 저는 어머니와 다른 형제들을 제외하고는 사랑하는 모든 것과 모든 사람을 잃었습니다. 아버지가 떠나자 우리 가족을 보호하던 울타리가 없어진 것 같았고, 우리는 영혼의 적들의 먹잇감이 되었습니다. 상황은 상당히, 매우 빠르게 나빠졌습니다.

아버지가 떠나고 몇 주 지났을 즈음, 과학 선생님이자 4년 동안 제 농구 코치였던 담임 선생님이 팀원 넷과 저를 캠프에 초대하였습니다. 캠프 기간 어느 날 한밤중에 선생님은 제 침대에 올라와 저를 성추행하려고 하였습니다. 감사하게도 잠에서 깬 저는 그곳을 벗어났지만, 배신의 상처를 입었습니다. 게다가 그 주말 제가 없는 동안, 첫 여자 친구와 저의 가장 가까운 친구 몇이 성행위를 했습니다.

이미 아버지와 코치에게 배신당한 후라, 제 마음은 정신없이 휘청거렸습니다. 내가 누구를 믿을 수 있을까? 그런데 더 많은 일이 다가오고 있었습니다. 다섯 달 후 다른 아름다운 소녀와 새로 사랑에 빠져 그에게 제 온 마음을 다 주었습니다. 그런데 3주간의 농구 캠프에서 돌아왔을 때 그도 저를 배신했다는 것을 알았습니다. 저는 야구 선수 요기 베라가 말한 대로 "지금 일어나는 일을 전에도 경험한 적이 있는 듯이 마주한 느낌"이 들었습니다. 저는 누구에게도 마음을 주어서는 안 된다는 것을 배웠고 캠프에 참가하는 것이 위험할 수 있다고 결론을 내렸습니다.

1년이 넘는 이 기간 내내, 우리는 아버지에게서 어떤 소식도 듣지 못했습니다. 밤마다 침대에 누워 아버지가 살아 계실까 아니면 돌아가셨을까 궁금해 하던 기억이 납니다. 마침내 데이브 형이 다른 도시에서 아버지를 찾았는데, 아버지는 새 가정을 꾸리고 있었습니다. 이것이 마지막 충격이었습니다. 저와 온 가족을 지탱하고

나는 치유되었다

있던 모든 신뢰의 기반이 완전히 무너져 내린 것 같았습니다. 공공연하게 모욕을 당하자 어머니는 새 출발을 결정했고, 우리는 어린 시절 고향인 피츠버그 교외의 베델 파크를 서둘러 떠났습니다.

중학교 3학년 때 고향 펜실베이니아에 소중한 모든 사람과 모든 것을 남겨 두고, 저와 가족은 플로리다 남부로 이사를 하였습니다. 저는 가고 싶지 않았지만 선택의 여지가 없었습니다. 태어나서 그 때까지 살았던 베델 파크가 좋았고 플로리다 남부에서 맞이한 새로운 환경은 모두 싫었습니다. 물론 저보다 훨씬 더 큰 정신적 외상을 입은 사람들이 많다는 것도 압니다. 하지만 그때까지 정말 안전하고 행복했던 저의 짧은 인생에서 이젠 모든 것이 뒤집혔습니다. 삶은 혼란스러웠고, 의식하지 못하는 사이 하느님께 대한 저의 신뢰도 심각한 상처를 입었습니다.

이렇게 상황은 급변했지만, 각자 나름대로의 방식으로 대처했습니다. 우리 가족은 저소득층을 위한 식품 할인 구매권으로 작은 도움을 받으면서 하느님의 섭리로 근근이 살아갔습니다. 저의 경우, 1년 동안 새로운 환경과 싸우며 완전히 길을 잃은 듯하다가, 학업과 운동에서 다시 좋은 성적을 거두기 시작했습니다. 어머니와 형제를 위한 '가족 상담 치료사' 역할도 제게는 삶의 목적과 의미가 되었습니다. 운동 중에 입은 사소한 부상으로 외과 수술을 받기도

했지만, 저는 건강하다고 '생각했습니다'.

　당시에 저는, 육체적 질환이 마주하지 않은 영적, 심리적 문제와 연관이 있을 수 있다는 생각은 못 했습니다. 저는 내면의 부서진 아픔을 다루지 않은 채 어떻게든 고등학교, 대학교, 대학원을 마치고 상담 치료사가 되기 위해 노력했습니다. 저에게 과거는 백미러에 선명하게 보이기 때문에 다시 돌아볼 필요가 없었습니다. 당신도 그렇게 생각한 적이 있나요? 과거는 뒤에 있고 다시 돌아볼 필요가 없는 것일까요? 때로 우리는 성경을 잘못 인용하여 아픔에 직면하고 싶지 않은 마음을 정당화합니다. "나는 내 뒤에 있는 것을 잊어버리고 앞에 있는 것을 향하여 내달리고 있습니다. 그 목표를 향하여 달려가고 있는 것입니다."(필리 3,13ㄴ.14ㄴ).

　저는 끈질기게 목표를 추구했고 좋은 성적으로 컬럼비아대학교에 입학하여 4년 동안 미식축구 선수로 활동했습니다. 그 후에는 제 가정을 꾸리고 상담 치료사 경력을 쌓는 데만 정신을 쏟았습니다. 대학을 마치기 전, 고등학교 때부터 좋은 친구이자 여자 친구였던 마지 오도널과 혼인했습니다. 1년 후에 딸 캐리를 아름다운 선물로 받았고, 그로부터 2년 후 아직 대학원생이었을 때에는 예쁜 둘째 딸 크리스틴이 태어났습니다.

　박사 학위를 마친 후, 저는 가족 상담 치료사가 되어 개인 상담소를 차렸고, 계속해서 '다른 사람과 그 사람들의 가족' 문제를 도왔습니다. 또한 플로리다 주립 대학교에서 혼인과 가족에 관한 강의를 했고, 제가 배운 모든 지혜를 나누며 '다른 사람들'이 참행복을 찾도록 도왔습니다. 이 말이 얼마나 아이러니합니까?

가정에서는 부부로서 좀 다투기도 했지만, 마지와 함께 소중한 두 딸을 키우며 그럭저럭 잘 지냈습니다. 제가 졸업한 지 몇 년 내에 우리는 좋은 초등학교가 있는 멋진 동네에 첫 집을 장만하였습니다. 캐리와 크리스틴이 학교에 들어갈 나이가 되자, 마지는 출산 전문 간호사가 될 꿈을 이루기 위해 간호 대학에 복학했습니다.

이렇게 저는 외적으로는 많은 것을 성취했지만, 내적으로는 불안을 느꼈습니다. 운동과 학업에서 너무도 오랫동안 목표만 쫓았기 때문에, 졸업 후에 찾아온 허탈감을 어떻게 해야 할지 몰랐습니다. 직업적으로 존경받고 일 밖에서도 풍요로운 삶을 누리고 있었지만 불안정한 느낌을 떨쳐 버릴 수 없었습니다. 무엇이 빠졌는지 알 수가 없었는데, 어느 날 새 이웃이 저를 아침 기도 모임과 성경 공부에 초대하였습니다.

그다음 주 쇼니즈 식당에 갔을 때, 성령님께서는 별로 시간을 낭비하지 않고 바로 저를 사로잡으셨습니다. 이 첫 모임에서 어떤 사람이 요한 묵시록의 한 구절을 읽었습니다. 저는 그 구절을 들으면서, 예수님께서 제게 직접 말씀하신다는 것을 알아차렸습니다. "너는 차지도 않고 뜨겁지도 않다. 네가 차든지 뜨겁든지 하면 좋으련만! 네가 이렇게 미지근하여 뜨겁지도 않고 차지도 않으니, 나는 너를 입에서 뱉어 버리겠다. 내가 사랑하는 사람들을 나는 책망도 하고 징계도 한다."(묵시 3,15ㄴ-16.19ㄱ). 저는 예수님의 말씀에 깜짝 놀랐고, 제가 전에 가져 본 적 없는 확신을 성령님께서 주시는 것을 느꼈습니다.

당시에는 깨닫지 못했지만 저의 영적 생활은 타성에 젖어 있었습니다. 영적 삶에서, 유명한 속담처럼 울타리에 걸터앉아 예수님이나 다른 누구에게도 제 마음을 온전히 주지 않았습니다. 많은 것이 두려웠지만, 무엇보다도 누군가에게 마음을 주면 제가 자제력을 잃고 또다시 상처받을까 봐 두려웠습니다. 무의식적으로 저는 거의 15년 전에 일어난 그 모든 일로부터 계속 자신을 붙들고 있었습니다. 제 속에 감춰진 두려움 때문에 저를 감정적으로 차단하는 가면을 쓰고서 아내 마지에게 마음을 온전히 주지 못했습니다. 아내가 저를 거부하고 떠나거나 다른 사람을 만날까 봐 두려웠습니다. 설상가상으로 신앙의 발걸음을 내디뎠던 대학 시절 경험 때문에 예수님께 제 마음을 온전히 드리면 마지가 좋아하지 않을 것이라 믿었습니다. 그때까지 그렇게 미지근한 신앙생활을 해 오고 있었는데, 예수님께서 저를 꾸짖으신 다음 저는 마지와 예수님 사이에서 선택해야 하는 것처럼 느꼈습니다. 하지만 제가 누구를 택하든, 다른 한쪽이 저를 거부할 것 같아 두려웠습니다.

지금 되돌아보니, 예수님의 꾸짖음은 제게 유익했고 그 말씀이 촉매가 되어 상처받은 제 마음을 직면할 수 있었습니다. 하지만 당시에는 그 말씀이 아무 소용도 없는 것 같았습니다. 그 이후 저는 극심한 두려움에 사로잡혔습니다. 문자 그대로, 진리와 대면하여 공황 발작 상태에 빠졌고, 난생처음으로 상담 치료를 받아야 했습니다. 잘난 척하며 다른 사람을 돕는 처지에서 이제 저 자신이 너무도 절박하게 도움이 필요하다는 것을 깨닫게 되었습니다.

상담 치료의 도움으로 감추어져 있는 아픔에 용기 있게 직면했습니다. 감정을 표현하는 법을 배웠고 묻어 두었던 깊은 상처들을 찾아냈습니다. 누군가 제 필요를 돌보며 귀를 기울인다는 안도감을 느끼기 시작했습니다. 그러나 치료받은 지 몇 달이 지나 상담 치료가 마지와 저 사이의 문제를 휘저어 놓자, 새로운 위협을 느꼈습니다. 저도 모르게 치유되지 않은 감정적 상처와 다른 상처를 모두 마지에게 투사했습니다. 저는 아내의 필요는 보지 않고, 아내가 제 뜻대로 제 필요를 들어주지 않는다고 화를 냈습니다.

상담 치료사가 우리에게 별거를 권고했을 때 저는 상담 치료를 그만두겠다고 결심했습니다. 아버지가 떠날 때 제가 상처받은 것처럼 아내와 아이들에게 상처를 주고 싶지 않았습니다. 단단하던 저의 자부심은 갈피를 잡지 못하고 무너져 내리기 시작했고, 무엇을 할지 또 어찌할지를 몰랐습니다. 당시에는 제가 알 수 없었지만, 성령님께서 활발하게 제 삶에서 활동하시면서 저를 예수님께 인도하셨던 것입니다. 아침 기도 체험 이후 저는, 마지가 반대한다 해도 예수님께 온전히 충실해야 한다는 것을 알았습니다. 그래서 매일 성경 공부를 했고 성인이 된 후 처음으로 열심히 기도했습니다. 성당에 다니면서 신앙 공동체도 찾기 시작했습니다. M.E와 성령 피정을 하면서 희망이 좀 생겼지만, 성령님께서 자유롭게 제 마음에 다가오시도록 저를 내드리기가 쉽지 않았습니다.

이 상황을 돌파할 중요한 계기가, 가톨릭 교회 꾸르실료 운동에서 유래한 개인과 공동체 쇄신 과정, 곧 본당 쇄신 피정(CHRP. '그리스도께서 당신 본당을 쇄신하신다.'라는 뜻)을 우리 본당에서 시작하면서 찾아왔습니다. 성 마더 데레사께서 언젠가 성 요한 바오로 2세 교황께 본당 쇄신 피정이 교회를 변화시킬 쇄신 과정 중 하나라고 말씀하신 적이 있습니다. 이 프로그램으로 저와 본당 공동체, 마침내 제 가족 구성원 거의 모두의 삶이 변화되었습니다. 저는 평소와 달리 흥분하며 첫 주말 피정을 신청했습니다. 이제는 그 이유를 이해합니다. 그 이후 저의 삶이 완전히 달라졌기 때문입니다.

첫 주말에 저는 다른 사람들의 필요를 해결하는 책임을 지기보다 받아들이는 것을 배웠는데, 그것이 제 삶의 리듬을 멋지게 바꾸어 놓았습니다. 저는 다른 사람들도 저처럼 하느님에 대해 너무도 목말라하고 있다는 것을 알았습니다. 다양한 연령대의 사람들이 진실한 나눔을 하는 것이 놀라웠고 그 나눔에서 힘을 얻었습니다. 이전에는 교회 사람들에게서 그런 종류의 진솔함과 상처받기 쉬운 여린 마음을 보지 못했습니다. 그 주말은 즐거웠다는 것 말고는 달리 특별한 게 없었는데, 이후 우리는 함께 양성을 받았고 예수님의 제자가 되는 법을 배웠습니다. 성령님과 서로에게 귀를 기울이면서 영적 식별 훈련을 받았습니다. 참된 그리스도교 공동체가 주는 이 친교는 오랫동안 외롭게 방황하는 신앙생활을 해 오던 저에게 정말 좋은 위로를 주는 향유와 같았습니다.

지금까지도 가장 친한 친구 몇 사람은 그 모임에서 만난 사람들입니다. 양성기가 끝날 때쯤 우리는 한 팀이 되어 새로운 그룹의 사람들이 은총을 받도록 본당 쇄신 피정을 진행할 준비를 갖추었습니다. 우리는 모두 친교 속에 봉사하면서 각자의 독특한 은사를 발견하고, 예수님께서 봉사자들을 하나로 묶어 새 참가자들이 필요로 하는 것에 개별적으로 응답하게 하시는 것을 보면서 참으로 큰 기쁨을 느꼈습니다. 평신도 책임자인 저는 팀의 대표가 되어 본당 주임 신부님의 지도하에 봉사하였습니다. 저는 수년간 교사와 상담 치료사로서 혼자서 다른 사람을 돌보는 일을 했는데 이렇게 공동 사목을 하면서 깊은 만족감을 느꼈습니다. 사람들의 필요에 책임지는 무거운 짐, 아버지가 떠난 후 저의 두 번째 본성이 된

이 짐이 기적처럼 가벼워졌습니다. 예수님께서 저의 무거운 짐을 들어 올리셨을 뿐 아니라, 우리는 모두 그분의 공동 사목자가 되어 그분의 가벼운 멍에를 메는 특권을 받았다고 느꼈습니다(마태 11,29 참조).

저는 이 영적 친교와 진솔한 나눔의 환경에서 마음이 살아나는 것을 느꼈습니다. 살면서 이보다 더 행복한 적이 없었습니다. 그런데 그때 주일 아침에 좀 당황스러운 일이 일어나 제 모든 체험을 거의 엉망으로 망쳐 놓았습니다. 아침 식사 전에 우리는 성당에 모여 기도와 찬미를 드리면서 그날을 멋지게 시작하였습니다. 사람들이 입을 모아 찬양하자 성령님께서 그 방을 가득 채우셨습니다. "좋으신 하느님 … 좋으신 하느님 … 참 좋으신 나의 하느님."

저는 다른 사람들과 함께 노래하기 시작했는데, 저의 내면 어딘가에서 솟아나는 불경한 소리를 듣고 충격을 받았습니다. '도대체 하느님이 뭐가 좋으시다는 거야?' 이 생각에 이어 제가 마음속으로 자주 하던 질문들이 속사포처럼 연달아 터졌습니다. '이 불경한 생각이 어디서 오는 거지? 하느님이 좋으신 분이 아니라고 내가 정말 믿고 있나? 나는 지도자인데 여기서 하느님의 선하심에 대해 질문을 하고 있다니 무엇이 잘못되었을까? 어쩌면 나는 직책에서 물러나야 하는지도 모른다.' 이렇게 마음속에서 생각이 마구 내달리는데 저는 전혀 방어하지 못했습니다. 아무 대답도 못한 채 그 생각들을 마음에서 몰아내면서 그 주말 내내 사람들에게 봉사하였습니다. 너무 창피해서 다른 사람에게 이야기할 수가 없었습니다.

지금은 그때의 그 체험이 '고발자'(묵시 12,10 참조)가 본당 쇄신 피정 체험의 기쁨과 은총을 훔쳐 가고 앞으로 하느님께서 주실 모든 것을 못 받게 하려는 영적 공격이라는 것을 압니다. 그런데 그것이 저의 내면 어디에서 왔을까요? 왜 하느님의 선하심에 질문을 던졌을까요? 하느님이 좋으신 분임을 아는데, 감히 왜 그것을 의심하는 것일까요? 그 당시 저는 하느님께 대한 불경한 생각이 수년 동안 마음에 묻혀 있던 치유받지 못한 부분을 드러낸다는 점에 관해서 깊이 생각해 본 적이 없었습니다. 이 통찰은 제가 쇄신 과정을 계속하면서 나중에 얻게 된 깨달음입니다.

본당 쇄신 피정에서는 통상적으로 한 팀이 주말 피정을 주관하고 다음 팀에게 그 책임과 권한을 넘기는 것이 관례입니다. 그런데 새로 시작하는 팀에 인력이 부족해서, 우리가 그들과 함께 다시 한번 봉사하도록 초대를 받았습니다. 이 일은 결과적으로 하느님 아버지께서 주신 엄청난 선물이었습니다. 우리 팀원 중 누구도 삶을 변화시키는 이 양성 과정을 바로 그만두고 싶어 하지 않았고, 이 선물을 정말 더 많은 사람에게 나누고 싶었습니다.

다시 6개월 동안 공동체 양성 과정을 거친 후, 우리 팀은 새 팀과 함께 주말 피정을 하게 되었습니다. 주말이 다가오자 좀 이상한 일이 제 안에서 일어났습니다. 전에는 주말 피정에 가고 싶어 못 견뎠는데, 이번에는 집에 있고 싶었습니다. 어쨌든 팀에 대한 책임이 있어서 가기는 했지만, 저는 금요일 밤 팀 모임에서 활기 없이 맥이 빠져 있었습니다. 그날 저녁 저는 본당 기도 모임에서 알게 된 팀원 존을 불러냈습니다. 그와 이야기하다 보니 제가 몇 년 전에 읽은 미신적인 책 때문에 영적 정화가 필요하다는 것을 알게 되었습니다.

존 덕분에 이 책들이 저를 영적으로 억압했다는 사실을 깨달았습니다. 저는 죄를 인정했지만, 다음 날 저녁때까지 정식으로 고해성사를 하지는 않았습니다. 존과 대화를 나눈 후에 곧 잠자리에 들었습니다. 그날 밤 제가 잠을 청하면서 느꼈던 공허감과 지옥 같은 느낌은 말로 표현할 수가 없습니다. 숨어 있던 어떤 악의 가면이 벗겨지면서, 그날 밤 잠을 이루기 힘들었고 다음 날 아침에 잠에서 깨어났을 때도 같은 공허감을 느꼈습니다.

아침 식사 전에, 저는 최선을 다해 사람들을 맞이했지만 그 주말에 남동생 바트가 피정에 참여한 것을 보았을 때만 겨우 마음의 위안을 느꼈습니다. 바트 입장에서는 주말 피정에 참여한 것이 크게 한 걸음 나간 일이었습니다. 그는 최근에 탬파베이 버커니어스 프로 미식축구팀을 그만둔 후 삶의 목적을 찾고 있었습니다. 저는 그 주말에 동생이 삶을 바꾸는 체험을 하기를 바랐지만, 당시 제 마음 상태로는 바트를 보고 좋아하는 것도 힘들었습니다. 그 토요일 내내 영적 메마름 속에 있었습니다. 주위 모든 사람이 성령님으로 가득 차 있었지만, 저는 길고 잔인한 14시간 동안 공허하고 생기가 없었습니다. 그날 밤 9시쯤 저는 녹초가 되어 고해성사와 파견 미사를 건너뛰고 싶은 유혹을 받았습니다. 그런데 존이 제게 미사 때 제1 독서를 해 달라고 부탁했습니다. 그것은 제가 괴롭더라도 버텨야 한다는 뜻이었습니다. 저는 이왕 기다리고 있었으니 고해성사를 받는 것이 낫겠다고 마음먹었습니다. 그것은 잘한 일이었고, 그 당시에는 깨닫지 못했지만 중대한 전환점이 되었습니다.

미사가 시작되자 억눌리는 느낌이 잦아들었다는 것을 알아차렸습니다. 말씀 봉독을 하기 위해 일어나는데 갑자기 전기 스위치가 켜진 느낌이 들었습니다. 이틀 만에 처음으로 성령님께서 현존하시면서 제 영을 깨우시는 것을 느꼈습니다. 이후 영성체 때 성체 안에 살아 계시는 예수님의 현존을 처음으로 체험하였습니다. 기쁨을 회복하고 정신이 말똥말똥해지면서 이제 잠을 자고 싶지 않았습니다. 지금 생각해도 그때 잠을 자지 않은 것이 다행인데, 몇 시간 후에 하느님께서 제 삶을 영원히 바꿔 놓으셨기 때문입니다. 이런 경험은 말로 표현하기 힘들지만 최선을 다해 전달해 보겠습니다. 저와 비슷한 경험을 한 사람은 이해할 것입니다. 그런 경험이 없는 사람은 그런 개별적 만남의 체험을 더 간절히 갈망하고 목말라하기를 바랍니다.

그 주일 보통 잠자리에 드는 시간이 한참 지난 새벽 3시에 우리 팀원 여섯이 함께 무릎 꿇고 기도하며 하느님께 찬미와 경배를 드리고 싶은 마음이 들었습니다. 우리는 성령 강림 때 사도들처럼 "함께 한마음으로 기도에 전념하였고"(사도 1,14ㄴ), 곧 성령님으로 가득 찼습니다(사도 2,4ㄱ 참조). 불혀 모양은 아니었지만 성령님께서 우리 각자에게 오실 때, 모두 한 번도 체험해 본 적 없는 그런 열정에 사로잡혀 하느님을 찬미하기 시작하였습니다. 우리 가운데 두 사람이 영어로 노래하고 있었는데, 그들 존재의 세포 하나하나가 예수님을 찬미하는 듯했습니다. 그 목소리는 마치 거룩한 천사들과 모든 성인과 함께 천국에서 찬미하는 것처럼 들렸습니다. 잠시 후에는 제 오른쪽에 있던 청년이 성령님의 감도를 받아 외국어로 찬미하기 시작하였습니다. 그 말을 이해할 수는 없었지만 제가 들어본 적이 없는 참으로 아름다운 기도였고, 그 아름다움은 앞서 영어로 노래하던 두 사람의 찬미에 견줄 만했습니다.

우리에게 일어나고 있는 일에 함께 즐거워하고 있는데, 갑자기 제 안에서, 깊은 곳에서 솟아나는 "생수의 강"(요한 7,38)처럼 힘과 열정이 차오르는 것을 느꼈습니다. 하느님의 사랑이 성령님을 통해 제 마음에 부어지고(로마 5,5 참조) 기쁨으로 터질 듯했습니다. 묶여 있던 제 영혼이 하느님 사랑으로 폭발해 터져 버릴 것 같은 느낌이었습니다. 새 포도주가 낡은 가죽 부대를 터트릴 수 있다고 하신 예수님의 말씀이 생각났습니다(마르 2,22 참조). 그 순간 저는 찬미 언어의 은사를 옹알이로 받았습니다. 하느님께서는 제가 하느님 나라를 받아들이도록 어린아이가 되는 법을(마태 18,1-4 참조) 가르치시는 중이었습니다. 이런 일이 저에게 일어나다니 믿을 수가 없었습니다. 제 마음은 베드로가 성령 강림 후에 코르넬리우스 집 사람들에게 설교했을 때 그 사람들이 느꼈던 마음과 같았습니다. "말씀을 듣는 모든 이에게 성령께서 내리셨다. … 이 다른 민족 사람들이 신령한 언어로 말하면서 하느님을 찬송하는 것을 들었기 때문이다."(사도 10,44.46). 저는 성령님의 은사를 받기 위해 수년간 기도해 왔지만 3년 전 성령 피정 동안 아무 일도 일어나지 않자 포기했습니다. 그런데 이제, 제가 별 기대를 하지 않을 때 성령님께서 놀랍게 나타내 보이시니 정말 뜻밖이었습니다.

얼마나 극적인 전환입니까. 괴로웠던 24시간을 뒤로 하고, 저는 천국의 환희를 느끼며 잠자리에 들었습니다. 그 사건은 다른 사람에게서는 봤지만 제 삶에서 일어나리라고는 생각도 못했던 절정 체험이었습니다. 저는 하느님의 선하심과 자비가 놀랍기만 했습니다. 하지만 그분이 저와 친구들에게 이렇게 은사를 쏟아 부어 주신 것이 그때가 시작일 뿐이라는 것을 미처 깨닫지 못했습니다. 다음 날 3시간밖에 못 잤지만 저는 크리스마스 아침의 어린아이처럼 생기와 기쁨에 차서 일어났습니다. 그날 내내 기뻐서 울었고, 그렇게 운 것이 결코 작은 일이 아니었습니다. 부모님이 이혼한 후 20년 동안 제가 한 번도 울어 본 적이 없었기 때문입니다. 예수님께서는 상상조차 할 수 없는 방식으로 저를 치유하셨습니다.

그 주일은 온통 믿어지지 않는 날이었습니다. 특별히 세 가지 사건을 뚜렷하게 기억합니다. 첫 번째는 주일 이른 아침에 우리가 성당에 모여 노래하고 있을 때 일어났습니다. 우리가 어떤 성가를 부르고 있었는지 짐작할 수 있겠습니까? 그렇습니다. 6개월 전, 제가 하느님께 대해 불경한 생각을 하면서 불렀던 바로 그 성가였습니다. "좋으신 하느님 … 참 좋으신 나의 하느님" 하고 노래하면서, 저는 마음 깊은 곳에서 그 가사 한 마디 한 마디를 모두 믿게 되었습니다.

몇 분 후, 아직 성당에 있을 때였습니다. 제 동생 바트가 큰 소리로 기도하고 마이크 주임 신부님과 저의 절친 와이엇이 침묵 속에 저를 위해 기도하고 있는데 성령님께서 다시 한번 제게 임하셨습니다. 너그럽고 좋으신 하느님 아버지께서 그보다 더 아름다운 오케스트라를 지휘하실 수 없었습니다. 저는 기쁨에 가득 차, 성당을 나와 본관으로 들어가면서 "나는 세상 어디든 가서 모든 사람에게 하느님께서 얼마나 '좋으신지' 말하리라." 하고 누구나 듣도록 담대히 선포하였습니다.

마침내 저는 6개월 전에 제가 왜 그런 불경한 생각을 품었는지 알게 되었습니다. 제가 아무리 노력해도 하느님을 절대 기쁘게 해 드릴 수 없으리라고 깊이 믿고 있었기 때문입니다. 그분의 좋으심을 신학적으로는 알고 있었지만, 상처받은 제 마음은 그분에 대한 어떤 거짓말을 믿고 있었던 것입니다. 그 거짓말은 정확히 말로 표현하기 어렵지만 이렇게 말하는 듯했습니다. '하느님은 무자비한 주인으로 나에게 언제나 더 많은 것을 요구하신다. 그분은 절대로 나를 위해 여기에 계시지 않는다.'

이 상처들은 제 육신의 아버지와 관계가 깨진 어린 시절에 생겼습니다. 제가 아버지를 사랑하고 아버지도 저를 사랑한다는 것을 알고 있었지만, 아버지가 떠난 후 저는 아버지를 '좋은 분이지만 나쁘게 변해 신뢰할 수 없다.'라고 판단하고 있었습니다. 이 말을 절대로 입 밖에 내지는 않았습니다. 이 말은 제 마음속에 숨어 있었습니다. 저는 그 상처를 무의식적으로 하느님 아버지께 투사하여 하느님을 그런 분으로 여겼습니다. 그분을 신뢰하지 않으면서 그분의 사랑을 얻으려고 노력했습니다. 그분을 기쁘게 해 드리려고 애쓰고 있었지만 절대로 충분하지 않다고 느꼈는데, 그것은 제가 그분 사랑을 느낄 수 없었기 때문입니다. 이렇듯 그날 은총이 부어지기 전까지 저는 하느님께서 저를 사랑하신다는 것을 진심으로 믿지 못했습니다. 마침내 저는 그분의 사랑을 알았습니다. 제 마음에 둘러쳐진 장벽들이 제거되면서, 그분이 언제고 제게 주시고자 한 것을 그제야 받을 수 있게 되었습니다. 그리고 그보다 더 많이 받았습니다.

하느님 아버지께서는 그 주말에 저뿐 아니라 동생 바트와 주말 피정에 참석한 다른 사람들, 그리고 제가 피정 끝나고 집에 돌아갔을 때는 아내 마지와 딸들에게까지도 은총을 계속 풍성하게 베푸셨습니다. 그날 아침 성당에서 우리가 은총을 체험한 몇 시간 후, 하느님께서는 바트와 다른 사람들에게 은총을 쏟아 주셨습니다. 바트가 받은 축복은 제게도 큰 은총이었습니다. 저는 동생에게 정말 사랑하고 자랑스럽다는 내용의 편지를 썼습니다. 동생은 편지를 읽고 저를 만나러 방 한가운데로 건너왔습니다. 동생이 저에게 감사하려고 손을 내밀자, 우리 팀원 펀이 우리를 함께 떠밀면서 "형제들, 껴안아요."라고 서툰 영어로 말했습니다. 바트와 저는 서로 끌어안았고, 성령님께서 각자의 마음을 이끄시자 우리는 곧 눈물을 터뜨렸습니다. 바트는 아버지가 떠날 때 다섯 살이었는데, 하느님 아버지께서 그 순간에 이렇게 말씀하셨다고 나중에 이야기했습니다. "나는 아버지가 없는 이에게 아버지다. 내가 너의 아버지다." 이 일이 있기 전 피정 강의 주제가 "하느님 아버지의 사랑 가득한 돌보심"이었던 것이 우연이었을까요? 바트와 제가 서로 끌어안고 있는 동안, 하느님 사랑의 성유가 그 방에 풍성히 부어졌습니다. 하느님의 현존이 너무도 강력해 함께 있던 모든 사람이 눈물을 터뜨리며 저마다 아버지의 엄청난 사랑을 체험하였습니다. 정말 놀라운 일이었고 절대로 잊을 수 없는 사건이었습니다.

그 주말 전에 저는 진정으로 하느님을 알고 싶고 완전히 새로운 방식으로 마지를 사랑할 수 있게 되기를 기도했습니다. 저의 상상을 초월해 예수님께서는 그 기도에 응답하셨습니다. 그 주말에, 특별히 그토록 메마른 상태로 시작했던 저에게 일어난 사건들은 아무리 해도 결코 다 헤아릴 수가 없을 것입니다.

피정 후 그날 저녁 집으로 돌아왔을 때, 저는 여전히 성령님으로 가득 차 있었고, 그분 사랑과 기쁨이 저에게서 흘러나오고 있었습니다. 아내 마지를 보자 완전히 새롭게 사랑을 느꼈는데, 의심할 여지없이 제가 방금 받은 사랑이 드러난 것이었습니다. 제 눈이 열리면서 젊은 아내의 아름다움과 선함을 완전히 새롭게 바라보게 되었습니다. 저는 전과 완전히 다르게 마지를 포옹했습니다. 우리가 함께해 나가야 할 것이 많고 여전히 진행 중이었지만, 그 순간은 여러 의미에서 새로운 시작이었습니다. 수년 동안 서로의 사랑을 의심해 온 이래, 그 순간 둘 다 서로에 대한 사랑을 확신하게 되었습니다. 저는 마지를 포옹하고 나서 당시 열두 살, 열 살이던 캐리와 크리스틴을 껴안지 않을 수 없었습니다. 벅차오르는 마음을 가장 사랑하는 이들과 나누고 싶었던 것입니다.

저의 개인적 변화와 영적 쇄신은 곧 직업상 알게 된 사람들과 저의 대가족을 포함하여 다른 많은 이들에게 영향을 주었습니다. 가족 회복 프로그램[3]이 중요한 촉매 역할을 했는데, 이 과정에서 성령님께서 저를 인도하시어 아버지가 떠났을 때 생긴 상처를 보게 하셨습니다. 이 프로그램에서 하늘의 아버지께서는 당신과 저의 관계를 회복시켜 주셨고, 그분 치유의 힘이 저를 감싸 육신의 아버지와의 관계를 변화시켰습니다.

그 이후 여러 해 동안 저의 가족 대부분도 본당 쇄신 피정과 가족 회복 프로그램을 통해 엄청난 체험을 하였습니다. 그중 가장 놀라운 체험은 이 책 뒷부분에서 나눌 것인데, 데이브 형에 관한 것입니다.

하느님께서는 가족 한 사람 한 사람에게 적합한 은총을 주시어 각자 치유의 결실을 체험하게 하셨고, 예상대로 이 체험을 통해 다시 나머지 가족들이 더 많은 치유를 받았습니다. 여기서 그치지 않았습니다. 이 치유 은총의 물결은 성령님의 능력을 통하여 제 직업 공동체에도 퍼졌습니다. 저는 그리스도인 상담 치료사 학회에 참가한 후에 몇몇 동료와 그리스도 중심 가족 회복 공동체를 설립하였는데, 이 공동체는 이후 20년째 한 달에 한 번씩 만나고 있습니다. 수천 명이 이 공동체에서 쏟아지는 하느님 사랑을 체험하고 치유를 받아 변화되었습니다.

제가 말할 수 있는 것은 오직 하나 '하느님은 참 좋으신 분'이라는 것입니다. 제가 삐뚤어진 생각으로 하느님의 좋으심을 의심했지만, 그분은 변함없이 자애로운 사랑을 드러내 보이시고 수년 동안 제 마음을 묶어 놓았던 상처들을 낫게 해 주셨습니다(참조: 1요한 4,8; 시편 103,1-14). 그분의 치유하는 사랑은 아내와 아이들, 다른 가족들, 본당과 제 직업 공동체의 많은 사람에게 퍼졌습니다. 하느님께서는 편애하지 않으십니다(히브 10,34-35 참조). 당신과 가족 그리고 당신과 관계를 맺고 있는 모든 사람에게 똑같은 사랑을 주시는 분이십니다. 하느님의 좋으심을 알고 싶습니까? 그렇다면, 예수님의 인격에서 하느님의 선하심과 좋으심을 발견할 수 있도록 이 책을 계속 읽기 바랍니다. 이제 2장에서 선한 스승이신 예수님을 만날 것입니다.

2장

선하신 스승

현대인은 스승의 말보다 좋은 표양을 주는 사람의 말을 기꺼이 듣습니다. 스승의 말을 듣는다면 스승이 좋은 표양을 주는 사람이기 때문입니다.

성 바오로 6세 교황, 『현대의 복음 선교』 41항

당신은 예수님을 어떻게 처음 알게 되었습니까? 많은 사람이 어릴 때 부모와 교사, 사제, 수도자 들을 통해 예수님에 관해 배우고, 그다음에 복음서를 통해 그분에 대해 직접 배우게 됩니다. 이렇게 선한 스승이신 예수님(참조: 루카 18,18; 마태 19,16)을 어릴 때 만나는 것이 하느님에 대한 기초 체험입니다. 그 체험을 통해 우리는 예수님의 치유하는 사랑을 만나게 됩니다. 그리고 그분의 가르침은 참된 자유로 우리를 인도합니다(요한 8,31-32 참조).

현대 세계에서 가장 심각한 가난은 영적 가난입니다. 아이들이 어린 시절에 예수님을 만나지 못하면 자신을 세상의 쓰레기들로 채웁니다. 겉으로 볼 때 그리스도인 가정이라 할 수 있는 가정에서 자란 아이들도 진리에 몹시 굶주려 있습니다. 오늘날 많은 가톨릭 학교에서조차 예수님과 그분의 가르침이 교육의 중심이 아닙니다. 이는 정말 비극이 아닐 수 없습니다.

제가 11년 동안 받은 가톨릭 교육은 이와 정반대였습니다. 철두 철미하게, 저는 "길이요 진리요 생명"(요한 14,6)에 관해 배웠습니다. 몇 과목을 제외하고 거의 모든 수업에서 선생님들은 확고한 진리 를 가르쳤고 그리스도 안에서 살아가는 모범을 보여 주었습니다. 선생님들 대부분은(평신도, 수녀님, 운동 코치, 신부님 등) 복음의 충실한 증거자였습니다. 그분들은 결코 완전하지 않았지만 참으로 성실하 게 가르쳤습니다. 저는 그분들의 가르침을 신뢰할 수 있었는데, 그 분들이 삶으로 그 가르침을 보여 주었기 때문입니다.

저와 형제들이 태어났을 때부터 부모님이 우리를 위해 놓은 기 초 위에 이 선생님들이 집을 지었습니다. 우리는 가정이 무너지기 전에는 탄탄한 신앙 훈련을 받았습니다. 종교적으로 억압하는 분 위기가 아니라 가족끼리 서로 사랑하며 충실히 살아가는 일상에서 거의 무의식적으로 예수님의 제자 교육을 받았습니다. 부모님은 가르치고 훈계하며, 무엇보다 일상의 모범으로 우리가 배운 것을 적극적으로 실천하여 그리스도라는 반석 위에 집 짓는 법을 가르 치셨습니다(마태 7,24 참조). 사랑이 우리 가정의 규범이었고, 부모님 과 그분들이 말과 행동으로 보여 주는 하느님을 신뢰하게 되었습니다. 돌아보니 부모님의 가르침과 그분들이 우리를 위해 바친 희생에 참으로 감사하게 됩니다.

어렸을 때 저는 부모님 두 분 다 사랑했지만, 자연스럽게 아버지를 롤 모델로 삼았습니다. 아버지는 저의 영웅이었습니다. 할 수 있는 한 모든 점에서 아버지처럼 되고 싶었습니다. 아버지는 잘생기고 똑똑하며 운동 잘하고 자식들과 함께 잘 놀아 주며 기도하는 분이셨습니다. 아버지는 우리 눈높이로 내려와 우리와 자주 놀아 주셨고, 그러면서도 아버지로서, 가장으로서 권위를 지키셨습니다. 아버지가 단호하게 훈육할 때는 화를 내기도 하셨는데, 그럴 때면 저는 무서웠습니다. 그러나 아버지는 큰소리를 내신 다음에는 반드시 돌아와 제 감정을 상하게 한 데 대해 부드럽게 사과하셨습니다.

우리가 볼 때, 특히 제가 열 살이 될 때까지, 아버지는 가르친 것을 몸소 삶으로 사셨습니다. 아버지의 모범을 따르는 것은 숨을 쉬는 것과 같았습니다. 의식하지 못하는 사이 우리는 모두 아버지의 모범을 따랐습니다. 그래서 부모님이 싸우기 시작하고 마침내 아버지가 이중생활을 하신 것을 알게 되었을 때 저는 너무도 힘들었습니다. 데이브 형과 저는 모르는 사이 덕과 죄 양면에서 아버지를 따랐습니다. 어린 시절 우리는 아버지의 훌륭한 표양을 보고 "생명으로 이끄는 길"(마태 7,14 참조)을 따랐습니다. 하지만 아버지가 멸망에 이르는 길로 방황하기 시작하셨을 때, 형과 저도 앞을 보지 못하고 같은 방향으로 걸었습니다.

우리는 아버지가 내내 담배를 피우고 술을 마시며 여자들과 선을 넘으면서 어머니와 우리에게는 그것을 '숨기신' 사실을 나중에 알았습니다. 형과 저도 비슷한 행동을 하였고, 그것을 부모님과 학교 선생님, 신부님에게 숨겼습니다. 우리는 초등학교 때 담배를 피우고 훔치고 플레이보이 잡지를 보았으며, 결국 10대 초반에 술을 마시고 여자애들과 선을 넘기 시작했습니다. 예수님께서 경고하신 대로 우리는 눈이 먼 채 아버지 뒤를 따랐습니다. "눈먼 이가 눈먼 이를 인도할 수야 없지 않느냐? 둘 다 구덩이에 빠지지 않겠느냐? … 누구든지 다 배우고 나면 스승처럼 될 것이다."(루카 6,39ㄴ-40).

제일 나쁜 것은 우리 모두 그러면 안 된다는 것을 알았다는 점입니다. 우리 신앙의 기초가 예수님의 가르침에 단단히 놓여 있었기 때문에, 하느님의 계명을 어길 때마다 잘못하고 있다는 것을 알았습니다. 아무리 우리 행동을 합리화한다 해도 변명의 여지가 없었습니다. 그렇지 않으면 우리가 죄를 계속 숨기려고 하지 않았을 것입니다. 하느님께서는 속지 않으셨습니다. 우리가 자신을 속이고 있을 뿐이었습니다(참조: 야고 1,22; 1베드 1,13). 결국 성경 말씀이 경고한 대로, 우리는 자신이 뿌린 파괴적 행동의 열매를 추수하였습니다. "착각하지 마십시오. 하느님은 우롱당하실 분이 아니십니다.

사람은 자기가 뿌린 것을 거두는 법입니다."(갈라 6,7).

아버지와 데이브 형은 오랫동안 예수님께 등을 돌렸기 때문에 가장 큰 고통을 겪었습니다. 두 사람은 수년 동안 그 대가를 치렀습니다. 어찌 됐건 저는 하느님 은총으로 두 사람의 뒤를 완전히 따라가지 않도록 보호를 받았습니다. 어머니와 좋은 학교 선생님, 운동 코치, 신부님의 도움으로 저는 중학교 3학년 때 완전하게는 아니어도 예수님과 그분 가르침으로 돌아왔습니다. 제가 받은 가톨릭 교육은 제 치유 과정에서 큰 부분을 차지합니다. 가톨릭 교육은 저를 계속 보호하여, 제가 올바른 길로 향하게 했고 마침내 수년 후 하느님 아버지의 사랑을 만날 수 있는 기초가 되었습니다.

저에게 결정적 전환점은 중학교 3학년, 아버지가 떠난 지 1년 후에 찾아왔습니다. 저는 방황하며 가야 할 방향을 찾고 있었습니다. 어느 날 노스마이애미 중고등학교에서 렌츠 선생님의 수학 수업 시간에, 저는 그 전 해에 일어난 일로 갈피를 못 잡고 멍하게 교실 뒤쪽에 앉아 있었습니다. 이 낯선 새 환경에서 제가 누군지도 잘 모르겠고, 학교가 아니라 눈이 뱅뱅 도는 서커스장에 있는 것 같았습니다. 설상가상으로 그 서커스 장에는 지도자가 별로 없었습니다. 겉으로 볼 때 학생들은 교사를 존경하지 않았고, 교사들은 그 상황을 수동적으로 참았습니다.

새 학교로 전학을 왔지만, 적응하기 쉽도록 저를 도와주는 사람은 아무도 없었습니다. 저는 남부 사람처럼 얼굴도 타지 않았고 친구도 거의 없는 북부 출신 아이, 왕따였습니다. 학업 성적은 너무 떨어져서 아예 점수에는 신경도 안 쓰고, 수학 과목에서 또 D를 받을 거라고 생각했습니다.

이런 제 생각과 렌즈 선생님의 생각은 완전히 달랐습니다. 선생님은 열정적으로 가르치셨고, 자신이 수학을 사랑하는 만큼 학생들도 모두 수학을 좋아하기를 바라셨습니다. 선생님은 열심히 가르치셨고 언제나 학생들을 배려하셨기 때문에 학생들의 존경을 받았습니다. 그 선생님 수업은 다른 수업과 완전히 달랐습니다. 어떤 까닭인지 저는 선생님이 저를 어떻게 보는지를 중요하게 생각했고 선생님이 제게 실망하시지 않기를 바랐습니다. 그래서 더욱 교실 앞줄에 당황스러운 모습으로 앉아 있고 싶지 않았습니다. 제 이름이 불리는 것을 피하기 위해 저는 선생님이 눈치채지 못하게 마지막 줄에 숨어 있었습니다.

제 전략은 잠깐 통하는 듯했지만, 결국 렌즈 선생님은 칠판 앞으로 저를 불러내시어 수학 문제를 풀게 하셨습니다. 마지못해 교실 앞으로 나갔지만 이 상황을 빠져나갈 수 있는 방법이 생각나지 않았습니다. 실력이 형편없어 답을 만들어 낼 수도 없었습니다. 저는 모든 학생 앞에서 망신당할 마음의 준비를 하고 있었습니다. 그러나 렌츠 선생님은 저를 놀라게 하셨습니다. 선생님은 학우들 앞에서 제게 망신을 주는 대신 저를 격려하시며 문제를 풀 수 있게 지도하셨고, 공부를 따라갈 수 있도록 방과 후에 돕겠다고 제안하셨습니다. 방과 후에 만났을 때, 선생님은 저를 계속 격려하시며 제 공부 실력을 알고 있다고 말씀해 주셨습니다.

이런 렌츠 선생님을 보면서, 그분이 저를 믿어 주고 염려하며 보살피려 하신다고 느꼈습니다. 그날 집으로 돌아와 밤늦게까지 수학 문제를 풀었습니다. 이런 식으로 몇 주 동안 공부를 계속해서 마침내 수업을 따라갈 수 있었습니다. 학년 말이 되자 수학에서 A를 받았습니다. 렌츠 선생님은 저를 자랑스러워하셨고 저 자신도 상당히 뿌듯했습니다. 그것이 새로운 시작이었습니다. 이 새로운 확신과 좋은 성적, 학업에 대한 열정은 고등학교에서 대학, 대학원까지 내내 이어졌습니다. 현재까지 저는 공부하고 배우며 가르치는 것을 참 좋아합니다.

제가 렌츠 선생님께 감사 인사를 했는지 기억나지 않지만, 선생님에 대해 하느님께 감사드렸습니다. 렌츠 선생님은 방황하던 10대 소년에게 예수님의 모습을 보여 주셨습니다. 예수님을 어떻게 직접 만나는지 모를 시기에, 선생님은 저에게 선한 스승의 모습을 보여 주셨습니다. 선생님의 작은 배려가 학생의 삶에 결정적 영향을 줄 수 있다는 것이 놀랍지 않습니까? 제 인생은 중학교 3학년 때 학교를 중퇴한 데이브 형의 길과 완전히 다른 길을 밟았습니다. 렌츠 선생님이 관심을 가지고 저를 돌보셨기 때문에 제가 다시 저를 돌볼 수 있게 되었습니다.

 내면 바라보기

삶에서 예수님을 가장 잘 보여 준 선생님을 생각해 봅시다.

• 내가 삶의 자리로 돌아갈 수 있도록 도와준 선생님이 있습니까? 누가, 어떻게 도왔습니까?
• 삶에서 나의 열정과 관심, 하느님의 부르심을 일깨워 준 선생님은 누구입니까?
• 삶으로 나를 가르치며 좋은 모범을 보여 준 선생님은 누구입니까?

저는 중학교 3학년을 제외하고 대학에 갈 때까지 모두 가톨릭 학교에서 교육을 받았습니다. 지금은 가톨릭 교육이 하느님께서 제게 주신 소중한 선물이라는 것을 알지만, 제가 가톨릭 교육을 더는 받지 못할 때까지 그 교육을 당연한 것으로 여겼습니다. 그 학교를 졸업한 후에야 초·중·고등학교에서 받은 교육이 얼마나 좋았는지 깨달았습니다. 대학에 가면서 진실로 제 눈이 열렸습니다. 저는 고등학교에서 받은 좋은 교육을 기반으로 컬럼비아대학교에서 수업을 들었습니다. 예술과 철학, 법학, 고전 음악 등이 수 세기에 걸쳐 복음의 진리를 얼마나 아름답게 표현하였는지 알게 되었습니다. 적어도 17세기와 18세기의 계몽주의 시대까지 어떻게 서양 문화 전체가 예수 그리스도와 교회 가르침의 기초 위에 세워졌는지 분명히 알게 되었습니다.

하지만 다른 수업에서는 복음의 진리를 선포하기보다는 문화적 거짓말을 퍼뜨리는 듯한, 소위 계몽주의가 맺은 나쁜 열매도 보았습니다. 첫 선택 과목 '철학 입문'이 가장 좋은 예입니다. 흥미로운 주제에 잔뜩 기대하면서 서둘러 강의실로 갔는데, 정돈되지 않은 긴 머리를 하고 앞에 서 있는 분이 교수님이라는 것을 바로 알아보았습니다. 그 긴 머리를 보고, 당시 심한 마약 중독 상태였던 데이브 형이 생각났습니다. 교수님의 인생철학도 형을 생각나게 했습니다. 그 인생철학이란 대충 이랬습니다. "삶에서 어떤 의미를 찾고자 한다면, 이 친구들아, 관두게. 그런 건 없네. 그냥 경험이 있을 뿐이네. 어떤 경험은 좋고 어떤 건 별로 좋지 않은 거라네."

저는 이런 말이 교수님의 입에서 나오는 것을 듣고 깜짝 놀랐습니다. 이 말은 모든 것에는 의미와 목적이 있다고 배웠던 가톨릭 학교의 가르침과 정반대였습니다. 제가 처음에 받은 충격에서 회복되기도 전에 교수님이 말했습니다. "나는 오늘 아침에 일어나서 집중하려고 각성제(암페타민) 몇 알을 먹었고, 점심에는 유연한 상태를 유지하려고 마약(마리화나)을 피우고, 저녁 먹은 후에 마리화나를 한 대 더 피울 걸세. 오늘 밤 잠자리에 들면 잠을 자려고 진정제(우울증 약)를 복용할 거라네."

철학이란 단어는 '지혜에 대한 사랑'을 의미합니다. 이 교수님이 삶의 지혜에 대해 저에게 무언가 한 수 가르쳐 주시리라고 제가 어떻게 신뢰할 수 있었겠습니까? 그런데 저도 온전히 진리를 추구하는 삶을 살고 있었던 것은 아니었습니다. 그러니 저야말로 그 교수님의 삶의 방향에 비난의 돌을 던질 권리는 없었습니다(요한 8,7 참조). 그럼에도 저는 여전히 거만한 태도를 견지했는데, 그 태도는 아버지와 형을 단죄하고 심판했던 어린 시절부터 시작된 것이었습니다.

제 인생은 교수님이 가지지 못한 무엇, 곧 의미와 목적이 있었지만, 교수님은 적어도 솔직했습니다. 교수님은 자신이 믿는다고 주장한 삶을 살고 있었고, 정직하게 그것을 나누었습니다. 저는 신앙을 선택하고 실천한다 했지만, 죄를 합리화하며 독선의 가면 뒤에 내내 숨었습니다. 저는 위선자 놀이를 하고 있었지만, 예수님께서는 제 허울을 바로 꿰뚫어 보셨습니다.

> "너는 어찌하여 형제의 눈 속에 있는 티는 보면서, 네 눈 속에
> 있는 들보는 깨닫지 못하느냐? 네 눈 속에 있는 들보는 보지
> 못하면서, 어떻게 형제에게 '아우야! 가만, 네 눈 속에 있는 티
> 를 빼내 주겠다.' 하고 말할 수 있느냐? 위선자야, 먼저 네 눈에
> 서 들보를 빼내어라. 그래야 네가 형제의 눈에 있는 티를 뚜렷
> 이 보고 빼낼 수 있을 것이다."(루카 6,41-42).

저는 데이브 형과 형을 닮은 사람은 누구든지 판단했습니다. 하
지만 그 사람들 못지않게 저도 구원자가 필요했습니다. 지금은 그
철학 교수님을 연민의 마음으로 돌아보면서 그분이 도망치려 했던
것이 무엇이었을지 생각합니다. 교수님 또한 신뢰를 키워 주고 진
리를 가르치면서 희망을 줄 선한 스승이 필요했을 것입니다. 삶의
어느 지점에서, 누가 그분의 신뢰를 깼는지 의아할 뿐입니다. 아버
지와 형이 그랬듯이, 틀림없이 그분이 희망을 완전히 포기하게 만
든 무언가가 있었을 것입니다.

저는 그리스도교 가치를 이유로 이 교수님을 판단했고, 예수님
이 아니라 독선적 바리사이처럼 행동했습니다. 예수님께서는 이런
식으로 판단하거나 단죄하지 않으셨습니다. 그분의 심판은 정당
하지만, 이 세상에 우리를 심판하러 오시지 않았습니다. 오히려 그

분은 하느님 아버지의 자비와 연민을 드러내 보이려고 오셨습니다 (요한 3,17-21 참조). 그분의 자비는 심판을 이기고 승리합니다(야고 2,13 참조).

저는 하느님 자비가 심판을 이긴다는 성경 말씀을 알고는 있었지만, 이 진리가 제 마음을 뚫고 들어오는 데는 수년이 걸렸습니다. 정말 뜻하지 않은 일이 저를 회심으로 이끌었습니다. 회심의 촉매는 영화 「굿 윌 헌팅」이었습니다. 아내와 제가 매주 한 번 함께 시간을 보내는 날, 영화를 보고 저녁을 먹기로 한 어느 날이었습니다. 저는 그 영화 관람에 연령 제한이 있는지 알아보지 않았습니다. 그런데 영화가 시작되자, 저는 등장인물들의 언어와 섹스 장면이 불편했습니다. 영화관을 나가려 했지만, 마지가 영화에 푹 빠져 있는 것 같았고, 그 때문에 더 화가 났습니다. 저는 영화를 즐기고 있는 아내를 말없이 판단하며 자리에 앉아 영화를 보았습니다. 제 마음은 낭만적인 기분이 아니었습니다. 영화가 진행되고 긴장이 풀리면서 영화에 몰입하게 되었는데, 놀랍게도 그것이 결과적으로 구원을 가져왔습니다.

주인공 월 헌팅은 심한 학대를 받았지만, 머리가 아주 좋은 청년이었습니다. 그는 상처로 인해 능력을 온전히 발휘하지 못하고 살았습니다. 자기 자신으로부터 도망쳤고 자신의 마음을 전혀 돌보지 않았습니다. 당신이 알고 있는 어떤 사람 이야기처럼 들립니까? 윌의 상담 치료사, 숀 맥과이어도 어렸을 때 엄청난 학대를 받았습니다. 그래서 윌의 허울을 바로 꿰뚫어 볼 수 있었습니다.

제가 이 영화에서 가장 눈을 뗄 수 없었던 장면에서, 숀은 윌의 상처받은 마음을 무자비하게 파헤치며 마침내 윌의 방어 기제를 뚫고 들어갔습니다. 이 장면에서 저는 '되찾은 아들' 이야기(루카 15장)의 현대판을 보고 있다는 것을 순간적으로 깨달았습니다.[1] 윌(탕자)은 숀(아버지 모습을 가진 사람)의 품에서 흐느끼면서, 마침내 일생 동안 지고 있던 아픔과 실망을 풀어 놓아 급류처럼 흘려보냈습니다.

상담 치료사 숀도 예수님의 강한 사랑을 보여 주었습니다. 예수님처럼 숀도 상처를 입어 부서진 경험이 있었기 때문에 윌의 고통을 마음 깊이 이해했습니다. 이 모든 상황이 전개되자, 그제야 저는 영화 제목의 뜻을 이해했습니다. 기발한 말놀이였습니다. 모든 죄와 상처, 방어 기제 뒤에서 윌은 선한(굿, good) 것을 깊이 갈망하면서 내내 선의(굿 윌, good will)를 찾아다녔습니다(헌팅, hunting). 그는 어릴 때 학대받고 보호받지 못했지만, 마침내 자신을 이해하고 하느님의 사랑을 보여 준 숀 안에서 누군가를 발견하게 됩니다.

이렇게 '되찾은 아들' 이야기를 저와 연결하던 중 형 역할을 하는 독선적인 이가 누구인지 궁금해졌습니다. 그런데 그것이 저라는 것을 깨닫고 충격을 받았습니다. 지금까지 저는 거리를 두고 서서 아버지와 형제, 지금은 아내를 심판했습니다. 가까운 사람 중 누구든 제 도덕 기준에 맞지 않으면 독선적으로 그를 판단했습니다.

갑자기 그들만큼 하느님 아버지의 자비가 필요한 사람이 저라는 사실을 깨달았습니다. 그때까지 월이라는 인물이 낯설었는데, 이제 월은 저를 비춰 주었습니다. 저 또한 육신의 아버지에게서 참으로 큰 상처를 받았고, 그래서 계속해서 하느님 아버지로부터 도망치고 있었습니다. 월처럼 저도 하느님 아버지의 포옹을 받고 싶은 갈망을 부인하였고, 제 마음을 절연재로 감싸 하느님의 사랑을 차단하며 계속 저를 방어하고 있었습니다. 월처럼 아무리 노력해도 제 지성과 성과로써 저 자신을 고칠 수 없었습니다. 저는 예수님이, 제 아픔의 깊이를 알고 이 내면의 벽을 부수고 들어오는 데 필요한 그 긴 시간 동안 인내하시면서 기꺼이 계속 뚫고 들어오실 그분이 필요했습니다. 이제 저는 판단과 교만의 허울 뒤에 더 이상 숨고 싶지 않았고 해방되고 싶었습니다. 무엇보다 하느님께서 저를 찾고 알고 포옹하기를 원하셨습니다.

하느님께서 제가 보고 싶지 않았던 이 영화를 이용하여 저의 우월감과 마음의 깊은 갈망을 들추어 보이신 것이 얼마나 아이러니하고 또 하느님답습니까? 영화관에 앉아서 영화의 나머지 부분을 보면서, 존재의 깊은 곳까지 발가벗겨지는 느낌이 들었고, 눈물이

볼을 타고 흘러내렸습니다. 생각에 빠져 정신이 없었습니다.

영화의 나머지 부분이 어떻게 흘러갔는지는 모르지만, 영화가 끝나고 아내 마지와 함께 차를 향해 걸어가던 기억이 납니다. 우리는 말없이 손을 잡았습니다. 마지는 지금처럼 제가 정말 상처받기 쉬운 상태에 놓인 것을 알아차리는 순간 참으로 좋은 모습을 보여 줍니다. 그는 몇 분 동안 기다렸다가 "저녁 먹으러 가지 말자. 집에 가자." 하고 말했습니다. 그러고 나서 다시 조용히 기다리면서, 제가 이야기할 준비가 될 때까지 내버려 두었습니다. 저는 상담 치료사로 수년간 훈련받고 경험을 쌓았지만, 그 순간에는 아내가 저보다 더 훌륭한 상담 치료사였습니다.

저는 다시 눈물을 흘리며 겨우 몇 마디 했습니다. "나는 사기꾼이야." 마지가 제 말에 충격 받는 모습을 보니, 제가 마음을 제대로 전달하지 못했다는 것이 읽혔습니다. 저는 계속해서 마지에게, 영화를 보면서 제가 지닌 우월감과 판단의 태도를 깨달았다고 말했습니다. 또 윌과 상담 치료사 장면을 보고 어떻게 한 번에 저를 죄인이라 생각했는지 이야기했습니다. 제가 왜 자신을 위선자처럼 느꼈는지 최선을 다해 설명하려고 했습니다. 저는 상담 치료사로서 하느님의 사랑과 치유에 대해 가르치느라 시간과 힘을 다 쏟았는데, 비참하게도 진리의 참된 증거자가 되는 데는 실패했던 것입니다. 예수님처럼 온전히 마음 다해 사랑하는 것이 너무 두려웠고 제 지식 뒤에 숨는 것이 더 편했습니다. 다른 모든 사람은 자신의 부서진 마음을 똑바로 보도록 도와주면서, 제 망가진 부분은 절대로 똑바로 보고 싶지 않았습니다.

저는 마지에게 제가 참된 교사나 상담 치료사로서도 부족하고, 남편으로서는 더욱 부족하다고 마음을 다해 고백했습니다. 이어서 제가 얼마나 더 좋은 남편, 더 좋은 상담 치료사가 되고 싶어 했는지도 이야기했습니다. 영화에서의 숀처럼 대담하게 사랑하고 싶었지만 그렇게 위험하게 저를 개방하는 것이 너무 두려웠다고 말했습니다. 또 정말 윌처럼 치유받고 싶다고, 하느님 아버지께서 저를 더 깊이 안으시어 제 상처의 핵심을 건드려 주시기를 얼마나 원하는지 말했습니다.

그다지 분석적 성향이 아닌 마지는 연민을 가지고 대답했습니다. "당신 아버지가 당신을 떠나버린 상처가 깊을 거라고 난 언제나 느꼈어. 또 당신을 온전히 치유하는 데 뭐가 얼마나 필요할지 늘 생각했어." 저는 그 대답을 듣고 두 가지 사실에 한 대 얻어맞은 듯했습니다. 먼저 아내는 너무나 자주 무시당한다고 느꼈던 제 마음을 참으로 깊이 꿰뚫어 보고 있었고, 또 무엇보다도 제가 많은 아픔과 거짓 때문에 어린 시절 상처로부터 도망쳤다는 것을 알고 있었습니다.

내면 바라보기

내가 가족이나 다른 사람을 어떻게 판단하고 있는지
성찰해 봅시다.

- 누구를 판단했습니까? 그들이 어떤 상처를 주었습
  니까?
- 그들에 대해 어떤 특정한 판단을 내렸습니까?
- 예수님께서 나 자신을 진리에 눈뜨게 하신 체험이
  있습니까? 있다면 언제, 어떤 체험이었습니까?

저도 윌과 비슷하게 20대 대부분을 진리를 찾으면서 보내는 반
면, 동시에 진리로부터 도망치고 있었습니다. 세계 종교를 공부하
면서 모든 종교의 공통분모를 찾으려고 했습니다. 성경뿐 아니라
다른 영적 자기 계발서도 읽었습니다. 가톨릭 미사에 참여하고 다
른 종파의 교회도 찾아다녔습니다. 신앙의 차이를 아는 것은 좋았
지만 어떤 것이나 어떤 사람에게 제 마음을 의탁하는 것은 두려웠
습니다. 결국 지식은 많이 얻었지만, 공부하기 시작했을 때보다 더
욱 혼란스러웠습니다. 너무도 큰 차이가 있는 신앙들을 서로 화해
시키고자 애썼습니다. 많은 사람이 같은 성경을 인용했지만 정확
하게 반대되는 해석을 했습니다. 그러니 누구를, 무엇이 진리라고

신뢰할 수 있겠습니까?

그러는 동안 저는 대체로 머리로 이해할 수 있는 수준에 머물러 너무 깊이 들어가려고 하지는 않았고, 마음은 불안 속에 방황했습니다. 저는 어떤 권위도 온전히 신뢰하지 않았습니다. 제가 딛고 설 수 있는 탄탄한 기반이 있기나 한 것인지 의심했습니다. '어쩌면 세속적 무신론자들이 옳을지도 모른다. 절대적 진리 같은 것이 있기나 할까?' 당신은 살면서 이런 질문을 던져 본 적이 있습니까? 그렇다면 안전한 기반 자체에 물음표를 던지는 것이 얼마나 불안한 것인지 이해할 것입니다. 이런 의문들이 20대 후반에 저를 공격했고 결국 공황 장애를 일으켰습니다.

이 모든 일이 일어나는 동안 짐이나 로이스와 고민을 나누었습니다. 짐은 저보다 서른 살이나 많았는데 나중에 본당 쇄신 피정 팀원이 되었습니다. 그 프로그램에 참여하기 전부터 짐과 로이스는 제가 사랑하는 친구들이었기에 저는 그들과 개인적인 문제를 의논할 수 있었습니다. 더욱이 그들이 사랑으로 성실하게 사는 사람들임을 믿었기에, 제 인생에서 그 누구보다도 그들을 신뢰했습니다. 그들은 참으로 사랑과 기쁨 속에서 신앙생활을 하였습니다.

혼란스럽고 불안한 저의 상황을 이야기하자, 두 사람 모두 저와 공감하면서 제가 혼란 속에서도 분명하게 볼 수 있도록 도와주었습니다. 30년이 지났지만 지금도 그 대화를 선명하게 기억합니다.

로이스도 어릴 때 저와 비슷한 혼란을 겪었습니다. 그때 그가 신뢰하고 존경하는 어떤 이가 오로지 예수님만 바라보라고 그에게 충고해 주었고, 그러자 모든 것이 수정처럼 맑고 분명해지면서 예수님을 깊이 사랑하게 되었습니다. 몇 년 후 로이스는 가톨릭 교회가 믿을 수 있고 권위 있는 복음의 수호자라고 판단하여 가톨릭으로 개종하였습니다. 로이스의 체험을 듣자마자 저는 그의 지혜가 성령님께로부터 오는 것을 영으로 바로 알았습니다. 그것은 최고의 조언이었습니다.

짐과 로이스와 대화를 나눈 후, 저는 새 삶의 중심인 예수님의 모든 것을 알기 위해 성경을 읽기 시작했습니다. 제가 교사이기 때문에 스승이신 예수님께 먼저 끌렸습니다. 얼마 지나지 않아 예수님께서는 제가 만난 어느 선생님보다 더 놀라운 분이시고, 당시 고등 교육을 받은 모든 선생님과 다르시다는 것을 알았습니다. 사람들은 몇 번이고 그분의 가르침에 놀랐습니다. 예수님은 "율법 교사와 달리" 권위를 가지고 가르치셨습니다(마르 1,22 참조).

예수님 시대에 율법 학자와 바리사이들은 지식인이었지만, 지식뿐이고 권위가 없었습니다(마태 23장 참조). 하느님에 대해 가르쳤지만 그들은 하느님을 알지 못했습니다. 예수님께서는 그들의 예배가 진정성 없고 입에 발린 것에 지나지 않는다고 말씀하셨습니다. 그들의 마음은 하느님으로부터 멀리 있었습니다(마태 15,8 참조).
그들 자신은 몰랐지만, 그들의 가르침을 받은 이들은 누구나 그들
이 권위가 없는 것을 분명히 알 수 있었습니다.

예수님은 완전히 다른 분이셨습니다. 그분은 하느님 아버지와
지극히 친밀한 관계 속에서 말씀하셨습니다. 예수님 입에서 나오
는 모든 말씀에는 성령님의 힘이 녹아 있었습니다. 세계사에 등장
하는 어떤 스승과도 다르게, 예수님께서는 당신이 가르치고 선포
하신 것을 정확히 삶으로 사셨습니다. 그분은 제가 일생 동안 찾고
있던 완전히 참된 증거자이십니다. 그분은 제가 온갖 찬사를 바칠
수 있는 유일한 분, 제 마음을 맡길 수 있는 단 한 분이십니다.

예수님에게서는 겸손이 배어 나오고 그분 가르침은 참으로 진
실합니다. 예수님께서는 하느님 나라에 대해 가르치시면서 치유
와 기적으로 하느님 사랑과 능력을 증언하셨습니다. 그분은 다른
종교 지도자들처럼 사람들이 따라야 할 규정을 가르치지 않으셨습
니다. 오히려 사람들에게 다가가서 무엇이 가장 필요한지 보살피
셨습니다. 저 자신과 제가 아는 사람들과 달리, 예수님께서는 결코
자만이나 교만에 차서 가르치지 않으셨고 늘 아버지에 대한 사랑
에 따라 행동하셨습니다. 그분의 마음은 가난한 이들과 몸과 정신,
영이 억눌린 사람들에 대한 연민과 자비로 흘러넘쳤습니다.

이 선하신 스승에 대해 알면 알수록 제 마음은 더욱더 그분께 끌렸습니다. 아버지가 떠난 후 처음으로 저는 권위 있는 누군가의 말을 온전히 신뢰하기 시작했습니다. 저는 '이분은 내가 절대 실망하지 않을 유일한 분이시다.'라고 생각했습니다. '그때부터' 저는 성경과 교회 가르침의 권위를 믿게 되었습니다. 그것들은 모두 예수님을 드러내 보여 주었기 때문에 예수님의 가르침은 온전히 믿을 만하다고 확신하게 되었습니다.

이렇게 저는 예수님을 알게 되면서 삶이 바뀌었고, 깊은 치유를 받았습니다. 어린 시절 이후 처음으로 다시 안정감을 느끼기 시작했습니다. 그러나 제가 예수님과 어중간한 관계로 지낼 수 없다는 것을 깨달으면서, 새로 찾은 신뢰는 곧 더 큰 두려움과 불안으로 바뀌었습니다. 예수님께는 평범한 제자들이란 없었고, 제자들은 그분을 따르기 위해 모든 것을 포기했습니다. 그들은 온 삶을 걸고 그분을 믿었고, 그분이 어디를 가든 따라다녔습니다. 그들은 그냥 학교에 앉아 지식을 배우지 않았습니다. 그들은 예수님을 따라 그분이 하신 모든 것을 했습니다.

저는 예수님을 믿는 것이 신경을 외우고 계명을 지키거나 주일에 성당에 가는 것만으로는 너무나 부족하다는 것을 알게 되었습니다. 예수님을 믿는 것은 제 삶의 모든 것에 근본적으로 투신하는 것이었습니다. 루카 복음서에서 부자 권력가와 예수님의 대화는 이 점을 아주 분명하게 보여 줍니다.

어떤 권력가가 예수님께, "선하신 스승님, 제가 무엇을 해야 영원한 생명을 받을 수 있습니까?" 하고 물었다. 그러자 예수님께서 그에게 이르셨다. "어찌하여 나를 선하다고 하느냐? 하느님 한 분 외에는 아무도 선하지 않다. 너는 계명들을 알고 있지 않느냐? '간음해서는 안 된다. 살인해서는 안 된다. 도둑질해서는 안 된다. 거짓 증언을 해서는 안 된다. 아버지와 어머니를 공경하여라.'" 그가 예수님께 "그런 것들은 제가 어려서부터 다 지켜 왔습니다." 하고 대답하였다. 예수님께서는 이 말을 들으시고 그에게 이르셨다. "너에게 아직 모자란 것이 하나 있다. 가진 것을 다 팔아 가난한 이들에게 나누어 주어라. 그러면 네가 하늘에서 보물을 차지하게 될 것이다. 그리고 와서 나를 따라라."(루카 18,18-22).

예수님은 이 사람의 순수한 의도를 아셨고 그에게 감탄하셨습니다. 그러나 하느님께서 모든 선의 원천이자 근원이시며, 순수한 신앙은 자신이 아닌 하느님을 신뢰하는 것임을 보여 주시면서, 이 사람이 의지하고 있는 모종의 독선과 교만의 바탕을 치워 주려 하십니다. 예수님은 하느님이시기에 유일하게 선한 스승이십니다. 그분만이 참으로 선하십니다. 그렇지 않다면 그토록 철저한 제자

직으로 이 사람이나 우리 가운데 누군가를 부르실 권위도 예수님께 없을 것입니다.

예수님을 따르는 것은, 우리가 자기만족을 포기해야 할 때가 오기 전까지는 근사하게 들립니다. 위의 성경 말씀을 읽을 때 어떤 차원에서는 두렵지 않습니까? 저만 이것이 두려운가요? 아니면 당신도 그러신지요? 예수님께서 당신을 따르기 위해서 정말 모든 것을 버리라고 우리에게 요구하실까요? 우리는 어떻게든 합리화하려고 합니다. 프란치스코 교황께서 제 두려움을 이해하시니 위안이 됩니다. 교황께서는 참행복에 대해 가르치시면서 말씀하시기를, "우리 모두 구원을 두려워합니다. 구원이 필요하지만, 두렵습니다. 모든 것을 포기해야 합니다. 그분이 맡아 주십니다! 그래도 우리는 두렵고 … 자신을 스스로 통제하기를 원합니다."[2]

제가 예수님을 만났을 때, 그분이 제게 "차지도 뜨겁지도" 않다고 도전적으로 말씀하신 것을 기억합니까?(1장). 저는 존재의 뿌리까지 위협받는 것을 느꼈습니다. 저는 거짓 안전들을 어느 정도는 지금도 내려놓고 싶지 않습니다. 제 방식대로 살고 싶습니다. 그러나 그것은 삶이 아니라 죽음입니다. 예수님은 이 점을 분명히 하셨습니다. "제 목숨을 보존하려고 애쓰는 사람은 목숨을 잃고, 목숨을 잃는 사람은 목숨을 살릴 것이다."(루카 17,33).

내면 바라보기

내가 스스로를 어떤 식으로 구원하려고 했는지 생각해 봅시다.

- 삶에서 성공하기 위해 세운 계획이 있습니까?
- 예수님께 온전히 삶을 드린 적이 있습니까?
- 예수님을 온전히 신뢰할 수 있는 분이라 믿습니까?

예수님을 온전히 신뢰할 수 없다면, 자신에게 거짓말하지 마십시오. 그 점에 대해 단순하게 예수님과 자신에게 정직하십시오. 자비로우신 치유자 예수님께서 우리를 낮게 하시려고 그 부서진 모습 그대로 당신에게 오라고 초대하십니다.

3장
자비로우신 치유자

기적은 일어납니다. 그러나 기도가 필요합니다! '아, 당신을 위해 기도하겠습니다!'와 같은 정중한 기도 말고, 그 기적을 이루기 위해 싸우는 용감한 기도 말입니다.

프란치스코 교황, 「로세르바토레 로마노」

마태오 복음서 9장 27절의 이야기로 들어가면서, 우리가 예수님을 만나길 원하는 눈먼 사람 둘 가운데 하나라고 상상해 봅시다. 지금까지 우리는 사람들의 시선에 직면하기보다 마을 변두리에 있는 것을 더 좋아했습니다. 우리가 눈먼 게 부끄럽기 때문입니다.

그런데 치유의 기적 이야기가 마을에 퍼지자, 희망과 용기 같은 색다른 느낌과 함께 우리 마을 사람들 사이에 기대하는 기류가 도는 걸 감지합니다. 그전에는 누구도 이런 일을 본 적도 들은 적도 없었습니다. 혹시 오랫동안 기다린 메시아가 오신 것일까요?

우리는 서로 귓속말을 합니다. "어쩌면 그분이 우리를 건강하게 해 주실지도 몰라." 불가능한 일인 듯했지만, 이웃 마을 중풍 병자가 나왔다는 소식이 전해지자 우리는 더욱더 희망에 차 마음이 들떠 있습니다. 치유자이신 분이 우리 쪽으로 오신다는 소식이 마을에 쫙 퍼지자 기대가 점점 커집니다. 주위에서 군중이 와글거리는 소리가 들립니다. 그분이 우리 앞에 놓인 길 어딘가에 계신다고 합니다. 우리는 군중 뒤를 비틀비틀 따라가며 외칩니다. "다윗의 자손이시여, 저희에게 자비를 베풀어 주십시오."

어떤 경고도 없이 사람들이 갑자기 어떤 사람 집 앞에 섭니다. 치유자이신 분이 사라지셨습니다. 집 안에 계신가? 우리가 기회를 놓친 건가? 하지만 단념하지 않고 전보다 더 큰 소리로 다시 외칩니다. "다윗의 자손이시여, 저희에게 자비를 베풀어 주십시오."

우리는 그분이 우리 소리를 듣고 계신다는 확신이 들면서, 본능적으로 조용히 기다리면서 그분이 지나치지 않기를 바랍니다. 이번에는 꼭 우리를 알아보시기를 '원합니다'.

집 안에서 목소리가 들립니다. 치유자이신 그분이 우리의 간청을 듣고 만나러 오십니다. 잠깐 사이 우리 바로 앞에 그분이 서 계신 것이 느껴집니다. 그분이 손을 내밀어 눈을 만지실 때 잠시 숨이 멎었습니다. 그분의 몇 마디 말씀은 참으로 확실한 권위가 있습니다. 그분의 친절한 목소리가 마음을 꿰뚫고 들어와 우리는 한 번도 해 본 적 없는 체험을 합니다. 몇 초 전만 해도 그냥 낯선 사람이었는데, 이분이 우리를 사랑하고 아신다고 느낍니다.

그분이 우리 눈을 만지실 때 그 손에서 힘이 흘러나오고 따뜻한 기운이 몸 전체에 퍼지는 것이 느껴집니다. 눈이 떨리면서 따끔거리기 시작합니다. 태풍 때 하늘을 비추는 번개처럼, 갑자기 앞에서 빛이 번쩍입니다. 너무 기뻐서 입에서는 웃음이 천둥처럼 터져 나옵니다. 몇 초 후에는 감사의 눈물이 폭우처럼 눈에서 쏟아져 내립니다. 눈을 씻고 나니, '볼 수' 있습니다. 기적 때문에 놀란 우리 모습을 거울로 비춘 듯이, 둘러선 사람들도 너무 놀랍니다. 이분은 누구신가? 위대한 엘리야 말고 누가 날 때부터 눈먼 사람들의 시력을 회복시켜 주었던가?

우리는 너무도 놀라 지금 일어나고 있는 일의 의미를 이해해 보려 합니다. 이내 우리를 응시하시는 치유자와 눈이 마주칩니다. 그분이 우리를 '보십니다'. 어떤 이유인지 모르지만, 이분에게는 우리가 소중합니다. 그분은 우리를 존중하십니다. 하지만 우리는 이런 대접을 받아 본 적이 없어서 감당하기가 너무 힘듭니다. 그분의 부드러운 눈은 아무 말도 하지 않지만, 우리 전 존재를 치유하시려는 간절한 마음을 전해 줍니다.

육체적 치유는 그 자체만으로도 놀랍지만, 그분이 이제 우리에게 주시려는 치유와 비교하면 아무것도 아닙니다. 그분은 우리 마음 가장 깊은 곳에 말없이 말씀하십니다. 그분은 꿰뚫어 보는 시선으로 모든 말씀을 하시고, 교만과 두려움과 불신으로 눈이 먼 우리 영혼을 회복시키겠다고 제안하십니다. 우리는 이 일을 정말 감당할 수가 없습니다. 그분의 제안을 공손하게 거절하고 그분 시선을 피해 얼굴을 돌립니다. 시력을 주신 것, 이 믿을 수 없는 선물에 감사드리며, 그분이 주신 것은 우리가 갚을 수 있는 것보다 더 관대한 일이라고 고집을 부립니다.

치유자는 이해하시고 미소 지으십니다. 우리 마음에 있는 참동기를 알아보시고, 그분은 이 저항을 받아들이시며, 겉으로는 공손한 우리 대답이 사실은 상처받은 경비견 같은 공포를 몰래 숨긴 것임을 아십니다. 처음으로 우리는 그분께 치유를 청한 것이 실수가 아닌가 하는 생각을 합니다. 시력을 회복하기 전에는 유일하게 아는 거짓 안전 속에 우리가 숨을 수 있었습니다. 어둠 속에서 위안을 찾았습니다. 그런데 우리가 볼 수 있고 다른 사람이 우리를 보는 것은 상상 이상으로 더 두렵습니다.

그분은 우리 의지를 거스를 의도는 없다고 안심시키십니다. 그분의 동기는 다른 것과 연결된 끈이 하나도 없는 순수한 사랑입니다. 선택은 전적으로 우리 자유입니다. 그분의 치유 제안은 우리가 자유롭게 선택하는 열린 초대입니다. 이렇게 다시 확신이 들자 우리 마음이 더는 동요하지 않고 몸도 긴장이 풀립니다. 그런데 이해가 안 됩니다. 우리가 왜 그렇게 두려워했을까요? 이 자비로우신 치유자는 우리에게 좋은 것만 원하셨고, 우리가 알지 못했던 그런 사랑으로 우리를 사랑하셨습니다.

이제 복음 밖으로 나와 우리가 경험한 것을 성찰해 봅시다. 이 일이 '진짜'였나요? '아닙니다, 물론 아닙니다.', '그것은 모두 상상입니다.'라고 하겠지요. 그렇습니다. 어떤 차원에서는 그 말이 사실이지만, 이 일이 정말 진짜가 아니었습니까? 우리가 함께한 상상 속 경험이 진짜이기는 하지만 완전히 이해할 수는 없는 그런 경험이었습니까? 상상력을 사용해 깊은 치유로 이끈 경험이 많은 린 페인은 다음과 같이 말했습니다. "진정한 상상적 체험은 … 참실재에 대한 직관입니다. 그것은 객관적 실재의 … 본질을 … 확인하는 것입니다. 그 체험은 하느님께로부터 오는 체험입니다."[1]

수 세기 동안 로욜라의 성 이냐시오와 성 프란치스코 살레시오를 비롯한 많은 성인과 영적 지도자들이 린과 같은 관점을 가졌습니다. 그분들은 각자 개인적으로 복음 이야기 속에 들어가서 신앙을 넓히라고 가르쳤습니다. 그렇게 할 때, 예수님을 신앙으로 만나 그분이 우리를 변화시키시도록 허락하게 됩니다. 예수님은 시간과 공간의 제약을 받지 않으십니다. 그분은 우리가 다니는 거리를 걸어 다니시고, 우리 집으로 들어오시고, 우리 마음을 회복시키십니다. 그분은 우리가 낫기를 원하십니다. 당신은 병이 나아 건강해지기를 원합니까?

마태오 복음서의 눈먼 두 사람 이야기 속으로 들어갔을 때, 육체적·영적 질병으로 고통받는 것이 어떤 것인지 느낄 수 있었나요? 회복의 가망성이 없는 상황에서 너무 오래 살아온 절망감이 전해지지 않았나요? 무시당하고 소외당하는 것이 어떤 느낌인지 알게 되지 않았습니까? 저는 살면서 그런 경험을 했는데, 누구에게나 이런 경험은 있습니다.

또 예수님의 치유를 받는 것이 어떤 느낌인지 느껴지나요? 그분 시선이 나의 깊은 곳을 꿰뚫고 들어와 그분 능력이 위로를 주며 강하게 기름을 부으시어 오래 지속된 고통으로부터 해방된 체험이 있지 않습니까? 1장에서 이미 나눴듯이, 저는 이런 식으로 그분의 치유를 체험했습니다. 그분이 주시는 환희를 체험했습니다. 울어야 할지 웃어야 할지 몰랐습니다. 마음은 두려워 마구 뛰면서, 만일 예수님이 제 마음의 아주 깊은 곳을 치유하시도록 하면 제 통제력을 잃는 것이 아닌가도 싶었습니다. 저의 체험을 당신 자신의 삶에 적용해 볼 수 있습니까? 저는 육체적으로 눈이 먼 적이 없어서 눈먼 사람이 치유받는 느낌은 모릅니다. 그러나 육체적으로 눈이 먼 사람들의 치유 기적을 목격했습니다. 정말 놀라웠습니다. 저는 영적으로 눈먼 상태에서 예수님을 만나는 것이 어떤 것인지도 압니다.[2] 아침 기도 모임에서 예수님께서는 제가 "차갑지도 뜨겁지도" 않은 것에 대해 말씀하시면서, 영적으로 눈멀고 가난한 저의 상태를 보여 주셨습니다.

> "'나는 부자로서 풍족하여 모자람이 없다.' 하고 네가 말하지만, 사실은 비참하고 가련하고 가난하고 눈멀고 벌거벗은 것을 깨닫지 못한다. 내가 너에게 권한다. 나에게서 불로 정련된 금을 사서 부자가 되고, 흰옷을 사 입어 너의 수치스러운 알몸이 드러나지 않게 하고, 안약을 사서 눈에 발라 제대로 볼 수 있게 하여라. 내가 사랑하는 사람들을 나는 책망도 하고 징계도 한다. 그러므로 열성을 다하고 회개하여라."(묵시 3,17-19).

"내가 사랑하는 사람들을 나는 책망도 하고 징계도 한다."라는 말씀에 주목해 보십시오. 그 당시에 저는 예수님의 말씀을 사랑이라고 느끼지 못했습니다. 저는 위협을 느꼈고, 위로를 느끼지 못했습니다. 불안이 저를 엄습하였습니다. 저는 제 방어벽을 허물 준비가 되어 있지 않았습니다. 그러나 예수님의 말씀이 거대한 제 방어 기제 뒤로 슬그머니 들어왔습니다. 돌아보니 예수님께서는 사랑으로 이 말씀을 하셨습니다. 지금은 그분의 단호한 꾸짖음에 대해 영원히 감사드립니다. 제가 어둠 속에 있어서, 제 안에 숨은 약함과 죄를 보지 못하고 살았습니다. 예수님의 말씀은 외과 의사의 수술칼 같아서, 교만이라는 치명적인 암을 제 영혼에서 제거하였습니다. 10대 후반과 20대 초반에 저는 정말 괜찮다고 생각했습니다. 누구에게서도, 심지어 구원자에게서조차 그 무엇도 원하지 않았습니다. 많은 죄를 합리화했고, 제 마음이 부모님 이혼으로 심하게 상처받아 산산조각이 난 것을 인정하지 않았습니다. 영적으로, 심리적으로 병들었습니다. 절박하게 치유가 필요했고, 그 필요성을 아주 희미하게 인식했을 뿐이지만, 마침내 예수님께서 제 허울을 뚫고 들어오셨습니다. 저는 하느님께 대한 지적인 지식은 있었지만 바리사이처럼 그분의 치유를 거부했습니다.

 내면 바라보기

나에게 치유가 필요한 사실을 어떻게 부인했습니까?

• 삶에서 종교적 허울 뒤에 숨은 적이 있습니까? 그 허울 뒤에 무엇을 감추었습니까?
• 예수님께서 나의 허울을 드러내 보이셔서 위협을 느낀 때가 있습니까? 그 결과 무슨 일이 일어났습니까?

복음서에서 예수님의 치유 기적을 체험한 사람은 대부분 놀랍니다. 이와 반대로, 예수님께서는 기적에 놀라시는 것이 아니라, 하느님을 믿는다고 하면서 바로 눈앞에서 드러나는 당신의 강력한 사랑을 믿지 않는 사람들에게 놀라십니다(마르 6,6 참조). 우리는 어느 쪽을 닮았습니까? 예수님의 강한 사랑이 드러나는 것을 보고 놀랍니까? 아니면 좀 잘 안다는 무관심한 태도로 복음서 이야기를 읽거나 듣습니까? 예수님께서 오늘, 지금, 치유를 원하시는 것을 믿습니까? 아니면 절망이나 불신앙을 감추는 가면에 지나지 않는 종교적 교만이나 지적인 오만 뒤에 숨어서, 예수님과의 참된 만남을 피합니까?

우리 대부분은 의사, 약, 상담 치료 등을 통해 이루어지는 느리고 체계적인 치유는 여전히 믿습니다. 그것도 좋지만, 예수님께서 역사하실 자리가 있습니까? 복음서에서 예수님의 치유를 묘사하는 단어 중 하나가 '테라페우아therapeua'입니다. 테라피스트(상담 치료사)라는 말이 여기서 나왔습니다. 예수님은 지금까지 최고의 상담 치료사요 의사이십니다. 그러나 우리는 자주 그분이 우리 영혼과 육신의 의사는 아니라고 말합니다. 과학과 의술에 기초를 두지 않은 치유가 우리 삶에서 이루어질 자리가 있습니까?

오해가 없기를 바랍니다. 신앙과 충분히 통합된, 건실한 의술 훈련과 유능한 과학은 하느님의 선물입니다.[3] 저는 수년간 상담 치료사 훈련을 받았고 의사들이 상당한 훈련을 받는 것도 늘 감사합니다. 프랜시스 맥넛트는 다음과 같이 말합니다. "치유 기도가 있으니 의사, 간호사, 상담사, 정신과 의사나 약사가 필요 없다는 식으로 절대 생각하지 않습니다. 하느님께서는 병자를 치유하시기 위해 그 모든 방법을 사용하십니다."[4]

제 말은 현대 의학과 심리학을 신인 양 다루면서 영혼과 육신의 참된 의사를 부인한다는 뜻입니다. 이것이 바뀌어야 합니다! 베네딕토 16세 교황의 말씀대로 치유가 그리스도교의 본질이라면, 치유는 교회와 삶에서 제자리를 회복할 필요가 있습니다. 신앙을 넓혀 마음을 열고 예수님께서 마음껏 주시려는 치유를 받아들일 필요가 있습니다. 당신은 하느님의 치유를 받을 수 있도록 기꺼이 마음을 넓히겠습니까?

몇 년 전에 목회자 친구에게서 브라질에 치유 사목을 하러 같이 가자는 초대를 받았습니다. 그것은 저의 신앙을 넓힐 중요한 기회가 되었습니다. 세계적인 치유 사목을 하는 게리는 『주님, 제 눈을 열어 주소서』의 저자입니다.[5] 제가 그를 만났을 때 그는 어느 교회의 목회자였고 저와 같은 학교에서 강의를 하고 있었습니다. 제가 알기로 그는 정직하고 진지한 사람입니다. 처음 브라질에 다녀온 다음 그는 저에게 치유 기적 이야기를 여러 번 했습니다. 귀 먼 사람이 치유의 선물을 받았고 눈먼 사람이 시력을 회복하며 말 못하는 사람이 말을 하고 신체적 장애가 있는 사람들이 뛰고 걸어 다녔으며 희망이 없던 사람들이 희망으로 가득 찼다고 전했습니다. 만일 제가 그를 잘 알지 못했으면, 그 이야기를 믿지 않았을 겁니다.

그런데 게리의 흥분은 전염성이 있었습니다. 제 영이 그의 증언을 들으면서 기뻐하였습니다. 그의 이야기는 바로 복음서의 이야기처럼 들렸습니다. 그리고 하느님의 은총으로 저는 그 이야기들이 모두 진실인 것을 즉시 알았습니다. 그런데 그때 그 이야기를 믿는 것은 저에게 대단한 신앙을 요구하지는 않았습니다. 그의 다음 브라질 사목 여행에 함께 가기로 한 후에 비로소 저의 신앙은 시험을 받았습니다.

저는 이때 신앙은 용감하게 시험당할 때만 진짜가 된다는 것을 깨닫게 되었습니다. 프란치스코 교황의 말씀처럼, "비상한 행동을 요구하는 기도는 마치 우리 삶 자체가 달린 듯 모든 것을 쏟아부은 기도여야 합니다."[6] 이 말씀과 관련하여 제가 즐겨 드는 예는, 나이아가라 폭포 위를 외바퀴 손수레를 밀고 건너간 어느 줄타기 곡예사 이야기입니다. 처음 건너간 후에, 그는 군중에게 자신이 다시 그 곡예를 할 수 있다고 믿는지 물었습니다. 거의 모든 사람이 그렇다고 손을 들었습니다. 그들의 믿음에 감명을 받아, 곡예사는 앞에 있는 청년을 가리키며 말했습니다. "좋아, 손수레에 올라타게. 그러면 내가 자네를 밀고 건너겠네."

게리의 세 번째 브라질 여행에서 저는 손수레에 '올라탄' 그 청년과 같았습니다. 그는 이전 두 여행에서 목격한 기적들에 관해 이야기했습니다. 세 번째 여행을 가면서 저더러 외바퀴 손수레에 올라타라고 초대했습니다. 저는 게리가 아니라 예수님께서 신앙으로 발을 내딛도록 저를 초대하시는 것을 알았습니다. 제 영적 지도자도 제가 부르심을 받았다고 확인해 주었습니다. 6개월 후, 저는 브라질의 론드리나에서 그리스도의 몸을 대표하여 전 세계에서 온 그리스도인 70명으로 이루어진 팀에서 봉사하였습니다. 우리 팀은 론드리나의 아픈 사람들에게 영혼과 육신에 생명을 주는 의사이신 예수님을 대신하였습니다.[7]

브라질에서 첫 이틀 동안, 저는 수년간 해 온 일, 곧 내적 치유가 필요한 사람들과 함께 기도하는 일을 했습니다. 기도가 필요한 수백 명의 사람 중에서, 어린 시절에 성적 학대를 받은 두 여성을 위해 기도하게 되었습니다. 두 사람은 자포자기하고 절망하여 과거에 자살 시도도 했습니다. 제 마음은 연민으로 가득 차서, 그들의 극심한 고통을 덜어 주기 위해 무엇이든 다 도와주고 싶었습니다. 하지만 시간이 너무 없어서 애가 탔습니다.

예수님께서 이 여성들의 성적 학대 상처를 치유하실 것을 믿는 것은 제게 그다지 대단한 신앙 행위가 아니었습니다. 저는 그런 치유를 이전에도 많이 목격했습니다. 정말 믿음이 필요한 것은 이 사람들에게 봉사할 시간이 너무 없다는 것이었습니다. 통역사가 필요했기 때문에 시간이 더욱더 없었습니다. 제가 미국에서 경험한 바로는, 대체로 성적 학대는 치유되는 데 몇 개월 또는 심지어 몇 년도 걸렸습니다. 여기 브라질에서는 몇 달은 고사하고 몇 시간도 주어지지 않았습니다. 한 사람과 기도하는 데 30분도 주어지지 않는다는 것은 말도 안 되는 일이었습니다. 저는 여전히 상담 치료사로서 생각했습니다. 시간 제약이 있고 계속 기도해 줄 기회가 없는 상황에서 그들과 기도하는 것이 심지어 윤리적인지 스스로 묻기까지 했습니다.

그러나 우리 그룹은 함께 기도하면서 성령님께서 나아가라고 하시는 것을 알아차렸습니다. 저는 의심과 염려를 내려놓고 앉아, 예수님께서 당신의 소중한 이 딸들을 치유하고 위로하시는 것을 경외심에 차서 목격하였습니다. 보통 몇 개월 또는 몇 년이 걸리는 일이 몇 분 안에 바로 눈앞에서 일어났습니다. 예수님께서 실제로 이렇게 치유할 능력을 가지고 계신다는 것을 강조라도 하듯, 이 치유 기적은 같은 날 두 번 일어났습니다.

성령님께서는 우리에게 문제의 뿌리를 식별하는 초자연적 지혜의 은사를 주시고, 능숙한 외과 의사처럼 우리 가운데에서 움직이시면서 암적인 기억을 잘라 내셨습니다. 예수님께서는 이 여성들에게 하느님 아버지의 사랑받는 딸이라는 정체성을 즉시 회복시켜 주셨습니다. 그들은 자살하고 싶은 절망에서 바로 풀려나서, 전에는 알지 못했던 희망을 체험하였습니다. 기도하면서 일생 짊어졌던 충격적인 상처뿐 아니라 어릴 때부터 그들에게 심각하게 해를 끼친 수치심에서도 해방되는 것을 느꼈습니다.

우리는 모두 믿기 어려울 정도로 기뻐하며 하느님께 진심으로 감사드렸습니다. 한때 자살 충동의 우울증에 시달리던 이 여성들이 이제 아름답고 기쁘게 환히 빛나던 모습이 아직도 제 마음에 어른거립니다. 그다음 날 두 여성은 남편들과 함께 인사하러 왔습니다. 그들은 환하게 웃었습니다. 우리는 손을 잡고 함께 기뻐하면서 예수님께서 각자에게 주신 기적의 선물에 감사했습니다. 저의 포르투갈어 몇 마디는 자비로우신 치유자께 제가 느낀 깊은 감사를 다 표현하기에 턱없이 부족했습니다. 감사하게도, 그들의 빛나는 얼굴이 하느님의 영광을 드러내며 입으로 할 말을 대신했습니다.

이틀 동안 비슷한 체험을 하고 나자 제 마음은 충만했습니다. 행복하게 집으로 돌아올 수 있었는데, 아직 제가 배울 것이 더 있고 사람들에게는 참으로 더 많은 치유가 필요한 것을 알았습니다. 저는 기도하면서 성령님께서 또 한 번 신앙의 도전을 하도록 자극을 주시는 것을 느꼈습니다. 그날 저녁 우리 팀의 어떤 젊은 중국인 자매가 버스에서 제 옆 자리에 앉았습니다.

우리는 사람들의 삶에서 가장 필요한 것을 위해 봉사하면서 겪는 도전에 관해 이야기를 나누었습니다. 기도하면서 신앙으로 발을 내디딜 때마다, 우리는 자신뿐 아니라 특히 함께 기도하고 있는 사람들을 위해 엄청난 모험을 감행해야만 합니다. 우리가 원하는 대로 기도 응답을 받으리라는 보장이 있는 것이 아니기 때문입니다. 우리는 그들에게 도움을 주고 싶지 고통을 주고 싶은 것이 아닙니다. 만일 우리가 희망을 불어넣고 실망하게 만든다면 무슨 소용이 있습니까? 저는 육체적 치유 기적을 위해 기도할 때 제 신앙이 부족한 점을 그와 나누었습니다. 그 자매도 저를 정확히 이해하면서 그날 오전에 있었던 일에 대해 증언하였습니다.

그 자매는 자신이 두렵고 신앙이 부족한 것을 깨닫고 예수님께 "제가 누구도 치유할 수 없다는 것을 당신은 아십니다. 당신만이 치유할 능력이 있습니다. 당신께 의탁합니다. 누구든 당신이 원하시는 사람을 위해서 기도하면서 결과는 당신께 맡깁니다." 하고 단순하게 기도를 바쳤습니다. 이렇게 기도한 후 몇 시간 안에 일어난 사건을 저와 나누면서 그의 눈은 경탄으로 반짝였습니다.

그 자매는 육체적 치유 기적이 필요한 몇 사람을 위해 기도하였습니다. 그리고 그날 기도한 모든 사람이 치유되었습니다. 도저히 사실인 것 같지 않았지만, 저는 예수님께서 수많은 사람을 치유하신 마태오 복음서가 생각났습니다.

> 예수님께서는 모든 고을과 마을을 두루 다니시면서, 회당에서
> 가르치시고 하늘 나라의 복음을 선포하시며, 병자와 허약한
> 이들을 모두 고쳐 주셨다. 그분은 군중을 보시고 가엾은 마음
> 이 드셨다. 그들이 목자 없는 양들처럼 시달리며 기가 꺾여 있
> 었기 때문이다.(마태 9,35-36).

예수님께서는 모든 사람에게 연민을 가지셨고 모든 질병과 허
약함을 고쳐 주셨습니다. 만일 그분이 갈릴래아에서 그러셨다면,
여기 브라질 론드리나에서도 여전히 그렇게 원하지 않으셨을까
요? 이 자매의 이야기에 놀라는 가운데 저는 그 신앙적 모범을 따
르고 싶은 영감을 느꼈습니다. 그래서 좀 떨리기는 했지만, 그리스
도 안에서 만난 이 중국인 자매에게 배운 대로 예수님께 저를 맡기
고 그의 단순한 기도를 따라 했습니다.

"예수님, 저는 당신께서 저를 가르쳐 신앙을 넓혀, 당신의 소중
한 자녀들에게 봉사하도록 이곳에 오게 하셨음을 믿습니다. 저를
이끄소서. 당신이 치유자이심을 믿습니다. 당신 없이 저는 아무것
도 할 수 없습니다(요한 15,5 참조). 당신께 온전히 순종하오니, 당신
의 뜻을 이루소서."

다음 날 저는 그 전날 밤에 이렇게 기도했던 것을 즉시 시험받았습니다. 그날 네 사람과 함께 기도하게 되었습니다. 한 사람은 시각 장애인이었습니다. 또 다른 사람은 걷지 못했습니다. 다른 두 사람은 어깨에 문제가 있었습니다. 네 사람의 장애는 보면 쉽게 알 수 있었고, 치유되면 즉시 확인할 수 있었습니다. 하지만 만일 아무 일도 일어나지 않으면 그것도 알 수 있었습니다.

전날 밤에 드린 기도를 떠올리면서, 저는 신앙으로 걸음을 내디디며 제 치유 능력이 아니라 생명을 주시는 예수님의 능력에 의탁하였습니다. 영적으로 극도로 가난하고 맹목적인 믿음의 순간이었습니다. 통역사와 저는 한 사람씩 기도해 주었습니다. 놀랍게도 네 사람 모두 완전히 나았습니다. 저는 주님께서 가까이 계시면서 상처받아 방황하는 양들에게 사랑 가득한 자애와 연민을 보이시는 것에 다시 감동하였습니다.

브라질에서 보낸 나머지 기간에 다른 많은 기적을 목격했습니다. 프랜시스 맥넛트는 전 세계 사람들을 위해 기도하며 다음과 같이 말했습니다. "기도의 결과는 보기 드물 정도로 놀라운데, 이제 너무 많아서 한때 놀랍던 것이 당연하게 되었습니다. 저도 치유가 너무나 '일상적으로' 일어나는 것을 보았기에 그 말을 이해할 수 있었습니다. 드문 일이 보통 있는 일이 되었습니다. 그리고 저는 치유 사목이 신앙생활에서 흔히 일어나는, 일상적인 일이 되어야 한다고 생각합니다."[8]

 내면 바라보기

- 보기 드문 놀라운 일이 일상이 된 경험이 있습니까? 나는 그것에 어떻게 반응하였습니까?
- 신앙으로 발걸음을 내디디며 예수님을 신뢰했던 때를 생각해 보십시오. 예수님은 나의 믿음을 어떻게 인정해 주셨습니까? 무슨 일이 일어났습니까?

미국으로 돌아와서 저는, 그런 일이 일어나는 것이 조금도 일상적이지 않은 이곳에서 그런 일이 일어나면 어떨까 궁금했습니다.

돌아온 후 첫 주일에, 하느님 아버지께서는 저를 위해 특별한 것을 준비하셨습니다. 마태오 복음서는 제가 브라질에서 체험한 것이 모두 사실이라고 확인해 주었습니다. 복음서에서 세례자 요한은 감옥에서 예수님께 사람을 보내 "오실 분이 선생님이십니까?" (루카 7,20) 하고 물었습니다.

예수님께서는 이사야서의 메시아 예언을 인용하며 대답하셨습니다. "요한에게 가서 너희가 보고 들은 것을 전하여라. 눈먼 이들이 보고 다리저는 이들이 제대로 걸으며 … 귀먹은 이들이 … 듣는다."(루카 7,22). 저는 이 복음 말씀을 과거에 수없이 들었습니다. 그러나 처음으로 그 말씀을 진정으로 알아들을 수 있었습니다. 제 등골을 따라 찌릿찌릿한 기운을 느꼈습니다. 하느님께서 브라질에서 제가 체험한 것을 사실로 확인시켜 주시는 것을 의심할 여지없이 알아차렸습니다. 눈먼 사람이 보고 귀 먼 사람이 들으며 다리 저는 이가 걷는 것, 이것이 바로 브라질에서 제가 보고 들은 것입니다.

자비로우신 치유자, 바로 그분은 지금도 당신의 모든 자녀가 건강해지기를 원하십니다. 저는 그분이 삶을 바꾸는 이 봉사를 당신과 함께하도록 저를 선택하신 것을 깨닫고 놀랐습니다. 순간 이 체험이 브라질만을 위한 것이 아니라는 생각이 분명해졌습니다. 하느님 아버지께서는 제가 배운 것을 미국에서도 행하기를 원하셨습니다. 저는 우리 본당에서 매달 치유 예식을 하도록 본당 신부님께 청할 필요가 있음을 깨달았습니다. 우리 본당은 착한 목자 성당으로, 마이크 신부님은 저와 본당 신자들에게 착한 목자의 자비로운 사랑을 아름답게 보여 주었고, 언제나 상처받은 잃어버린 양들에게 관심을 가지는 목자였습니다.

월례 치유 예식은 10년이 지난 지금도 계속됩니다. 예식은 정말 간단한데, 보통은 소수의 봉사자가 기도 받으러 온 사람을 위해 사랑의 마음으로 기도합니다. 자비로우신 치유자께서 늘 함께하십니다. 두 번째 모였을 때 시력에 심각한 문제를 가진 어린 소년이 치유되어 정말 기뻤습니다. 또 암에서 우울증에 이르는 여러 가지 병을 앓던 많은 사람이 나았습니다. 모두 즉시 기적적으로 나은 것은 아니지만, 예수님의 연민의 마음은 그들을 모두 특별한 방식으로 만져 주셨습니다.

가장 도전적이면서도 참으로 마음이 아팠던 체험 중 하나는 비극적인 교통 사고로 사지가 마비된 청년을 위해 기도한 일이었습니다. 그것은 우리에게 정말 큰 도전임과 동시에 우리 마음을 아프게 한 일이었습니다. 그 청년은 사고 당시 운전자였으며, 그와 동승했던 가장 친한 친구 중 한 명은 목숨을 잃었습니다. 상상한 대로 사고 후에 이 청년의 영은 매일 수치심과 죄의식에 짓눌려 으스러지고 마비되었습니다. 그날 밤 우리는 신앙심 강한 그의 이모와 함께 청년과 그의 어머니를 위해서 기도했습니다.

청년의 상태는 조금 호전되어 한 손의 신경 감각이 조금 회복되었습니다. 그는 예수님께서 참으로 함께하시는 것을 알았고, 그의 신앙을 키우는 데 그것으로 충분했습니다. 그 일은 그가 중요한 심리적·영적 치유를 받아들이는 촉매가 되었습니다. 그는 그 일로 자신을 불구로 만든 죄의식과 슬픔에서 해방되었고, 오랫동안 계속되던 우울증과 자살 충동은 기쁨으로 바뀌었습니다.

또 치유는 그의 어머니에게도 이어졌는데, 어머니는 아들로 인해 짊어진 감정적 짐이 사라지는 것을 느꼈습니다. 어머니와 아들 둘 다 환한 얼굴로 그날 밤 집으로 돌아갔습니다. 그 청년을 본 것은 그것이 마지막이었습니다. 몇 년 후 그는 집에서 사고로 세상을 떠났습니다. 그가 우리 기도로 육체적 치유를 받은 것은 아니지만, 훨씬 더 큰 치유를 받았습니다. 그는 예수님을 만났고 사랑받는 아들인 그분과 친교를 나누며 하느님의 사랑받는 아들로서 참된 정체성을 되찾았습니다.

4장
사랑받는 자녀

우리는 약함과 실패로 이루어진 존재가 아닙니다. 우리는 우리에 대한 아버지의 사랑과 그분 아드님의 모상이 될 실질적 역량으로 이루어진 존재입니다.

성 요한 바오로 2세 교황, 2002년 '세계 청년의 날'

당신은 자신을 어떻게 생각하십니까? 온갖 약함과 실패로 이루어진 존재로 봅니까? 아니면 하느님의 사랑받는 딸 혹은 아들로 봅니까? 자신이 소중하고 깊이 사랑받는다고 믿습니까? 아니면 가치 없고 쉽게 버림받을 수 있는 존재로 태어났다고 믿습니까? 본인이 기본적으로 죄인이라고 생각합니까, 아니면 성인聖人이라고 생각합니까?

이 질문들에 너무 성급하게 대답하지 마십시오. 어쩌면 당신은 교회에서 배운 대로 자신이 이 중 하나라고 믿을지 모르지만, 마음 깊은 곳에서 자신의 참모습이라고 믿는 것은 완전히 다를 수 있습니다. 이것은 결코 사소한 문제가 아닙니다. 당신이 마음속에서 자신에 대해 믿는 것이 자신이 되고, 그것이 당신 삶의 모든 것을 만들어 갑니다.

우리는 모두 무한히 거룩하신 하느님 아버지 앞에서 그분의 자비가 필요한 죄인입니다(루카 18,13 참조). 그러나 교회, 특별히 바오로 사도의 관점에서 볼 때, 세례받은 사람은 성도이고 그리스도 안에서 하느님 아버지의 사랑받는 자녀입니다(참조: 로마 1,7; 콜로 1,2; 『가톨릭 교회 교리서』 1272항).

이 모든 것이 좀 혼란스럽지 않습니까? 교회는 우리가 세례로 '그리스도를 입을' 때(갈라 3,27 참조), 그리스도 안에서 새사람이 된다(『가톨릭 교회 교리서』 1265항 참조)고 가르칩니다. 낡은 사람은 가고 새사람이 됩니다. 그런데 왜 우리는 고발자 사탄의 지배 아래 놓인 낡은 사람을 계속 붙들고 있습니까? 자신이 선택받고 구원받았다고 믿을지 모르지만, 그러한 삶은 선택받고 구원받은 사실을 제대로 보여 주지 못합니다.

교회의 권위 있는 가르침을 한 번 더 들어보십시오. "반면에 세례받은 사람에게는 고통, 질병, 죽음 등 죄의 현세적 결과 그리고 연약한 기질과 같은, 인생에 내재한 나약함이 남아 있다."(『가톨릭 교회 교리서』 1264항). 우리는 경쟁하는 두 정체성을 지니고 살기에 혼란스럽습니다. 이 가르침은 우리가 하느님 아버지의 사랑받는 자녀이지만, 세례받은 후에도 성격적 나약함과 죄의 결과와 여전히 싸우고 있다는 의미입니다.

예수님께서는 그런 내적 정체성의 혼란이 없으셨고 영혼이 오염되지 않으셨습니다. 그분은 자신이 누구인지 분명히 아셨고 그것에 대해 혼란이 없으셨습니다. 영원토록 그분은 성령님과 친교를 이루는, 하느님 아버지께 사랑받는 아들이십니다(『가톨릭 교회 교리서』 221항 참조).

분명히 우리는 삼위일체 신비와 성자 예수님의 정체성을 이성으로 완전히 이해할 수 있는 능력이 없습니다. 그러나 성령님께서 주시는 더욱 큰 빛을 받아 신앙의 다른 신비들과 마찬가지로 이 신비를 묵상하고 그 신비 속으로 들어가도록 부르심을 받았습니다. 때로 성경 말씀이 전달하는 영상들이 이 부르심을 따르는 데 큰 도움이 됩니다. 이 점에 유념하여, 우리 모임에서는 "인간 조각 기법 彫刻技法"[1]이라는 방법을 자주 사용합니다.

이 방법을 사용할 때, 세 명을 뽑아 삼위일체를 연기하도록 요청합니다. 한 사람은 아버지, 한 사람은 아들, 한 사람은 성령님 역할을 합니다. 저는 세 사람에게 역할에 적절한 모습을 보여 주려고 걱정할 필요가 없다고 안심시킵니다. 그것은 불가능한 일이기 때문입니다. 단지 성령님께서 서로 관계 맺는 자세를 취하도록 각자 인도하심을 믿고, 아버지·아들·성령님 사이의 거룩한 친교의 모습을 보여 주기를 그 사람들에게 청합니다. 만일 당신이 세 사람 중 한 사람이라면 하느님 사랑의 가장 깊은 신비의 모습을 어떻게 보여 주겠습니까? 삼위 중 어느 분이 되고 싶습니까? 다른 두 분과의 관계를 어떻게 보여 주겠습니까?

많은 다른 피정 참가자처럼, 저도 매번 연기 지원자들이 보여 주는 아름다운 모습에 자주 감동합니다. 한번은 아버지 역할을 하는 사람이 사랑하는 아들을 향해 팔을 벌리자, 아들이 아버지를 꼭 껴안고 몇 분 동안 놓아 주지 않았습니다. 그다음에는 아버지가 큰 사랑으로 아들을 안았습니다. 두 사람이 껴안고 있을 때, 성령님은 두 사람 주위를 즐겁게 춤추기 시작하였습니다. 또 한번은 사랑하는 아들이 아버지 앞에 무릎을 꿇었습니다(에페 3,14 참조). 그러자 아버지 역을 하던 사람이 손을 뻗어 아들 머리에 손을 얹어 축복하였습니다. 성령님은 두 사람에게 팔을 뻗어 아버지와 아들을 사랑의 끈으로 연결하였습니다.

이 모습들은 아름답고 감동적이지만, 하느님께서 사랑하시는 아들 예수님의 영광을 표현하기에는 여전히 부족합니다. 이 모습들은 신앙과 기도 생활에 한계가 있는 예술가와 조각가가 보여 주는 것들입니다. 우리는 하느님의 '허상'을 보여 주지 않도록 조심하고(탈출 20,4 참조), 이 모든 창조적 표현을 성경이 계시하는 진리의 빛에 비추어 검증해 보아야 합니다. 그래서 성경에 나타난 영상들로 시작하는 것이 가장 믿을 만합니다.

사랑받는 아들 예수님의 가장 아름다운 모습은, 그분이 세례자 요한의 세례를 받기 위해 요르단강으로 들어가시는 루카 복음서 장면에 등장합니다. 당신의 마음이 그 장면에 들어가서, 아버지께서 하늘에서 아들을 축복하시는 말씀을 듣습니다. 그러고 나서 성령님께서 사랑하는 아들에게 내려오시는 것을 상상으로 지켜보십시오.

> 온 백성이 세례를 받은 뒤에 예수님께서도 세례를 받으시고 기도를 하시는데, 하늘이 열리며 성령께서 비둘기 같은 형체로 그분 위에 내리시고, 하늘에서 소리가 들려왔다. "너는 내가 사랑하는 아들, 내 마음에 드는 아들이다."(루카 3,21-22).

당신이 요르단강 둑에서 이 장면을 바라보는 상상을 해 보십시오. 예수님께서 어떤 일을 성취하시기도 전에 아버지께서 아들에게 조건 없는 사랑과 기쁨을 표현하시는 것에 주목하십시오. 아버지께서는 예수님이 무언가 성취하셨기 때문에 아들로 인정하신 것이 아닙니다. 오히려, 아버지께서는 예수님이 예수님이기 때문에 기뻐하십니다. 자식과 손주가 있는 사람은 자신의 마음을 자식을 향한 하느님 아버지의 조건 없는 사랑과 미약하게나마 연결해 볼 수 있습니다. 저는 제 아이들과 손주들, 영적 자녀들을 바라볼 때, 마음이 사랑으로 벅차오릅니다. 개별적으로, 특별하게 각자 모습 그대로 그 아이들에게서 기쁨을 느끼고 그들을 소중히 여깁니다. 물론 그들이 무언가 성취하면 좋기는 하지만, 제 사랑은 그 성취에 기반을 두지 않습니다.

하느님 아버지께서는 사랑하는 아들에 대해 훨씬 더 자유롭게 기뻐하십니다. 예수님에 대한 아버지의 사랑을 이해할 수 있습니까? 저는 아버지께서 하늘에서 내려다보시며 듣고 있는 모든 사람에게 말씀하시는 것을 보고 들을 수 있습니다. "너는 내 사랑하는 딸/아들, 내 마음에 드는 딸/아들이다. 너로 인해 내 마음이 참 기쁘다."

우리는 세례 때 하느님께서 사랑하시는 아들 예수님과 하나가 됨을 믿습니다. 이 점을 이해하기는 어려운데, 성령님께서 이 신비를 묵상하도록 우리를 초대하십니다. 얼마 전 닐 로자노가 신학생들에게 세례 때 예수님과 하나 되는 사실을 뼈저리게 느끼게 해 주려고, 기도하면서 예수님의 세례 장면으로 들어가 보라고 요청하는 것을 본 적이 있습니다.[2] 당신도 마음을 열고 지금 저와 함께 그렇게 해 보겠습니까?

예수님의 세례에 참여하는 묵상

1. 내가 예수님과 함께 요르단강에 서 있다고 상상하십시오.

2. 예수님과 함께 물속에 들어가는 느낌을 상상하십시오.

3. 이제 물에서 나와서 기적이 일어난 것을 깨닫습니다. 예수님
   께서 내 안에, 내가 예수님 안에 있습니다.

4. 하느님께서 이렇게 말씀하십니다. "너는 내 마음에 드는 사
   랑하는 딸/아들이다." 하느님 아버지께서 이 말씀을 하실
   때 어떤 느낌이 듭니까?

5. 성령님께서 각 사람에게 내려오시며 지혜와 지식, 믿음, 치유
   의 은사를 비롯해 많은 은총을 부어 주십니다(1코린 12,8-10 참
   조). 그분은 나의 영이 사랑과 기쁨, 평화, 친절, 그 밖의 다른
   열매들을 맺게 해 주십니다(갈라 5,22-23 참조).

6. 나는 이제 예수님과 하나입니다.

7. 이제 잠깐 멈추고 이 체험을 기도 속에서 실제 느껴 보기 바
   랍니다. 예수님께서 하늘이 열리는 것을 보신 것은 세례 후
   기도할 때였다는 사실을 기억하십시오.

우리는 모두 세례를 받았으니, 예수님처럼 기도를 통해 천국에
다가갈 수 있습니다. 바오로 사도와 요한이 천국을 체험한 것
을 기억합니까?(참조: 2코린 12,1-5; 묵시 1,9-20). 우리도 같은 체험
을 할 수 있습니다.

하느님 아버지, 우리 마음에 말씀하시어 우리가 예수님 안에서 당신께서 기뻐하고 사랑하시는 자녀임을 알게 하소서. 당신께서 각 사람에게 주신 성령님의 은사에 불을 붙이시고, 당신의 사랑과 기쁨과 능력으로 우리를 채우시어 두려움을 없애 주소서. 당신께서 사랑하시는 아들 예수님을 통하여 기도드립니다. 아멘.

당신은 세례 때 예수님과 하나가 되었을 때, 하느님 아버지께서 예수님을 바라보시며 기뻐하시는 것과 똑같이 당신에게 기뻐하신 것을 믿었습니까? 하느님 아버지께서 예수님에 대해 기뻐하신다는 사실을 믿는 것은 제게 아무런 문제도 되지 않습니다. 아버지께서 왜 안 그러시겠습니까? 예수님은 완전하시고, 아버지께서 원하시는 모든 일을 하십니다. 그분은 하느님이십니다. 그런데 저는 저 자신을 아버지께서 사랑하시는 아들이라고 확신하지 못합니다. 저는 부족합니다. 아버지의 명령을 다 행하지 않습니다. 가끔 완전한 척하지만, 전혀 그렇지 않습니다. 당신은 어떻습니까? 우리는 세례를 통해 아버지와 맺은 계약 관계를 신뢰하기보다는 얼마나 빨리 다시 척하는 연기로 돌아가 수치심을 느끼며 살아갑니까?

우리는 하느님 아버지께서 정말 우리를 사랑하시고 우리에 대해 기뻐하시는지 의심하고 또 의심합니다. 아버지께서 예수님을 사랑하셨듯이 똑같은 사랑으로 우리를 사랑하신다는 요한 복음서

15-17장 같은 성경 말씀을 아무리 많이 읽어도, 그 말씀을 여전히 완전히 이해하지 못합니다. 본당 쇄신 피정 과정을 할 때 성당에서 체험했던 하느님 사랑은 제 인생을 영원히 바꾸었습니다. 기뻐서 온몸이 터질 것 같았습니다. 그러나 정말 아버지께서 저를 보고 기뻐하시는지 지금도 믿기 어려울 때가 많습니다. 이 사실을 자꾸자꾸 기억할 필요가 있는데, 아버지께서 자주 이를 깨우쳐 주시니 감사드립니다.

최근에 우리 기도 팀원 한 사람이 프란치스코 교황의 예수 성심 대축일 강론을 제게 보냈습니다. "주님은 우리를 다정하게 사랑하십니다. … 그분은 우리를 말로 사랑하시지 않습니다. 그분은 가까이 다가와 … 다정하게 사랑을 주십니다." 교황께서는 우리가 하느님 사랑을 받아들일 때 하는 싸움을 인정하십니다. "하느님이 우리를 사랑하시게 하는 것, 이것은 정말 매우 어렵습니다."[3]

수년 동안 저는 많은 사람이 신앙의 싸움에 관해 이야기하는 것을 들으면서, 하느님 사랑을 받아들이는 것이 어렵다고 생각하는 사람이 저 혼자가 아니라는 것을 알았습니다. '작업 감독관 하느님'이라는 옛날 사고방식, 제가 본당 쇄신 피정을 하면서 완전히 털어버린 그 생각으로 우리는 얼마나 쉽게 돌아갑니까? 타락한 본성으로 인해, 우리를 "두려움에 빠뜨리는 종살이의 영"으로 계속 돌아갑니다. 그러면서 하느님 아버지를 아빠라 부를 수 있는, 곧 '자녀

되는 영'을 받은, 사랑받는 자녀라는 정체성을 거부합니다(로마 8,15 참조).

당신은 어떤 자녀입니까?

세례로 '자녀 되는 영'을 받았을 때, 우리는 하느님 아버지의 집에 있는 무한한 보물을 약속받았습니다. 예수님께서는 아버지께서 기쁘게 좋은 선물을 주시기 때문에 우리가 청하기만 하면 된다고 말씀하십니다(루카 11,13 참조). 아버지를 신뢰할 때, 우리는 그분께 우리 욕구와 부서진 자신을 드리고 참으로 연약한 모습이 되어 삶에서 필요한 치유를 받을 수 있습니다. 반대로, 우리가 아버지의 사랑받는 존재라는 것을 믿지 않으면, 두려움을 지고 '종살이의 영'에 묶여 있게 됩니다. 그리하여 예수님과 친교를 나누며 자유롭게 살기보다, 오히려 계속 죄와 율법의 억압을 받으며 매일을 살아갑니다.

우리는 되찾은 아들의 비유(루카 15,11-32)에 나오는 두 아들처럼 됩니다. 아버지 사랑을 얻으려고 계속 노력하면서 동생을 깔보는 형처럼 되거나, 아버지를 기쁘게 해 드리는 것을 포기하고 죄에 빠져 사는 둘째 아들처럼 됩니다. 치유 과정을 시작할 때 우리 대부분은 형이나 동생의 모습입니다. 당신은 '두 아들' 중 어느 아들과 더 관련 있습니까? 아버지의 인정을 받게끔 착하게 살아 그분을 기쁘게 하려 애쓰는 순종적 아들입니까, 아니면 고통을 덜어 줄 무엇이든 탐닉하는 반항적 아들입니까? 어느 쪽이든, 아버지에게서 멀어진 삶을 살면서 불행해지고 영적 양식을 구걸하는 고아처럼 행동하는 것입니다.[4] 고통과 채워지지 않는 욕구를 가지고 갈 곳은 없습니다. 우리는 사랑받는 자녀라는 확고한 정체성이 없으면, 저처럼 하느님을 기쁘게 하려고 도덕적 완벽주의의 삶을 살거나, 데이브 형처럼 무모한 방종과 자기만족의 삶을 살게 됩니다.

헨리 나우웬은 돌아온 아들 이야기에 대해 명철하게 성찰하면서, 자신 안에 두 아들이 다 있는 것을 발견하고 우리도 같은 성찰을 하도록 인도합니다.[5] 우리도 부서져 망가진 자신의 모습에 눈뜨게 되면, 내면에 두 아들이 함께 있는 것을 보게 됩니다. 두 아들은 아주 많이 닮았습니다. 둘 다 아버지의 조건 없는 사랑을 보지 못합니다. 어느 아들도 아버지께서 자신을 받아 주기 위해 팔을 벌리고 기다리시는 것을 깨닫지 못합니다. 둘 다 아버지와 떨어져서 각자의 고통을 해결하려고 합니다. 큰아들은 연기를 하며 상처를 감추고 죄를 숨깁니다. 둘째 아들은 중독에 빠져 고통을 덜어 내려 합니다. '반항아'든 '모범생'이든, 수치와 교만을 털어 버릴 수 없습니다.

반항적 자녀는 수치를 더 잘 의식하여 실패, 약점, 상처받은 자아상이 보내는 메시지가 자신이라고 보기 더욱 쉽습니다. '나는 나쁘고 바보이며 뚱뚱하고 못생겼으며 게으르고 사랑스럽지 않으며 부족하고 더럽다.' 등등 이들 자아상 중 어떤 모습이 자신 같다고 생각합니까? 이런 이미지들이 개인적으로 딱 들어맞지 않을 수 있지만, 우리 각자는 스스로 파괴하며 자신을 비난하는 이런 긴 목록의 딱지를 가지고 있습니다. 반항적 동생 유형의 사람들은 마구 자기 파괴적 행동을 하며 자기혐오를 겉으로 표현합니다. 이 사람들은 수치를 옷으로 걸치고 자기혐오의 가면 뒤에 교만을 깊이 숨깁니다.

형과 비슷한 사람들은 성취와 칭찬이라는 교만으로 수치를 덮습니다.[6] 스스로 바르고 독립적인 사람이 되고자 합니다. 이들의 상처받은 마음은 자기혐오의 마음과 동전의 양면인데, 주위에서 꽤 존경받을 만한 사람인 척합니다. 이 사람들은 신앙생활조차도 그들 거짓 얼굴의 일부입니다. 솔직히 말하면, 존 엘드리지의 말처럼 어떤 식이로든 "잘난 체하는 사람들"입니다.[7] 자기 자신 안에 있는 하느님의 영광을 거부하면서, 대신 싸구려 거짓 허영을 선택하는 것입니다. 하지만 자신이나 다른 누구에게도 무엇보다 이 점을 인정하려 들지 않습니다.

이렇게 두 아들은 하느님 앞에서 노예적 두려움에 휘둘리며 가면을 쓰고 도피합니다. 곧 '작업 감독관 하느님'에게서 도망치거나 숨어 버립니다. 겉으로 하느님을 모욕하는 경우든, 그분을 기쁘게 해 드리려 끊임없이 애쓰면서 좀 괜찮아 보이지만 마음은 무감각해진 경우든 둘 다 하느님에게서 멀리 떨어져 있는 것입니다.

예수님께서는 돌아온 아들과 다른 유사한 비유들을 통하여(루카 15,1-10 참조) 하느님의 사랑을 보여 주실 뿐 아니라, 바리사이들과 다른 지도자들의 종교적 교만을 들춰내시며 수치스러운 죄인들과 세리들이 먼저 그분께 다가오고 있다는 것을 보여 주십니다. 지도자들의 반응을 보십시오. 그들은 자신이 부서지고 망가져서 구원자가 필요하다는 사실에 직면하기보다는 예수님을 죽이려고 합니다. 자신들의 상처받기 쉬운 모습을 보이기보다 스스로 통제하려 듭니다. 그들은 교만으로 눈이 멀었습니다. 자신이 사랑받는 아들 안에서 아버지의 영광을 드러내는 자녀라고 보는 대신 교만을 선택합니다.

그 사람들을 너무 성급하게 판단하기 전에 우리도 비슷한 함정에 빠지기 쉽다는 점을 살펴볼 필요가 있습니다. 제 삶을 성찰해 보면, 특히 30대 초반 예수님의 치유를 받기 전에, 제게도 큰아들과 같은 증상이 있었습니다. 죄와 부서진 자신을 온갖 성공 뒤에 감추었습니다. 저는 하느님 아버지의 사랑을 얻기 위해 계속 노력했습니다. 사제 양성 연구소에서 강의한 짐 키팅 부제가 몇 년 동안의 제 상황을 잘 묘사합니다. "만일 사랑받는 자녀라는 정체성을 받아들여 그것을 맛보고 관상하지 않으면, 아버지 사랑의 빛 속에서 자녀가 되는 것을 선택하기보다는, 아버지 사랑을 찾아 헤매는 선택을 할 것입니다."[8]

제가 예수님 안에서 사랑받는 아들이라는 것을 알기 전에는, 하느님 아버지께 착한 아들이 되기 위해 끊임없이 노력했지만 충분한 느낌이 들지 않았습니다. 제가 마음속에서 했던 불경한 말을 떠올려 보십시오. "도대체 하느님이 뭐가 좋으시다는 거야?" 그 말은 사랑받기 위해서는 하느님의 기준에 맞춰야 한다는 거짓말을 믿는 데서 나온 것입니다.

하느님의 자녀로서 저는 여전히 율법 아래 살았고, 노력했지만 그 기준에 미치지 못했습니다(야고 2,10 참조). 제가 기준을 맞추지 못하면, 영혼의 적은 그 실패를 비난했습니다. 또 거기에 버림받고 거부당한 상처가 마구 뒤섞였습니다. 설상가상으로 제 기준을 다른 사람들에게 투사하여 판단하고 그 기준에 맞지 않는다고 그들을 무의식적으로 거부하였습니다.

이 모든 것을 더 분명하게 보는 데 영화 「굿 월 헌팅」이 도움이 되기는 했지만, 오로지 하느님의 은총만이 자신이 옳다는 독선에 묶인 저를 완전히 풀어 줄 수 있었습니다.

이 모든 일을 겪는 동안, 저는 부서진 자신을 여러 가지 재능과 성공 뒤에 숨기고 교만으로 눈이 어두웠습니다. 여러 가지 모습을 연기했습니다. 착한 학생, 스타 운동선수, 책임감 강한 형, 그리스도인. 이 모습에 어울리지 않는 부서지고 비정상적 행동 같은 것은 대부분 억눌렀습니다. 박사 학위를 딴 후에는 좋은 교사와 현명한 상담 치료사가 되었지만, 마음을 점점 더 고립시키면서 여전히 제 마음 깊은 곳을 정직하게 바라보지 않았습니다. 저 자신의 상처를 마주하기보다 다른 사람들이 자신의 상처를 보도록 도와주고 가르치는 일이 더 쉬웠습니다.

이렇게 만들어 낸 인격은 일생에 걸쳐 발전하는데, 저는 그 인격이 제 삶에 단단히 자리 잡기 시작한 날을 기억합니다. 그 결정적인 시기는 아버지가 떠난 지 4개월 후인 중학교 2학년 말이었습니다. 우리는 여전히 펜실베이니아 베델 파크에 있는 집에 살았습니다. 거울을 보니 제가 거의 하룻밤 사이에 부쩍 어른이 된 것처럼 보였고, 그렇게 느꼈습니다. 근육질 몸으로 새로 다진 저는 더 이상 1년 전 비쩍 마르고 확신 없던 소년이 아니었습니다. 그 이상으로 이제 '가장'으로서 어린 동생들을 돌보고 마음이 부서진 어머니를 위로할 수 있다고 믿었습니다.

제 거짓 인격을 단단히 굳어지게 만든 이 사건 자체는 별로 중요하지 않지만, 그 효과는 상당했습니다. 저는 별 생각 없이 제 방으로 가는 지하실 계단을 어슬렁거리며 내려가다가, 어머니가 친한 친구와 하는 전화 통화를 듣게 되었습니다. 어머니는 무척 자랑스러워하면서 말했습니다. "우리 아들 밥이 세 개 분야에서 최우수 운동선수가 됐어." 지금까지도 당시 제 내면의 반응을 설명하는 것이 참 어렵습니다.

그때 상황으로 돌아가 보면, 제 감정은 이상하게도 서로 싸웁니다. 한편으로 공작새처럼 으쓱한 마음이었습니다. 공식적으로 뛰어난 운동선수의 왕관을 썼으니, 저는 이제 존경받고 칭찬받을 만한 사람이었습니다. 그런데 다른 한편, 이 일은 뭔가 자기라는 우상을 숭배할 뿐 아니라 가족이 받은 상처를 대체하는 성질의 것임을 알고 있었기에 역겨웠습니다.

그 일은 비록 거짓이었지만, 제가 가족의 수치와 비참 앞에서 가족의 자부심을 회복하기 위해 한 작은 일 중 하나였습니다. 그다음 해에도 저는 여전히 내적으로 싸우고 있었지만, 저의 나머지 수치와 상처를 억누르고 '스타'라는 모습 뒤에 숨었습니다.

육신의 아버지가 저를 거부하고 버렸다는 느낌에 직면하고 싶지 않고, 하느님 아버지께 사랑받는 아들이라는 참모습을 보지 않고 쉬운 출구를 택했습니다. 저 자신이 한창 부서진 때에 하느님을 경배하는 대신 교만하게 자신을 숭배하였습니다. 저는 하느님의 영광을 헛된 영광과 바꾸었습니다.

타락한 인간 본성의 약점인 교만은, 부서진 자신을 직면하지 않을 때 더 강해집니다. 자신에게서, 자신을 통해 생명을 찾으려는 것은 헛된 일입니다. 교만은 마음을 죽이고 진실을 보지 못하게 합니다. 우리는 자기 우상에 빠져 자신을 숭배하고 하느님 아버지와의 친밀한 관계를 피합니다.

하느님의 영광은 교만과 반대됩니다. 성 이레네우스는 다음과 같이 선언했습니다. "하느님의 영광은 충만하게 살아 있는 인간입니다." 그리스도 안에 충만하게 살아 있을 때만 하느님 아버지의 사랑받는 자녀로서 존엄성을 볼 수 있습니다. 성 요한 바오로 2세 교황은 이 현실을 잘 이해하셨고, 보편 교회의 목자였던 기간 내내 전 세계에 그것을 담대하게 선포하셨습니다. 이 장을 시작할 때 인용한 그분 말씀대로, "우리는 우리에 대한 아버지의 사랑과 그분 아드님의 모상이 될 실질적 역량으로 이루어진 존재입니다."

우리는 약함과 실패로 이루어진 존재가 아닙니다. 업적과 성공이나 종교 생활로 이루어진 존재도 아닙니다. 그 모든 것보다 훨씬 더 귀한 존재입니다. 우리는 하느님 아버지의 사랑받는 자녀입니다(참조: 1요한 2,7; 3,1).

　우리는 하느님의 사랑받는 아들 예수님과의 친교를 통해 아버지의 사랑받는 자녀로서 자신을 점점 더 잘 알게 됩니다. "새 아담 그리스도께서는 하느님 아버지의 신비와 그 사랑의 신비를 알려 주는 바로 그 계시 안에서 인간을 바로 인간에게 완전히 드러내 보여 주시고 인간에게 그 지고의 소명을 밝혀 주신다."[9] 예수님은 인류의 진정한 '스타'이십니다. 우리는 그분의 영광을 빛내도록 창조되었습니다(2코린 3,18 참조). 예수님 홀로 우리의 온전한 칭송을 받으실 만한 분이십니다. 하지만 그분의 전 생애는 교만이 아니라 겸손으로 빛납니다. 그분은 아기로 이 땅에 태어나 한 가정에서 자랐으며 이 부서진 세상에 내재한 삶과 죽음의 시련과 고난을 견디셨습니다. 그분은 이 망가진 세상으로부터 도망치지 않고 겸손하게 가장 취약한 모습으로 부서진 우리 모습을 짊어지셨습니다.

　이것이 바로 핵심입니다. 사랑받는 아들의 모습을 온전히 닮기 위해서 우리는 자신을 낮추고 예수님의 발자취를 따라 십자가와 부활에 이르는 길을 충실히 가야 합니다. 살기 위해 죽어야만 합니다. 이것이 복음의 핵심 아닙니까?

　바오로 사도는 이 점을 거듭 강조하였습니다. "나는 … 예수 그리스도 곧 십자가에 못 박히신 분 외에는 아무것도 생각하지 않기로 결심하였습니다."(1코린 2,2). 그분은 복음의 거짓 증언자들이 많은 사람을 그리스도 십자가의 원수로 삼아 "자기네 수치를 영광"으로, "자기네 배를 하느님"으로 삼은 것을 눈물을 흘리며 슬퍼하였습니다(필리 3,18-19 참조). 제가 자기 생존과 세속적인 것들에 더 관심을 가지고, 하느님께서 마련하신 참된 치유와 구원으로 가는 유일한 길인 십자가를 피하면서, 얼마나 십자가의 원수로 살았는지를 생각하면 몸서리가 쳐집니다.

십자가의 길은 세례 때 시작하는데, 세례 자체가 죽음과 부활의 상징이자 현실입니다(로마 5,3-4 참조). 예수님께서 요르단강에 걸어 들어가신 것은 골고타로 가시는 첫걸음이었습니다. 그분은 십자가로 가는 길을 따라 '사랑받는 아들'로 충만하게 사시어 아버지를 참으로 기쁘시게 해 드렸습니다. 베네딕토 16세 교황은 『나자렛 예수』에서 이 점을 강조하셨습니다. "세례는 인류의 죄를 위한 죽음을 받아들이는 것입니다. 세례의 물 위로 '이는 내 사랑하는 딸, 아들'이라 하시는 목소리는 부활을 예견하는 말씀입니다."[10]

저는 오랫동안 십자가를 두려워했고, 십자가를 껴안기보다는 십자가로부터 도망쳤습니다. 고통받고 싶지 않았고, 누가 제게 어떻게 살라고 말하는 것도 싫었습니다. 제 식대로 살고 싶었습니다. 가수 프랭크 시나트라가 오래전에 노래했던, "내 식대로 내 길 가기"의 문제점은 십자가의 원수가 된다는 것입니다. 그렇게 살면 상처도 받습니다. 고통으로부터 도망치면 절대로 부활의 삶에 이르지 못합니다. 하지만 기쁜 소식은 성령님께서 저의 두려움과 방어벽을 부수고 길을 찾아내신다는 것입니다. 성령님께서는 또 한 번 영화 「밥에게 무슨 일이 생겼나?」를 이용하셨습니다. 상담 치료사와 환자에 관한 또 다른 영화가 제게 영향을 준 것이 놀랍습니까? 좀 우습지만, 제 직업으로는 당연한 일 아닙니까?

이번에는 영화를 보면서 리처드 드레이퍼스가 연기한 상담 치료사 레오 마빈 박사와 저를 바로 동일시하였습니다. 영화 첫 부분에서 박사는 최근에 출간한 책이 최고 인기 도서가 되면서 가족과 함께 휴가를 가게 됩니다. 그런데 문제는 그가 환자 밥에게서 빠져나올 수가 없다는 것이었습니다. 정말 재미있는 배우 빌 머리가 밥 역을 했는데, 밥은 마빈 박사를 우상화하여 박사 없이는 살 수가 없습니다. 박사에게 비정상적으로 의존했던 밥은 박사와 가족을 따라 같이 휴가를 가게 됩니다.

밥에게서 빠져나올 수 없게 되자 마빈 박사는 한때 도우려고 했던 이 상처받기 쉬운 남자를 점점 싫어하게 됩니다. 박사는 평정심을 잃고 밥을 죽이려는 계획을 세웁니다. 그는 도시를 날릴 만한 양의 다이너마이트를 사서 밥을 숲속 나무에 묶은 뒤 도화선에 불을 붙입니다. 원래 겁이 많은 밥은 이제 공포에 사로잡힙니다. 그러나 죽기 직전에 밥은 박사의 책『아기 걸음마』에서 배운 교훈을 기억해 내어 공황 상태에 빠지지는 않습니다. 한 번에 한 걸음씩 아기 걸음마를 하며 다이너마이트가 폭발하기 전에 빠져나올 방법을 찾아냅니다.

마침내 숲을 빠져나오면서 밥은 자유로운 사람이 됩니다. 더 이상 죽음의 공포에 얽매이지 않고(히브 2,15 참조), 처음으로 사랑할 수 있게 됩니다. 끔찍한 신경증이 완전히 치유되고 그는 '온전히 살아 있는 사람'으로 하느님의 영광을 드러냅니다. 밥은 마빈 박사가 자신을 구해 준 것을 더욱더 고마워하지만 박사는 더욱 화가 납니다. 사람을 돕는 직업을 가진 저와 마찬가지로 박사는 자유보다는 지식이 더 많습니다. 박사는 온갖 임상 전문 지식이 있지만 결국 실제로 치유를 알게 된 사람은 환자 밥이었습니다. 그 결과 박사는 밥을 더욱 싫어하는데, 바리사이들이 자신의 위선을 들추어낸 예수님을 싫어한 것과도 비슷한 상황입니다. 그러는 동안 박사 가족들은 사랑스럽고 자유분방한 밥을 온전히 받아들이게 되고, 밥은 마침내 박사의 여동생과 혼인하게 됩니다.

이후에 밥 자신이 심리학자가 되어 자기 멘토 마빈 박사처럼 최고 인기 도서를 씁니다. 당신이 이미 책 제목을 짐작했을지도 모르지만,『죽음 치료법』이라는 책입니다. 박사에게는 엎친 데 덮친 격으로, 밥은 이 책을 레오 마빈 박사에게 바칩니다.

성령님께서는 이 영화가 주는 익살스러움과 어쩌면 밥의 천진난만한 이미지 때문에 영화를 통해 제게 강하게 말씀하신 듯합니다. 저는 처음에는 마빈 박사와 저를 동일시했지만, 마지막에는 제 안에 있는 어린아이 같은 밥을 재발견하였습니다. 하느님 아버지께서 영화 전체를 통해 저에게 '밥에게 무슨 일이 생겼니?', '네가 상담 치료사의 가면 뒤로 밀어 넣은, 사랑스럽고 한때 두려움 많던 그 아이는 어떻게 되었니?'라고 물으시는 것 같았습니다.

제가 10대에 '가족 상담 치료사' 역할을 하면서 두려움과 불안을 어떤 식으로 덮었는지 기억하시지요? 저는 그 모든 책임을 지고 자부심과 업적 뒤에 숨어 지쳐 가면서 하느님에게서 마음까지 멀어졌습니다. 제 안에서 참나인 사랑스러운 밥을 더 이상 보지 못했습니다. 제 가족이 저의 쉰 살 생일 선물로 이 영화 티셔츠를 사 준 것은 놀라운 일이 아닙니다. 레오 마빈 박사의 가족들이 박사보다 밥에게 더 매력을 느꼈듯이 저의 가족들도 진짜 어린아이 같은 저를 원한 것입니다.

이제 저는 십자가의 길, 예수님의 '죽음 치료법'이야말로 자기 우상과 거짓 모습에 묶어 둔 내면의 두려움으로부터 저를 해방하여 사랑받는 자녀의 참모습을 살아갈 수 있게 하는 유일한 길이라는 것을 깨달았습니다. 우리는 부서진 자신의 모습을 덮으려고 각자 거짓 모습을 만들어 냅니다.

내면 바라보기

나의 참모습을 어떻게 숨기고 묻어 버렸는지 생각해 봅시다(루카 15장 참조).

- 나는 실패와 약점이 자기 자신이라고 보는 작은 아들의 모습입니까?
- 아니면 큰아들처럼 업적과 자신을 동일시합니까?
- 자신의 '거짓 모습'에 대해 써 보십시오.
- 이 거짓 모습 뒤에 숨은 두려움과 불안은 무엇입니까?
- 나를 자유롭고 안정된 아이로 그려 보십시오. 전에는 어땠습니까? 기억이 안 나면, 자신을 아버지의 사랑을 받아 천진난만하고 안정된 모습으로 상상해 보십시오.

예수님께서는 "잡혀간 이들에게 해방을 선포하며"(루카 4,18) 사랑받는 자녀가 되어 참된 삶을 사는 법을 보여 주러 오셨습니다. 예수님의 '죽음 치료법'이야말로 우리가 해방되는 유일한 길입니다. 거짓 자아는 그분과 함께 십자가에 못 박히고, 그분의 사랑을 받는 참모습이 영광 속에 빛나야 합니다. 이것이 치유 여정인데, 치유를 위해서는 자신의 부서진 모습을 똑바로 바라볼 용기와 겸손이 필요합니다.

2부

부서진 자신 마주하기

악마는 삶의 상처와 어떤 경우에는 실수를 이용하여,
예수님께서 우리를 정말로 사랑하시는 것은 불가능하
다고 느끼게 할 수 있습니다.

성 마더 데레사, 『사랑의 선교회 가족에게 보내는 편지』

5장
전인적全人的 관점

인간을 치유하려는 사람은 누구든지 인간을 전체로 보아야 하
고, 궁극적 치유는 하느님 사랑뿐임을 알아야 합니다.

베네딕토 16세 교황,『나자렛 예수』

저는 지난 몇 년 동안 많은 이들의 삶에서 놀라운 일을 하시는
하느님을 느끼면서 제가 기도해 주는 모든 이가 치유되기를 바랐
습니다. 그러나 이내 겉으로 보기에 '절망적'인 상황들에 맞닥뜨렸
습니다. 온갖 시도를 해 보았지만 아무 소용이 없던 상황들이었습
니다.

그 가운데 세 명은 오랫동안 쇠약성 우울증을 겪어 심신이 미약
한 사람들이었습니다. 이들의 삶은 산지옥이었고, 가족들은 모든
면에서 막대한 희생을 치러야 했습니다. 제가 이들을 만나기 전,
세 사람은 각각 오랫동안 병원에 입원해 좋은 평가를 받던 의료진
에게서 폭넓은 치료를 받았습니다. 다양한 종류의 항우울증 약을
복용하고 최신 기술을 적용한 치료를 받았으며, 그럼에도 효험이

없자 뇌세포를 파괴하는 다양한 전기 충격 요법까지 받았습니다. 저는 이들이 겪은 이야기를 듣고, 이들과 그 가족 생각에 마음이 너무 아팠습니다.

저는 이 사람들이 받은 치료의 질이나 이들을 돌본 사람들의 능력에 대해서는 전혀 의심하지 않습니다. 그들은 제일 좋은 병원에서 그 병원이 제공할 수 있는 가장 좋은 치료를 받았습니다. 조심스럽게 짐작해 보면, 그들을 돌본 사람들 대부분은 우울증 진단과 치료에 있어서 저보다 더 전문가이고 더 많은 훈련을 받았을 것입니다. 하지만 전통적 과학 세계관에 기초를 둔 훈련이 좋기는 해도, 때로 상황을 제대로 알지 못해 병은 돌보지만 환자를 무력하게 만들어 참된 치유를 계속 받을 수 없게 만듭니다. 과학은 본질상 모든 것을 부분으로 나누어 분석하고 해부합니다. 이 틀은 제대로 작동하지 않는 몸이나 영혼의 부분과 증상에 따라 사람을 규정합니다.

의학과 심리학은 대체로 사람을 전체로 보기보다는 진단명으로 봅니다. 만일 과학적 진단이 치료에서 중요한 역할을 한다고 주장한다면, 저는 그 진단은 증상을 확대하면서 그 밑에 있는 병은 보지 않기 때문에 문제가 있다고 반박하겠습니다. 심리학적 진단은 개인 정체성에 너무 쉽게 쏙 들어가서, 하느님 아버지의 사랑받는 자녀로서의 참정체성을 지워 버립니다. '그는 조울증이다.' 또는 '그는 자기도취중에 빠졌다.'라는 식의 의학적 진단으로 사람을 정의하는 말을 얼마나 많이 들었습니까? 이런 딱지는 연민을 불러일으키기보다 흔히 두려움을 불러일으켜 그 사람을 판단하여 거리를 두게 만듭니다. 적어도 제 경험으로는 그랬습니다.

이것은 전통적 과학 세계관이 가진 많은 문제 중 하나에 지나지 않습니다. 의사, 간호사, 심리학자, 상담 치료사 대부분은 이 기계론적 접근법으로 훈련받기 때문에, 사람보다는 증상을 다루는 경향이 있습니다. 그 결과 증상의 기반인 원인에는 주의를 기울이지 않고, 주로 증상을 완화하는 법을 배웁니다. 물론 이 교육 방식에도 분명히 예외가 있고 그런 예들이 늘고 있는 것 같습니다. 그러나 오랫동안 고통받은 사람들의 이야기를 들을 때면 그들이 가진 보다 깊은 상처가 간과된 것 때문에 제 마음이 무척 아팠습니다. 그렇다고 해서 저에게 더 우월한 접근 방식이 있다는 것은 아닙니다. 치유 과정에서 그리스도교적이고 가톨릭적인 세계관을 되찾자는 것입니다.

'가톨릭'의 의미를 아시나요? 『가톨릭 교회 교리서』에 의하면, 문자 그대로 '전체성' 또는 '온전성', '보편성'을 뜻합니다(『가톨릭 교회 교리서』 830항 참조). 가톨릭 신학은 죄로 망가지고 부서진 부분이 있는 모든 실존을 '온전성'이라는 더 넓은 관점에서 봅니다. 이와 비슷하게 '그리스도인'은 '그리스도에게 속한 사람' 또는 '그리스도를 따르는 사람'입니다. 그리스도를 따르는 사람으로서 우리는 그분이 우리 "영혼과 육체의 의사"(『가톨릭 교회 교리서』 1509항)이고 치유자이심을 믿는다고 주장합니다.

이 두 정의를 나란히 놓으면 치유와 온전성에 관한 가톨릭 그리스도인의 세계관이 됩니다. 즉, 예수님께서는 죄로 부서져 황폐해진 모든 것을 회복하러 오셨습니다. 그분은 모든 것이 원래 계획된 온전함을 완전히 회복할 것을 약속하십니다. 그분의 구원은 온전한 사람, 온전한 가족, 온전한 교회, 온전한 세계, 그리고 바오로 사도가 확신했듯이 온전한 우주가 되도록 이 모든 것을 치유합니다(참조: 로마 8,18-25; 에페 4,1-6).

다시 한번 강조하지만 제가 과학, 의학 또는 심리학을 불신하는 것이 아닙니다. 그것들은 치유의 세계에서 그 나름대로 자리가 있습니다. 그러나 오늘날 우리시대의 문화에서는 현실을 물질적 관점에서 봅니다. 이 과학적이고 전문적인 세계관은 복음으로 우리를 깨우쳐 주지도 않고 한계가 있으며 현실을 왜곡합니다. 과학은 신앙의 지식 위에 세워질 수 있지만, 신앙을 대체할 수 없습니다. 만일 그렇게 되면 심각한 결과가 발생합니다.

가톨릭 신앙은 사람이신 예수 그리스도를 중심에 두고 희망하면서, 하느님께서는 부서진 모든 것이 온전해지기를 원하신다는 특별한 관점에서 바라봅니다.

사실 우리 대부분은 마치 세속적 무신론자처럼 치유에 접근합니다. 과학의 영향을 너무 많이 받아서 자신과 병을 '단편적' 관점에서 바라봅니다. 증상이 문제이기 때문에 고통을 덜어 줄 가장 빠르고, 가장 쉬운 방법을 찾는 듯이 행동합니다. 그러다 마지막에는 우리가 바라던 치유를 왜 받지 못하는지 의아해합니다.

한 가지 증상에 대해 약을 처방받았는데 그 증상이 다른 세 가지 증상의 원인이어서 약을 세 가지 더 먹어야 하는 그런 사람이 얼마나 많습니까? 이 말이 우스울 수 있지만, 약 부작용을 겪는 사람들에게 현실은 그렇게 우습지 않습니다. 이것이 바로 증상 중심적인 치료의 심각한 문제로, 현 세계가 가진 더 큰 문제를 보여 줍니다. 속담에 나오듯이, 우리는 코끼리를 더듬는 눈먼 사람과 같이 되었습니다. 우리는 코끼리를 전체가 아니라 부분만 아는 전문가가 되었습니다.

잠시 뒤로 물러서서 좀 더 큰 그림을 보도록 합시다. 하느님께서 인간을 창조하실 때 무슨 생각을 하셨을까요? 죄가 세상에 들어오기 전에 인간은 어떤 조건에 있었습니까?(창세 1-3장). 성 요한 바오로 2세 교황은 철학자요 신학자로서 바로 이런 물음에서 영감을 얻으셨습니다. 그분의 저술에는 인간의 존엄성에 관한 위대한 통찰이 나타납니다. 하느님 아버지께서는 아들과 성령님과 함께 누리는 사랑의 내밀한 친교를 나누기 위해 우리를 창조하셨습니다.[2] 간단히 말하면, 우리는 사랑으로 사랑을 위해 창조되었습니다. 사랑이 삶의 근원이고 운명입니다. '사랑이 없으면 삶은 의미가 없습니다.'[3]

성 요한 바오로 2세 교황의 말씀에 따르면, 태초에는 모든 것이 하느님 아버지와 친교와 화합을 이루며 그분께 순종하였습니다.[4] 고통이나 질병, 질환, 죽음이 없었습니다. 갈등이나 전쟁, 미움, 살인이 없었습니다. 심리학적 또는 영적 질환도 없었습니다. 하느님 사랑으로 모든 것은 하나였습니다. 우리 영은 삼위일체 하느님과, 인간 서로 간에 그리고 자연과 통교를 나누면서 하느님의 영과 조화를 이루었고, 그 조화는 몸과 영혼과 영을 온전히 하나 되게 하였습니다. 매일 일어나는 '영'과 '육'의 내적 싸움을 겪을 필요가 없었습니다(로마 8,5 참조). 모든 것은 하나로 통합되어 온전하였고, 우리는 하느님의 계획에 따라 살았습니다.

그러나 죄가 세상에 들어오자 모든 것이 깨졌습니다. 한때 하나였던 것은 산산조각이 나고 그 이후로도 계속 부서졌습니다. 온 우주는 은총에서 멀어지면서 무질서해졌습니다. 원래 친교를 이루도록 창조된 부분들이 이제 가장 큰 고통의 원인입니다. 우리 모두는 서로 간에, 가장 생생하게는 각자 내면에서 하느님으로부터 분리된 고통을 느낍니다.

『가톨릭 교회 교리서』는 이와 같은 원죄의 결과를 아주 명확하게 다음과 같이 요약합니다.

> [아담과 하와가] 원초적 의로움으로 누리던 조화는 파괴되었으며, 육체에 대한 영혼의 영적 지배력이 손상을 입게 되고, 남자와 여자의 결합은 갈등의 지배 아래 놓이게 되었다. 그들의 관계는 탐욕과 지배욕으로 얼룩지게 되었다. 피조물들과 이루는 조화는 깨졌다. … 죽음이 인류 역사 안으로 들어오게 된 것이다(400항 참조).

이렇게 짧게 설명된 세상 속 죄의 결과는 모든 병의 밑에 있는 뿌리를 보여 줍니다. 고통과 병의 기본 뿌리는 하느님에게서 떨어져 나온 것이고 그 결과 몸과 영혼이 파괴되고 다른 사람과 자연과의 관계도 깨진 것입니다. 이것이 우리가 매일 겪는 불안의 가장 중요한 원인입니다. 그러나 우리는 모두 안도의 숨을 쉴 수 있는데, 이 이야기가 죄지어 부서진 상태로 끝나지 않기 때문입니다.

예수님께서는 우리 안에 부서지고 분리된 모든 것을 구원하고 회복하며 모든 것을 하느님께서 원래 계획하신 온전함으로 되돌리기 위해 오셨습니다. 그리스도의 구원은 부서진 것을 회복시켜 점차 하나로 통합합니다. 그래서 베네딕토 16세 교황께서는 "충분히 깊은 차원에서 이해하면, 치유는 우리 구원의 내용 전부입니다."[5] 라고 말씀하셨습니다. 저처럼 당신도 "충분히 깊은 차원"이 무슨 뜻인지 궁금할 것입니다. 제가 성찰해 보니, 이 말은 원죄로 망가져 치유가 필요한 다섯 가지 기본 영역을 의미합니다.[6]

1. 우리와 하느님의 관계(영적)
2. 우리와 다른 사람의 관계(관계적)
3. 우리 안의 통합: 영혼과 영(심리적)
4. 우리 안의 통합: 육체와 영혼(육체적)
5. 우리와 자연의 관계(생태적)

삶에서 이 다섯 가지 기본 관계 중 하나 또는 두 가지에 뿌리가 있지 않은 쇠약성 질환, 질병 또는 심리적 문제가 있습니까? 그런데 사실 이 다섯 가지는 서로 별개의 영역이 아닙니다. 서로 모두 밀접하게 연결되어 있고 더 큰 전체의 일부입니다.

현대 세계에서, 특히 치유에 관한 과학적 접근 방식에 있어 자주 발생하는 문제는 그것들을 모두 따로 본다는 것입니다. 사람들은 영적 치유를 받으러 목사, 사제, 랍비에게 갑니다. 관계 치유를 받으러 혼인과 가족 상담 치료사에게, 몸 치유를 받으러 의사와 물리 치료사에게, 생태 치유를 위해 환경 운동가와 영양사에게 갑니다.

심지어 이 분류도 더 세분화합니다. 예를 들어, 서로 다른 온갖 의학 전문 분야를 생각해 보십시오. 비뇨기과, 산부인과, 내분비과 등 세부 전공 목록은 계속 이어집니다. 무엇이 문제인지 보이지 않습니까? 이렇게 많은 전공이 있는 것이 문제가 아닙니다. 전공자가 모든 것이 서로 어떻게 어울리는지 통합적 관점을 갖는다면 전공 분야는 매우 유용합니다. 하지만 해부학 몇 과목 또는 심리학 수업 한 과목으로는 충분하지 않습니다. 이런 식의 치유는 증상을 완화하는 정도밖에 되지 않으므로, 결국 더 많은 다른 증상이 나타나게 될 것입니다.

우리가 다른 사람을 위한 치유의 도구가 되고 자신도 치유받기 위해서는 인간성을 하느님의 신성에 비추어 전체적으로 볼 필요가 있습니다. 바로 그래서 바오로 사도가 몸의 일치에 관해 주장했던 것입니다. "몸은 하나이지만 많은 지체를 가지고 있고 몸의 지체는 많지만 모두 한 몸인 것처럼, 그리스도께서도 그러하십니다. 우리는 … 모두 한 성령 안에서 세례를 받아 한 몸이 되었습니다. 또 모두 한 성령을 받아 마셨습니다. … 사실 지체는 많지만 몸은 하나입니다."(1코린 12,12-13.20). 바오로 사도는 그리스도의 몸과 우리 몸을 연결하면서 참된 가톨릭 세계관을 제시합니다.

당신은 아마 제가 앞서 이야기했던 쇠약성 우울증을 겪고 있던 사람들이 어떻게 되었는지 궁금할 것입니다. 간단히 말하면, 각자 치유 과정은 확연하게 다르지만 모두 희망을 품고 치유 과정을 밟고 있습니다. 한 사람은 어려움을 상당히 잘 극복하며 치료받고 있습니다. 또 한 사람은 장기적이고 점진적인 치유 과정 중에 있고, 세 번째 사람은 우울증의 근본 문제들을 겨우 확인하기 시작했습니다. 그러나 세 사람 모두 '증상' 중심에서 '전인적' 관점으로 초점을 옮기면서 참된 희망을 체험하기 시작했습니다. 사람을 우울증으로 몰아가는 힘은 대개 절망이기 때문에 이들이 체험한 희망은 결코 사소한 것이 아닙니다.

이들이 병원에서 치료받는 방식은 비슷했지만, 각자 병의 뿌리는 달랐습니다. 첫 번째 여성은 우울증의 원인이 아기일 때 입양되면서 생긴 버림받은 아픔을 슬퍼하지 못한 것이라는 점을 알았습니다. 성령님께서 그에게 이 점을 밝혀 주시자, 그는 일생 지고 다닌 정신적 외상에서 해방될 수 있었습니다. 우울증 증세는 즉시 저절로 나았고 생전 처음 하느님 사랑을 마음 깊이 받아들일 수 있었습니다. 아니 그 이상으로 오랫동안 그를 괴롭히며 만성 피로를 일으킨 근육, 관절, 힘줄이 아픈 병도 즉시 나았습니다.

더욱더 놀라운 일은, 그가 증상에서 해방된 바로 그 시각에 다른 도시에 있던 아들의 신체적 '불치병'이 즉시 나은 것입니다. 그때까지 아들은 어떤 치료법도 찾을 수가 없었습니다. 이제 이 모자의 치유를 의학적으로 설명해 보겠습니다. 거룩한 의사이신 하느님께서는 어머니의 우울증 원인을 아셨고, 육체적·심리적·세대 간 문제가 모두 어떻게 연결되어 있는지도 아셨습니다. 그분만이 어머니에게 그리고 좀 신비하지만 어머니의 고통을 자신의 몸과 영혼에 짊어진 아들에게 무엇이 필요한지 아셨습니다. 물론 저는 많은 사람이 이 일을 믿기 어려울 것이라는 것을 압니다. 하지만 사실입니다.

저는 침대에 누워 있는 두 번째 여성과는 전화로 이야기를 했습니다. 그는 별 차도 없이 1년 가까이 병원에 있었습니다. 남편은 거의 온종일 옆에 있었습니다. 저는 기도하면서 몇 분 동안 그의 말을 듣고 난 후, 그의 우울증은 아이들이 집을 떠나면서 시작되었다는 것을 알았습니다.

우리는 여기서 멈추고 더욱 깊은 문제의 뿌리에 대해 다시 함께 기도했고, 성령님께서는 즉시 이 여성이 열 살 정도였을 때 돌아가신 어머니를 떠올려 주셨습니다. 그가 아직 그 슬픔을 마주할 준비가 되어 있지는 않았지만, 마침내 우리는 우울증의 원인을 발견하여 크게 안심했습니다. 이 여성과 남편을 비롯한 그의 가족은 우울증의 원인을 찾게 되어 큰 용기를 얻었습니다. 그는 자신을 새롭게 이해하면서 다시 희망을 품게 되었습니다. 절망의 어둠에 빛이 비치기 시작하였고, 그가 약과 전기 충격 요법, 끝없는 입원 등과 벌인 1년여 동안의 싸움은 끝이 보였습니다.

가장 슬픈 상황은 40년 넘게 만성 우울증에 시달려 온 남성이었습니다. 20대에 부모님이 모두 자살하셨고, 그로 인해 그는 매일 자신의 삶과 싸웠습니다. 그는 건강 보험 제도가 제공하는 모든 치료를 다 받았습니다. 좋은 의료 기관에서 최고의 치료를 받아 보았지만 겨우 일시적 차도가 있을 정도였습니다. 이렇게 싸우는 동안 예수님께서 계속 이 사람을 신앙으로 지탱해 주셨고, 마침내 육체적·정신적 병의 영적 뿌리에 초점을 두는 그리스도교 병원, 곧 피정 센터로 인도하셨습니다.

그곳에 있는 한 주 동안 그는 자신과 부모님, 아내를 용서하지 못한 점들과 마주하게 되었습니다. 한 주가 끝날 무렵, 부모님과 아내를 용서한 후에 우울증은 상당히 가벼워졌습니다. 그러나 그가 가장 다루기 어려운 문제는 자기혐오였습니다. 그는 집에 돌아간 후 계속 이 문제를 작업하면서 이전 사고방식에 빠지지 않으려고 노력 중입니다. 기도하면서 우울증과 자기혐오의 더 깊은 뿌리를 발견하게 되었습니다. 두 살 때 그는 불같이 화가 난 아버지에게 뺨을 맞았던 것입니다.

그는 자신의 아픔 밑에 있는 이 뿌리에 대해 여전히 방어적이지만, 이 뿌리가 완전히 낫도록 계속 노력 중입니다. 지금까지 그는 어린 시절 기억 속에 담긴 정신적 외상에 다가갈 수 없었습니다. 이제는 죽기보다 살기를 원하는 때가 더 많습니다. 그는 아직 자신이 원하는 데에 도달하지 못했지만 이전보다는 마음 상태가 훨씬 좋습니다.

이 세 가지 예는 각각 다른 듯 보이지만 공통점이 매우 많습니다. 세 사람 모두 오랫동안 답을 찾아다닌 후에 부서진 자신 안에 있는 깊은 뿌리를 마주하고 나서야, 낫거나 나을 희망을 품게 되었습니다. 그들은 복음서에서 12년 동안 고통받으며 "의사들을 찾아다니느라 가산을 탕진하였지만, 아무도 그를 고쳐 주지 못하였"(루카 8,43)던 여자와 무척이나 닮았습니다. 고통받던 세 사람은 그 여자처럼 각자 예수님을 만나면서 희망을 되찾고 치유되었습니다.

세 사람 사이에는 비슷한 점이 또 있습니다. 지금까지 모두 증상에 따라 치료를 받았지만, 우울증의 뿌리를 알게 되면서 더욱 깊은 치유와 희망을 얻었습니다. 각 사람의 치유는 육체적 증상에 나타난 심리적·관계적·영적 근본 문제를 동시에 건드렸는데, 이 점은 "인간 안의 정신과 물질은 결합된 두 개의 본성이 아니라, 그 둘의 결합으로 하나의 단일한 본성이 형성되는 것이다."(『가톨릭 교회 교리서』 365항)라는 교회의 입장에 힘을 실어 줍니다.

내면 바라보기

내가 가진 질환의 성격에 대해 성찰해 봅시다.

- 낫지 않고 계속 고통받는 질환이 있습니까? 도움을 구하러 어디를 찾았습니까?
- 이 질환의 뿌리가 육체적·심리적·영적·환경적·관계적 원인 중 어디와 관련 있는지 알 수 있습니까?
- 그 뿌리에 대해 더 많이 보여 주시라고 성령님께 청하십시오.

과학은 교회가 수 세기 동안 알고 있었던 것을 이제야 조금씩 이해하고 증명하기 시작했습니다. 오늘날 많은 전문가가 모든 질병의 90-95퍼센트가 '스트레스와 관련' 있다는 데 의견이 일치합니다.[7] '괴로움distress'과 '병disease', 두 단어의 비슷한 점을 잘 보십시오. 영혼과 육체에서 하느님의 영과 친교를 이루지 못하고 사는 부분은 어디든지 '평안함'이 없는(dis-ease) 영역이고, 이로 인해 몹시 '괴로운'(dis-stressed) 우리 안에는 평화가 없습니다.

아기 때 입양되어 심각한 정신적 외상을 입었던 여성처럼 질병의 뿌리가 어린 시절로 깊이 들어갈 수 있습니다. 또는 부모가 자살했던 남성처럼 그 뿌리가 가족 세대로 더 깊이 들어갈 수도 있습니다. 질병의 뿌리는 궁극적으로 훨씬 더 멀리 인류의 타락에까지 거슬러 올라갑니다. 이 타락한 세상에 살면서 우리 각자의 삶에는 사랑, 기쁨, 평화가 없는 부분이 있습니다. 하느님의 사랑과 진리에 저항하는 문화 속에서 태어난 우리는 '질병disease'과 '분열disintegration'을 겪게 마련입니다.

많은 의료 종사자들과 심리학자들이 병의 영적, 심리적 뿌리에 대해 새롭게 관심을 가지면서, 전체적이고 기능주의적인 치료 방식을 채택합니다. 이 방식이 도입된 지 오래되었지만, 최근까지도 이 방식을 대안적이고 비과학적이라고 보았습니다. 이 방식이 연구와 실습으로 그 타당성이 입증되면서 점차 치료 방식에서 주류가 되고 있습니다. 하지만 불행히도 이 전인적 관점의 치료법 가운데 많은 방식이 예수 그리스도의 실재나 신성을 부인하는 대안적 영성에 기초를 두고 있어 그 자체만으로 충분하지 않습니다. 결국 이로 인해 더 많은 분열이 일어납니다. 그 방식들은 우리 영혼과 육체의 의사이신 예수님을 부인함으로써 치유의 원천 자체를 무시합니다.

몇 해 전에 저는 주州 정부 인가 안마 치료사의 치료를 받았는데, 친절하고 재능 있는 이 사람은 범신론적 세계관을 가지고 있었습니다. 그는 '하느님'과 '우주'가 같고 예수님을 많은 현자 중 한 사람이라고 믿었습니다. 그는 육체, 영혼, 영이 서로 연결된 것을 이해했기 때문에 환자들을 원활하게 치료할 수 있었습니다. 시간이 지나면서 읽어 보라고 제게 많은 책을 주었는데, 대부분이 그리스도교 신앙과 상담 치료사로서 제 경험과 모순되지 않았습니다. 그러나 이 책 몇 권을 읽으면서 저는 영적 어둠이 내리는 것을 알아차렸습니다. 그 책들에는 건강과 육체와 영혼의 통합에 대한 유용한 정보가 있었지만, 기본 영성은 엄청난 오류였습니다.

저는 모르는 사이에 거짓 예배에 빠져들고 있었습니다. 범신론적 세계관의 허울은 하느님보다 자신을 신뢰하도록 교묘하게 부추겼고, 그로 인해 저의 교만과 자만은 더 커졌습니다. 범신론은 분명히 그리스도교적이지 않고, 결국 제 삶에 부정적 결과를 낳았습니다. 앞서 본당 쇄신 피정 중에 강하게 활동하시는 성령님과 만나기 전 금요일 밤에 대해 제가 기술했던 지옥 같은 느낌을 기억합니까? 그 모든 느낌은 그가 권했던 책들로 인한 악한 영의 영향을 거부했을 때 시작되었습니다.

그 이후 저는 그를 한 인간으로서는 존중하지만, 예수 그리스도께 대한 의탁과 치유 기도를 통합할 수 있는 그리스도인 치료사를 찾을 필요가 있다는 것을 알았습니다. 그다음부터 저는 치료에 치유 기도를 통합하는 치료사와 의사에게만 갑니다. 저의 주치의와 치과의사, 지압사, 안마 치료사들은 삶과 직업에 기도를 통합한 사람들입니다. 그것은 제 삶에서 영적으로 다른 세계를 만들어 냈습니다.

　그리스도인들은 의료 서비스의 참된 근원을 회복시킬 필요가 있습니다. 듀크대학교의 종교·영성과 건강 연구 센터를 설립한 해럴드 코닉 박사는 영적·육체적 치유의 상관관계에 관해 광범위하게 연구하면서, 교회가 사람들의 건강 문제를 늘 돌보고 회복시키며 치유하기 위해 과학과 병행하여 기도를 적용했다는 것을 깨달았으며, 병자들을 돌보고 그들을 온전하게 회복시키는 일을 늘 해 왔던 교회가 그 역할을 지속하는 것이 적절하다고 결론을 내렸습니다. 그는 폭넓게 가르치며 글을 쓸 뿐 아니라 의료 행위와 치유 기도를 통합한 개업 내과 의사이기도 합니다.[8]

　의료 서비스와 교육 분야는 흥미로운 성과를 많이 냈습니다. 영적 의식을 가진 종사자들은 이 분야들에서 육체와 영혼, 영이 관계와 생태학의 맥락에서 서로 어떻게 통합되는지 더 큰 그림을 봅니다. 인터넷에서 찾거나 책방에 가서 보면 좋은 자료들이 많습니다. 이를테면 제가 몇 년 전 찾은 가톨릭 상담 치료사 J. 브레넌 멀래이니의 책이 그 예입니다. 그의 책『진정한 사랑』은 육체적, 심리적 병을 철저히 그리스도교 세계관으로 재해석합니다. 그는 다양한 건강 문제를 대단한 통찰력으로 진단합니다. "회피나 거부, 사랑의 결핍은 모든 기능적 질병, 곧 육체적·심리적·영적 질병의 원천입니다."[9]

이러한 진단은 의료계에서 매우 급진적인 것입니다. 기능적 건강 문제 모두를 사랑의 결핍 같은 한 가지 원인으로 돌리는 것은 정말 우스울 정도로 단순하게 들립니다. 하지만 말도 안 된다고 너무 성급하게 단정 짓지 말고 제가 앞서 말한, 쇠약성 우울증에 시달렸던 세 사람에게 이 말을 적용해 보십시오. 그들의 문제는 심각한 사랑의 상실과 함께 시작되었고, 나타난 증상은 단순히 심리적일 뿐 아니라 육체적이기도 합니다.

치유의 원천에 대한 멀래이니의 통찰도 설득력이 있고 제 경험으로 볼 때 진실하게 들리는데, 이를 여러 형태의 심리 치료의 효능에 관한 우수한 연구들이 증명하였습니다. 그는 "사랑이 치유합니다. 치유는 인간 사랑의 한 부분입니다. 사랑이 있는 곳에는 끊임없이 치유가 일어납니다."[10]라고 합니다.

이것이 바로 베네딕토 16세 교황께서 『나자렛 예수』에서 하신 말씀이 아닙니까? "누구든지 사람을 낫게 하려면 그 사람을 존재 전체로 보아야 하고 궁극적 치유는 하느님 사랑뿐임을 알아야 합니다."[11]

우리는 사랑을 위해 창조되었습니다. 우리는 사랑으로 인해 하느님의 계획대로 온전하고 건강하게 됩니다. 사랑이 없으면 우리는 아프게 되고, 몸·영혼·영은 더욱 분열됩니다. 사랑으로부터 단절된 과거의 경험도 정신적, 정서적, 육체적으로 엄청난 스트레스의 원인이 될 수 있고, 결국 여러 종류의 병으로 나타납니다. 브레넌 멜래이니의 관점이 얼마나 훌륭합니까? 사랑의 결핍은 평화를 앗아 가고 분열을 일으키는 질병의 뿌리입니다. 반대로 사랑은 치유와 건강의 원천입니다.

 내면 바라보기

나는 사람들과 그들의 아픔을 어떻게 보는지 생각해 봅시다.

- 부서진 모습을 보고 사람을 판단하거나 그의 행동이나 증상에 붙은 평가에 따라 판단합니까? 아니면 그들의 존재 전체를 봅니까?
- 병과 장애는 사랑이 결핍된 결과라고 믿습니까? 그렇게 믿거나 그렇게 믿지 않는 이유는 무엇입니까?
- 사랑이 사람을 치유한다는 것을 믿습니까? 그렇게 믿거나 그렇게 믿지 않는 이유를 설명해 보십시오.

브레넌 멜래이니나 그와 비슷한 관점을 가진 사람들의 모범을 따라 더 많은 그리스도인이 성경과 교회 가르침에 충실한 인류학과 치료 방법을 발전시켜야 합니다. 만일 당신이 시간을 들여 기도하고 귀를 기울이면 하늘의 영감을 받기 시작할 것입니다. 저는 그런 경험을 했습니다.

8일 동안의 침묵 피정에서 그리스도 안에 있는 우리의 온전함과 이 온전함이 죄로 인해 어떻게 파괴되는지 알기 위한 간단한 체계에 관해 성령님께서 제게 영감을 주셨습니다. 저는 오랫동안 이렇게 이해하는 법을 찾았지만 사회 과학에서 받은 훈련으로는 제대로 찾을 수가 없었습니다. 그런데 성령님께서 알려 주신 체계는 건강과 온전함에 관한 최상의 관점과 완벽하게 들어맞습니다.[12] 이제 다음 장 '나무와 열매'에서 제가 찾은 것을 나누겠습니다.

6장
나무와 열매

앞장에서 살펴보았듯이, 참된 치유는 증상을 다루는 것을 넘어 그 밑에 있는 뿌리에 닿아야 합니다. 저와 함께 피정 강의를 하는 마크 튭스 신부님은 영적 삶에서 이 점을 분명히 보여 주기 위해 시청각 보조 자료를 자주 사용합니다. 신부님은 강의 때 사과와 (예시를 위해 큰 나무를 가져갈 수 없어서) 작은 나무를 가지고 가서 개인의 죄는 영혼이 깊게 병든 증상임을 보여 줍니다.

마크 신부님은 귀 기울여 듣는 피정자들에게 제안합니다. "이 사과가 당신의 죄라고 가정하십시오. 고해성사를 보러 올 때마다 당신은 사과를 더 많이 가져오는데, 그것들은 반복해서 저지르는 죄에 해당합니다. 죄를 용서받고 양심이 깨끗해지는 것은 좋은 일입니다. 그러나 이 죄(사과)들은 영혼이 깊게 병든 (나무의) 증상들입니다." 마크 신부님은 피정자들의 답을 끌어내는 질문을 합니다. "만일 나무에서 사과를 하나 따면 어떤 일이 일어납니까?" 사람들은 곧바로 대답합니다. "다시 더 많이 달려요." 마크 신부님은 원하는 대답을 바로 듣자 계속 질문합니다. "얼마나 많이 따면 사과들이 완전히 없어질까요?" 피정자들이 즐겁게 대답합니다. "모두요."

기대감은 점점 높아지고 마크 신부님은 계속 질문합니다. "얼마동안 사과가 달려 있지 않을까요?" "더 많이 달릴 때까지요." "고해성사를 하는 것과 이 문제를 연관시킬 수 있는 사람은 손들어 보세요?" 피정자 대부분이 손을 듭니다. 연극배우 기질과 아주 뛰어난 유머 감각을 가진 마크 신부님은 그러고 나서 계속 질문합니다. "이 사과들을 영원히 없애 버리는 방법이 있습니까?" 피정자들 대답이 빨리 나옵니다. "나무를 잘라 버립니다." 마크 신부님이 대답합니다. "아니면, 더 좋은 방법은, 나무 전체를 뿌리째 뽑아 버리는 것입니다."

신부님은 지금까지 한 번 이상 실제로 작은 나무를 뿌리째 뽑았다고 합니다. 그러면 흙이 사방으로 튑니다. 청소하는 사람과 수목 전문가들 빼고는 모두 웃습니다. 피정자들은 요점을 이해합니다. 신부님은 지금은 청소하는 사람들을 존중하는 마음에서 인조 나무를 사용하거나 대개는 사과만 사용합니다.

보조 자료로 나무를 사용한 것은 마크 신부님이나 우리 피정이 처음은 아닙니다. 성경과 교회 가르침에서 빌려 왔을 뿐입니다. 성경에서 나무는 영적 생명력의 예로서, 두 가지 조건 중 하나에 해당합니다. "생명나무"(창세 2,9)는 그리스도와 일치한 삶의 상징입니다. 반면에 "선과 악을 알게 하는 나무"(창세 2,9)는 하느님과 단절된 삶을 상징합니다. 하느님과 친교를 나눌 때 우리는 그분의 사랑받는 자녀의 참정체성을 살아갑니다. 하느님과 분리되었을 때는 그분을 섬기는 대신 자신을 신뢰하며 거짓 정체성을 살아갑니다. 다른 선택의 여지는 없습니다. 이제 생명나무부터 시작하여 이 두 나무를 좀 더 깊이 연구해 보겠습니다.

생명나무는 우리와 하느님 사이의 친교를 상징하고, 덕과 선한 영적 열매가 가득 달린 삶의 상징입니다(참조: 2베드 1,5-8; 갈라 5,22-23). 이 상징은 하느님께서 에덴동산에서 아담과 하와와 친교를 나누시는 창세기 시작 장면에 처음 나옵니다(2,15-16 참조). 시편 1편은 주님을 신뢰하는 사람들의 청사진을 이렇게 그립니다. 그들은 "시냇가에 심겨 제때에 열매를 내며 잎이 시들지 않는 나무와 같다."(시편 1,3 참조). 여기에 예레미야가 은유를 추가합니다. 그는 "가문 해에도 걱정 없이 줄곧 열매를 맺는다."(예레 17,8). 그리고 이사야가 구약 성경에서 다음과 같이 결론을 내립니다.

"사람들이 그들을 '정의의 참나무' 당신 영광을 위하여 주님께서

심으신 나무'라"(이사 61,3) 부르리라.

이 주제는 신약 성경으로도 이어집니다. 예수님께서는 좋은 나무는 좋은 땅에 뿌려진 좋은 씨앗에서 나온다고 분명하게 말씀하십니다(마태 13,24 참조). 이 나무는 '나쁜 열매를 맺지 않고'(루카 6,43 참조) '언제나 남아 있을'(요한 15,1-16 참조) 좋은 열매를 맺습니다. 이 열매가 바로 사랑과 기쁨, 평화, 인내, 호의 등 성령의 열매입니다(갈라 5,22-23 참조). 창세기에서 시작한 생명나무의 상징은 묵시록에서 요한이 묘사하는 천상 도시의 생명으로 끝을 맺습니다.

"천사는 또 수정처럼 빛나는 생명수의 강을 나에게 보여 주었습니다. 그 강은 하느님과 어린양의 어좌에서 나와, 도성의 거리 한 가운데를 흐르고 있었습니다. 강 이쪽저쪽에는 열두 번 열매를 맺는 생명나무가 있어서 다달이 열매를 내놓습니다. 그리고 그 나뭇잎은 민족들을 치료하는 데에 쓰입니다."(묵시 22,1-2).

전체적 그림이 이해됩니까? 생명나무는 우리와 그리스도의 친교를 상징합니다. 예수님과 맺는 지속적 관계는 치유의 원천이고 성령의 열매를 맺습니다. 예수님의 사랑이 우리 몸과 영혼, 영에 가장 좋은 약입니다. 이 모든 것은 제가 8일 침묵 피정을 하는 동안 분명해졌습니다. 저는 온종일 마음이 불타는 느낌으로 성령님의 현존을 체험하고 나서 세 단어로 분명히 이를 인식하게 되었습니다. 안전, 성숙, 순결. 이 세 단어가 성령님 안의 삶을 요약합니다.

순결
사랑의 열매

성숙
사랑 안에서 성장

안전
사랑에 내린 뿌리와 기초

그림 6.1 생명나무: 안전, 성숙, 순결

나는 치유되었다

얼마 후 저는 성령님의 인도로 에페소서를 읽다가, 이 세 단어가 하느님 가족의 구성원으로 그리스도 안에서 사는 삶을 참으로 잘 요약한 것을 알고 놀랐습니다. 안전은 "사랑에 뿌리를 내리고 그 것을 기초로"(에페 3,17) 삼는 것입니다. 성숙은 사랑의 능력이 점점 자라 그리스도처럼 되는 것입니다(에페 4,7-16 참조). 순결은 사랑의 열매입니다(에페 5,1-5 참조).

생명나무와 다르게 선택하는 것이 '선과 악을 알게 하는 나무'입니다. 성 요한 바오로 2세 교황에 의하면, 이 나무는 하느님의 계약이 "우리 마음에서 깨진" 상태를 표현합니다.[1] 우리 마음이 하느님과 분리되어 하느님을 믿지 않고 자신을 신뢰할 때, 마음은 불안과 불안전으로 가득 차고 미성숙하며, 더럽고 나쁜 열매를 맺습니다(갈라 5,19-21 참조). 예레미야는 열매 없이 죽은 이 나무를 놀라운 모습으로 묘사합니다. "사람에게 의지하는 자와 스러질 몸을 제힘인 양 여기는 자는 저주를 받으리라. 그의 마음이 주님에게서 떠나 있다. 그는 사막의 덤불과 같아 좋은 일이 찾아드는 것도 보지 못하리라. 그는 광야의 메마른 곳에서, 인적 없는 소금 땅에서 살리라."(예레 17,5-6).

예레미야가 상당히 정확하게 묘사한 듯합니다. 당신은 어떻습니까? 모든 것이 텅 비어 황폐하고 마른 사막에 있는 메마른 덤불 같다고 느낀 적이 있습니까? 그것이 바로 하느님을 믿지 않고 자신을 신뢰하며 자신에게 뿌리내린 삶의 모습입니다. 예레미야의 묘사를 기초로 예수님께서는 이렇게 가르치십니다. "좋은 나무는 나쁜 열매를 맺지 않는다. 또 나쁜 나무는 좋은 열매를 맺지 않는다. 나무는 모두 그 열매를 보면 안다. 가시나무에서 무화과를 따지 못하고 가시덤불에서 포도를 거두어들이지 못한다."(루카 6,43-44).

예수님과 예레미야는 하느님을 신뢰하여 번성하는 사람들과 그러지 않아 시들어 버린 사람들을 대조합니다. 그러나 이것이 단지 구원받은 자와 구원받지 못한 자에 관한 비유인 것만은 아닙니다. 이 비유는 그리스도를 따르는 각자의 삶의 특정한 영역에도 적용할 수 있습니다. 우리는 모두 바오로 사도가 '육'과 '영'의 싸움(참조: 로마 8,5-7; 갈라 5,16; 『가톨릭 교회 교리서』 2516항)이라고 한 내적 싸움을 매일 치릅니다. '육'은 하느님을 믿지 않는 자만심에 뿌리내리고(선과 악을 알게 하는 나무), 성령님과 함께하는 삶은 그리스도 안에 머무는 것을 말합니다(생명나무).

우리가 살면서 하는 모든 생각과 행동은 보이지 않는 이 두 나무에서 나옵니다. 생각 속에 무엇을 뿌리든, 그것은 점차 감정과 습관, 성격에서 드러납니다(갈라 6,7-8 참조). "생각을 뿌리고 행동을 추수하십시오. 행동을 뿌리고 습관을 추수하십시오. 습관을 뿌리고 성격을 추수하십시오. 성격을 뿌리고 운명을 추수하십시오."[2] 작은 씨앗은 뿌리부터 뽑지 않으면 큰 나무가 될 것입니다. 우리는 모두 마음속에 메마른 덤불과 죽음의 나무를 몇 그루 가지고 다닙니다.

5장에서 이야기한 세 명의 우울증 환자는 궁지에 빠져 부서지는 이들의 모습을 잘 보여 줍니다. 세 사람 모두 각자 "나는 양들이 생명을 얻고 또 얻어 넘치게 하려고 왔다."(요한 10,10)라고 말씀하신 예수님을 나름대로 믿는 그리스도인입니다. 그들이 생명의 삶을 찾지 못해 절망하고 스스로를 의심하는 모습을 상상할 수 있습니까? 당신은 삶에서 기쁨이 도대체 어디에 있나 하고 생각한 적이 있습니까? 저는 가끔 있습니다.

저는 고통받았던 이 소중한 사람들이 각자 구원자 예수님을 진심으로 신뢰했다고 증언할 수 있습니다. 그들은 정기적으로 기도하며 하느님을 예배하였습니다. 그러나 각 사람의 삶에는 치유되지 않은 상처와 회개하지 않은 죄로 인해 하느님 은총에 저항하는 영역도 있었습니다. 적어도 한 사람은 원한과 자기혐오를 품었고, 세 명 모두 어린아이 때 깊은 상처를 입었으며, 그 정서적 외상으로 인해 삶의 특정한 영역에서 하느님께 마음을 닫아 버리는 반응을 보였습니다. 이들이 의도적이거나 악의적으로 그랬던 것은 아니고, 그것은 일종의 생존 방식이고 자기를 방어하는 방식이었습니다. 그런데도 그들은 각자 안정감을 가지고 사랑을 주고받는 능력에 문제가 생겼습니다.

저는 자기를 지키기 위한 것처럼 보이는 순수한 시도가 하느님을 믿지 않는 자기 신뢰로 너무도 쉽게 변하는 과정을 제 삶에서도 체험했습니다. 그래서 세 사람에게 진심으로 연민을 느꼈고, 그 연민을 통해 삶의 고난에서 그들과 우리 각자에 대한 예수님의 무한한 연민을 조금이나마 맛보았습니다. 그러나 예수님께서 중풍 병자를 치유하시기 전에 그의 죄를 먼저 용서하신 것처럼(마르 2,1-12 참조), 사람들을 향한 거짓 연민 때문에 죄의 뿌리가 되는 어떤 마음가짐과 태도를 간과하지 않도록 주의해야 합니다. 제 경험으로 볼 때, 인정하지 않은 죄가 영혼과 육신의 치유되지 않은 상처와 질병에 종종 영향을 주기도 합니다. 그렇다고 해서 예수님께서 분명히 말씀하셨듯이(요한 9,2-3 참조), 우리가 다른 사람의 병의 원인을 판단할 수 있다는 것은 아닙니다. 하느님만이 우리 마음 깊은 곳과 우리 연약함의 온갖 원인을 아십니다.

죄는 "거짓의 아비"(요한 8,44)에서 생기는데, 죄가 마음에 뿌리내리려면 우리가 동의해야 합니다(『가톨릭 교회 교리서』 1853항 참조). 일단 우리가 허락하면 죄는 우리 안에 있는 "본질적으로 인간적인 것"을 파괴할 수 있습니다.[3] 보통 죄는 악마의 유혹으로 시작하여 생각과 말과 행동으로 점차 진행되며 병든 마음의 증상으로 나타납니다(마르 7,21 참조). 인정하고 싶지 않지만 우리는 매우 자주 '악한' 생각을 품습니다. 미움, 험담, 원한, 질투, 자만, 두려움 등 이 모든 병든 마음가짐과 더 많은 것들을 오랫동안 숨길 수 있습니다. 마음의 죄들은 드러나지 않고 표현되지 않으면 결국 육체와 영혼에 치명적 독이 됩니다.

은총이 충만한 환경에서 하느님을 찾고 있을 때도, 우리는 이 뿌리 깊이 불경스러운 태도로 기울어지는 경향이 있습니다. 많은 경우에 우리 입과 마음은 "은총과 진리가 충만하신"(요한 1,14) 예수님답지 않은 것을 말하고 믿습니다. 누구도 하느님 아드님의 모상을 완전히 닮지 않았기 때문에 이런 육의 일에 빠지기 쉽습니다. 본당 쇄신 피정에서 주일 아침에 제가 했던 생각을 기억해 보십시오. 좋으신 하느님을 노래하는데 제 마음 깊은 곳에서 불경한 생각이 솟아 나왔습니다. 저는 거기 어둠 속에 죄가 몰래 숨어 있는 것을 깨닫지 못했는데, 성령님의 강한 현존의 힘이 그것을 비추었습니다. 그 불경한 생각은 제 마음의 병든 모습을 실제로 드러내 보였는데, 그것은 '일곱 가지 죽음의 죄'(칠죄종)에서 자라난 것입니다.

일곱 가지 죽음의 죄

'일곱 가지 죽음의 죄'는 교회에서 오랫동안 가르쳐 왔기 때문에,

당신이 이미 잘 알고 있을 것입니다. 이 말은 6세기에 성 대 그레고리오 교황께서 만든 용어입니다(『가톨릭 교회 교리서』 1866항 참조). 그러나 그 개념은 그보다 훨씬 전 초기 교회 시대와 그 이전 유다 민족에까지 거슬러 올라갑니다. 그리스도 이후 수 세기가 지난 후 사막의 교부들이 이 죽음에 이르는 죄를 분명하게 설명했습니다. 교부들은 마음을 이해하고 거룩해지기 위해 진지하게 노력하면서 성경 말씀을 열심히 되새겼습니다. 그리고 성령님의 도움으로 배운 것을 죄와 싸우는 데 적용하면서 많은 시간을 보내고 깊이 묵상하였습니다. 마침내 많은 사람이 영적 지도를 받으러 그들을 찾아왔습니다. 그들이 바로 최초의 영적 지도자들이요 그리스도인 상담 치료사라 할 수 있습니다.[4]

교부들은 마음의 병든 태도를 주의 깊게 성찰하고 들여다보면서 보편적인 면들을 발견하였습니다. 그들은 이 병든 마음가짐을 '치명적 죄들'이라 불렀습니다. 그것들이 다른 죄들의 원천이기 때문입니다. 이 용어는 후에 일곱 가지 '죽음의 죄'가 되었는데, 이 죽음의 죄들은 선과 악을 알게 하는 나무에서 나오는, 우리에게 친숙하지만 죽음을 가져오는 증상과 해로운 결과를 잘 묘사합니다. 교부들은 마음의 이 모든 해로운 태도들 밑에서 단 하나의 뿌리, "무질서한 자기애"를 찾아내어, 자만심이라 불렀습니다.[5]

자만심은 일곱 가지 죽음의 죄 각각에 스며들어 특정한 우상의 형태로 드러납니다. 표 6.1에서 일곱 가지 죄 각각의 이름과 각 죄와 연결된 거짓 숭배 대상을 잘 보십시오. 숭배 대상 자체가 문제가 아니고, 하느님 대신 이 대상에 의존할 때 그것이 우리 삶에서 차지하는 자리가 문제입니다. 소위 '좋은 것들'인 이것 중 어느 것이라도 우리와 하느님과의 관계를 대신하면, 그것은 우리 삶에서 악덕이 됩니다.[6]

우리는 원죄로 인해 이 일곱 가지 죄에 빠지기 쉽습니다. 그런데 우리는 살면서 일곱 가지 중에서 특히 한두 가지 죄를 보통 '특정적으로' 저지릅니다. 고해성사 때 반복해서 하느님 앞에 가져오는 저 사과들 밑에 그 죄들이 있습니다.

표 6.1 일곱 가지 죽음의 죄와 우상

일곱 가지 죽음의 죄	우상 대상
교만	자아, 성취
질투	지위, 소유물, 재능
탐욕	음식, 음료, 마약
음욕	성, 관계, 미
분노	권력, 통제, 정의
인색	부, 안전
나태	위안, 안락

저는 살면서 일곱 가지 죄를 모두 지었다고 인정합니다. 그 중 가장 많이 싸운 죄는 교만입니다.

교만은 타락한 인간 본성이 타고난 것입니다. 그러나 교만은 삶에서 "하느님의 은총을 인정하지 않고 자신의 능력을 과도하게 믿는"[7] 형태로 나타납니다. 교만은 저의 불경한 생각 밑에 버티고 있었고, 제 삶의 많은 면에서 동기가 되었습니다. 저는 10대 때 아버지가 떠나고 망가진 자신을 여러 가지 성취 뒤에 감추기 시작하면서, 제 교만을 처음 발견했습니다.

제 교만은 넘치는 자기 확신처럼 보였지만, 실제로는 제 안에 스며든 자기 의심을 치료하는 약 역할을 했습니다. 또한 교만은 제 수치심과 부족함을 감추는 한 방법이었습니다. 저는 부족하다고 느낄수록 더욱더 업적을 쌓아 자신을 높이고 우상화하여 보상을 받았습니다.

일곱 가지 죽음의 죄가 감추고 있는 것들

일곱 가지 죄 각각은 살면서 직면하게 되는 더 깊은 불안을 감춥니다. 우리는 자신의 특정한 일곱 가지 죽음의 죄 안에 무엇인가를 감추고 있습니다.

만일 권력과 통제를 얻으려고 분노를 사용하면, 제 추측으로는 무력하고 두려운 느낌과 싸우는 것입니다. 만일 인색이 으뜸가는 죄라면, 아주 불안정하기에 부를 이용하여 안전과 자기 가치를 강화하려는 것일 수 있습니다. 만일 음욕과 가장 많이 싸운다면, 거부의 아픔이나 별 볼 일 없는 존재라는 느낌을 달래기 위해 성이나 성적 상상을 이용한다고 볼 수 있습니다.

만일 탐욕이 중하다면, 제 경험으로 볼 때, 버려진 듯한 공허한 마음을 고통 없이 채우기 위해 음식이나 음료, 약물을 사용하는 것입니다. 나태와 싸우고 있다면, 다른 사람들 기대에 맞추는 것이 너무 힘들어 아마도 노력하기를 포기한 것입니다. 만일 질투로 까맣게 타 버렸다면, 자기 가치 의식에 깊은 불안을 가진 것은 아닌지 자신에게 물어보십시오.

이렇게 일곱 가지 죽음의 죄를 나열하니 수치스럽고 당황스럽습니까? 당신 마음에 있는 이 문제들을 마주하는 대신, 카인이 아벨에게 했듯이, 지위나 소유물을 가진 다른 사람들을 허물어 버릴 수도 있습니다(창세 4장 참조).

우리는 일곱 가지 죽음의 죄를 저지르면서 마치 해결되지 않은 욕구를 충족하는 듯한 환상을 가지지만, 실제로는 그로 인해 하느님 은총을 받지 못하게 됩니다.

자신의 삶에 있는 일곱 가지 죽음의 죄와 그것들이 덮고 있을지 모르는 불안정에 대해 성찰해 봅시다.

• 일곱 죽음의 죄 가운데 나의 삶에서 가장 두드러지게 나타나는 특정한 죄는 무엇입니까?
• 이 죄 뒤에 있는 우상은 무엇입니까?
• 이 죄와 우상 뒤에 숨긴 불안정은 무엇입니까?

제가 교만하다는 것을 깨닫고 저는 성인이 된 이래 사납게 들러붙는 교만과 싸워 왔습니다. 초기에는 영적 지도 한 번이면 교만을 극복할 수 있다는 순진한 생각을 했습니다. 그런 마음으로 위스콘신에서 오신 에밀리 수녀님께 영적 지도 받을 계획을 했습니다. 친구 짐과 로이스가 소개했기 때문에, 저는 마음을 열고 신뢰하며 수녀님께 갔습니다.

제가 앉자마자 수녀님은 어디에 중점을 두고 싶은지 물었습니다. "교만입니다." 하고 대답했습니다. 수녀님은 그 이야기를 해 달라고 하셨습니다. 저는 이미 준비해 왔기 때문에 재빨리 대답했습니다. "저는 오래전부터 이 교만의 죄와 싸워 왔습니다. 아무리 노력해도 교만을 없앨 수가 없습니다." 그러자 미소 지으시던 수녀님이 웃음을 터뜨렸습니다. 수녀님이 저를 놀리신다는 생각에 방어하고픈 마음이 들면서 '지금 나는 마음을 다 열어 보이는데 수녀님은 웃으시다니, 나는 정말 심각한데 말이야.'라고 생각했습니다. 그러다 저는 제 교만의 증상 중 하나가 자신을 너무 진지하게 받아들이는 것임을 깨닫게 되었습니다. 에밀리 수녀님은 냉정하지도 무심하지도 않았고 자신에 대해 웃어넘기는 법을 저에게 가르쳐 주셨습니다. 수녀님은 교만을 없애려고 노력하는 것은 또 다른 교만이라 하셨습니다.

저는 정말 혼란스러워서 절박하게 "저는 교만을 없앨 자신이 없습니다."라고 대답했습니다. 수녀님은 다시 미소 지으셨습니다. 이번에는 수녀님의 참된 영감과 친절이 제 눈에 보였습니다. "형제님 혼자 교만을 해결할 수 없습니다. 하느님께 드리세요. 하느님만이 교만을 없애실 수 있습니다." 저는 "아!" 하는 한숨과 함께 "그러면 정말 쉬울 것 같습니다."라고 대답했습니다. 에밀리 수녀님은 예수님의 말씀을 기억하라고 하셨습니다. "고생하며 무거운 짐을 진 너희는 모두 나에게 오너라. 내가 너희에게 안식을 주겠다. … 나에게 배워라. 그러면 너희가 안식을 얻을 것이다."(마태 11,28-29).

저는 에밀리 수녀님을 통해 중요한 교훈을 배웠습니다. 일곱 가지 죽음의 죄는 쉽게 또는 우리 힘으로 극복할 수 없습니다. 예수님을 만나 그것들을 그분 빛 속으로 가져가야 합니다. 자신을 신뢰해서는 절대로 자신을 치유할 수 없습니다. 왜냐하면 자기 신뢰가 선과 악을 알게 하는 나무의 기초이고, 우리가 부서지고 죄짓는 원천이기 때문입니다.

때로 이 일곱 가지 죽음의 죄는 삶 속에 숨어 있다가 매우 이상한 방식으로 드러나기도 합니다. 아나가 그 경우인데, 아나는 제가 브라질에서 치유 봉사 마지막 날 밤에 그 친구와 가족과 함께 기도해 준 10대 소녀입니다. 아나를 보면 분노라는 죽음의 죄가 그를 문자 그대로 또 비유적으로 불구로 만들었다는 것을 전혀 짐작하지 못할 것입니다.

저는 통역사를 통해서 아나가 여섯 살 때 자동차 사고로 오른쪽 엉덩이와 발을 다친 것을 알았습니다. 엉덩이 부상 때문에 아나의 오른쪽 다리는 왼쪽보다 20센티미터 가량 짧아졌고, 그로 인해 아나는 목발을 사용해야 했습니다.

우리는 그날 밤 많은 치유 기적을 목격했기 때문에 모두 열렬한 믿음과 큰 희망을 가지고 아나를 위해 기도했습니다. 처음 10분 동안은 치유의 표지가 나타나지 않았습니다. 이렇게 아무런 움직임이 없자 저는 일단 하던 기도를 멈추고, 성령님께 혹시 아나의 치유를 방해하는 걸림돌이 있는지 조용히 여쭈었습니다. 즉시 저는 생각 안에서 작고 조용한 성령님의 목소리를 들었습니다. "용서하지 않는 것."

　제가 아나에게 혹시 차 사고를 낸 사람을 용서했는지 물어보자, 눈물이 아나의 뺨을 타고 흘러내렸습니다. 아나는 머리를 가로저으며 제가 이해할 수 없는 포르투갈어로 몇 마디 말을 했습니다. 통역사가 간단하게 아나의 말을 전해 줬습니다. "아니오. 그 사람을 용서할 수 없어요. 용서하는 것이 너무 아파요."

　저는 이 어린 소녀의 통찰에 놀랐는데, 아이는 더 깊은 아픔을 겪지 않으려고 자신을 방어하기 위해 원한을 붙들고 있었습니다. 이 확신이 들자 저는 우리가 기적을 볼 것이라는 더 큰 희망을 품었습니다. 저는 통역사를 통해 아나를 격려했습니다. "나는 네가 그 남자를 용서하면 다리가 나을 것이라고 믿어." 그리고 나서 덧붙였습니다. "예수님께서 네 아픔도 없애 주실 거야." 이렇게 대담하게 신앙으로 인도하는 것이 주제넘을 수 있지만, 이상하게 그 순간에 저는 하느님을 신뢰하였습니다. 지혜와 신앙의 초자연적 은사가 성령님께로부터 풍성하게 흘러내렸기 때문입니다(1코린 12,8-9 참조). 통역사가 제 말을 통역하는 동안 저는 왼손으로 아나의 오른쪽 발목을 잡고 있었습니다. 아나가 용서의 말을 하자마자, 저는 아나의 다리가 제 손 안에서 20센티미터가 늘어나 다른 쪽 다리 길이와 맞게 되는 것을 느꼈습니다.

　우리는 모두 놀라면서 동시에 그를 치유하신 예수님을 찬미하

기 시작했습니다. 놀랍게도 아나는 무엇보다도 자유로워지고 감정
적 아픔도 사라졌습니다. 아나의 육체적 상처는 눈에 보였지만 더
깊은 감정적 상처는 보이지 않았는데, 그것은 그의 '죄'가 아니었습
니다. 아나가 용서하지 못한 것을 죄라고 하는 것이 합당합니까?
어린아이로서 그는 자신을 덮친 고통과 정신적 외상을 막아 내는
유일한 방법을 사용한 것뿐입니다. 그 방법을 도덕적 죄라고 믿기
는 어려우므로 여기서 아나의 죄스러움은 중요하지 않습니다. 중
요한 것은 어린 마음의 선택이 실제 결과를 만들었다는 것입니다.
모르고 선택했건 알고 선택했건 이제 그는 선택했고 용서할 수 있
는 능력이 있습니다. 아나는 예수님께서 약속하신 대로 자신에게
가까이 계신다는 재확신이 필요했을 뿐입니다. 정말 그는 주님께
서 가까이 있겠다고 약속하신, "마음이 부서진 이들 … 넋이 짓밟
힌 이들"(시편 34,19)이라는 묘사에 꼭 맞는 사람이었습니다.

　모든 죄는 어떤 식으로든 우리를 하느님과 갈라놓습니다(이사
50,2 참조). 죄의 경중에 따라 우리는 하느님께로부터 부분적으로 분
리되거나 완전하게 분리됩니다(『가톨릭 교회 교리서』 1854-1858항 참조).
어린 시절 대단히 중요한 순간, 아나의 마음은 어느 정도 하느님을
등지고 그분 사랑에서 단절되었습니다. 그것을 죄라고 보든 아니
든 아나는 앞서 5장에서 이야기했던 세 명의 우울증 환자들과 같은

선택을 했기 때문에 이후의 삶이 더 어려워진 것은 분명합니다. 다른 사람들처럼 아나는 세례를 받았고 자신이 하느님 아버지의 기쁨이라는 것을 어느 정도 알았습니다. 그는 하느님께 대한 참된 사랑과 그분의 뜻대로 살려는 마음도 있었습니다. 그러나 정신적 외상의 고통으로부터 자신을 방어하기 위해 마음과 정신의 어느 한 부분에서 자신을 믿는 것을 택하였습니다.

이런 자기방어적이고 자립적인 방법들은 결국 바오로 사도가 말한 "요새"(2코린 10,4)가 됩니다. 요새는 영적이고 심리적인 성채인데, 우리는 마음과 정신 안에 보이지 않는 성채를 세워 피해를 보지 않도록 자신을 방어합니다.

구약 성경은 이것을 훨씬 더 쉽게 이해하였습니다. 구약 성경 시대에 사람들은 침입자들로부터 자신을 지키기 위해 성벽을 세웠습니다. 이 "요새"는 사람들이 해를 입지 않도록 보호했습니다. 이를 비유적으로 사용하여, 다윗 임금은 자신을 보호하신 주님을 찬미하였습니다. "주님은 저의 반석, 저의 산성, 저의 구원자 저의 하느님, 이 몸 피신하는 저의 바위 저의 방패, 제 구원의 뿔, 저의 성채이십니다."(시편 18,3).

다윗 임금은 사울의 군사들이 그를 추격할 때 하느님의 보호를 직접 체험하였습니다. 그는 마음 깊은 곳에서부터 이 시편을 노래했는데, 자신의 힘이요 보호자이신 하느님을 신뢰했기 때문입니다. 하느님 아버지께서는 우리의 보호자, 바위이시고 우리 삶의 흔들리지 않는 토대이십니다. 그러나 어린 시절과 청소년기에 정신적 외상을 입을 때, 특히 자신을 보호해 줄 것으로 믿은 사람들이 해를 가할 때 많은 사람은 하느님께 어떻게 가야 할지 모릅니다. 특히 어린 시절 정신적 외상으로 두려워할 때, 우리 마음은 본능적으로 하느님에게서 멀어집니다. 하느님 아버지께로 향하기보다 자신에게 시선을 돌립니다. 자신을 보호한다고 잘못 생각하고 실제로 악마에게 영혼의 문을 여는데, 그럴 때 악마들은 준비하고 기다렸다가 우리 마음 안에 거짓 보호와 위안을 굳건하게 건설합니다.[8]

성채들이 정신과 마음에 뿌리를 내리면, 신념이 시작됩니다. 그런데 성채들의 기초는 사탄의 거짓말과 속임수입니다. 대체로 성채들은 치유되지 않은 정신적 외상에 반응하면서 발전해 나갑니다. 이 모든 것은 요란하게 과시적이지 않고 교묘하고 은밀하게 일어납니다. "거짓을 심고 믿습니다. 유혹을 실제 행동으로 옮깁니다. 상처가 생겨 곪아 터집니다."[9] 이 상처들을 돌보지 않고 내버려두면 결국 죄에 감염됩니다. 이 사실을 깨달아 알기 전에 이미 우리는 삶의 어떤 특정한 영역에서 영적 노예 상태에 빠져 있습니다.

이 성채들이 정신과 마음 안에 장벽을 만들고, 이 장벽들은 하느님의 사랑과 은총을 받아들이지 못하게 만들어 우리가 그분의 사랑받는 딸과 아들이라는 정체성을 알지 못하게 만듭니다. 우리는 의식하건 못하건 자기방어와 거짓 위안의 성채들을 세웁니다.[10] 아나의 경우를 생각해 보십시오. 아나는 사고로 인한 모든 고통으로부터 자신을 방어하기 위해 마음과 정신 속에 용서하지 않겠다는 성채를 지었습니다. 이 자기방어는 그에게 어느 정도 위안을 주었지만 의도하지 않은 역할도 했는데, 그가 너무나 간절히 원했던 치유의 은총을 받지 못하게 했습니다. 또한 친밀한 사랑의 관계에도 마음을 열지 못하게 했습니다. 그가 이 거대한 악마를 이기기 위해 더 강한 힘을 가진 예수님을 초대하기 전까지 자유로워질 수 없었습니다.

바오로 사도는 에페소서 4장에서 성채가 어떻게 세워지는지 알려 줍니다. 성채는 상처에 대한 인간적 반응으로 소소하게 시작하여, 바오로 사도가 "발판"이라 부른 것을 악마가 놓을 수 있도록 도와주는 문이 됩니다. 발판을 이런 식으로 상상해 보십시오. 강도가 집에 와 현관문을 두드린다고 상상하십시오. 당신은 무의식적으로 누가 왔나 하고 문을 살짝 열어 봅니다. 당신이 강도를 막기 전에 강도는 문에 발을 급히 집어넣어 문을 더 열어 놓습니다. 이렇게 발을 들여놓은 것이 바로 발판을 마련한 것입니다. 그렇게 되면 당신이 강도를 밀어내고 문을 닫거나, 아니면 강도가 집으로 들어와 당신을 묶어 놓고 집안을 샅샅이 뒤질 것입니다. 당신이 묶여 있는 모습이 바로 발판이 성채가 될 때 일어나는 일과 비슷합니다. 어느 영역에서건 하느님의 뜻을 행하려는 의지보다 발판이 더 강해지면 우리가 묶이게 됩니다.

바오로 사도는 분노를 예로 들어 우리가 어떻게 일곱 죽음의 죄에 묶이는지 보여 줍니다. 사도는 다음과 같이 경고합니다. "화가 나더라도 죄는 짓지 마십시오. 해가 질 때까지 노여움을 품고 있지 마십시오. 악마에게 틈을 주지 마십시오."(에페 4,26-27). 다른 번역을 보면 "악마에게 발판을 주지 마십시오."라고 합니다. 이어서 사도는 우리가 악마에게 발판을 허용할 때 자라는 나쁜 열매들, "모든 원한과 격분과 분노와 폭언과 중상"(에페 4,31)에 대해 이야기합니다.

우리는 분노가 맺는 이런 악마적 열매들이 삶에서 어떻게 발판과 성채가 되는지 압니다. 불의를 의식하는 감정은 처음에는 건강하지만 성령님을 따르지 않으면 삶을 파괴하는 힘이 되어 우리가 우리 자신과 맺은 관계를 해칩니다. 피해를 보지 않도록 보호해 준다고 생각한 것이 실제로는 더 큰 해를 입히고 우리를 가두고 다른 사람들에게 상처를 주는 것입니다. 바오로 사도가 정확하게 묘사하듯 우리는 죄의 노예가 됩니다. 결국 우리는 바라는 것이 아니라 미워하는 것을 하게 됩니다(로마 7,14-15 참조).

이것을 각자 삶에 적용해 볼 수 있습니까? 삶의 어느 부분이든 당신이 꼼짝할 수 없이 절망적이라 느끼는 영역이 있다면, 성채가 자리 잡기 좋은 곳입니다. 각자 시간을 많이 들여 이 문제들에 대해 기록해 보면 좋겠습니다. 성령님의 도움으로 당신의 삶에서 그런 영역들을 찾아내면 결국 치유받을 수 있을 것입니다.

그림 6.2(162쪽)는 성채로 자리 잡은 선과 악을 알게 하는 나무에서 분노가 구체적으로 어떻게 드러나는지 예를 보여 줍니다. 나무의 오른쪽과 왼쪽 위에 있는 여러 양상은 우리와 주위의 사람들에게 상처를 주는 여러 '사과들'이라 생각하십시오.

나무는 하느님을 믿지 않는 자기 신뢰에 뿌리를 내리고, 아담과 하와가 하느님께 순종하지 않고 선과 악을 알게 하는 나무에서 금지된 열매를 따 먹었을 때 지은 원죄를(창세 3,1-11 참조) 거울처럼 비추어 줍니다.

이 경우 분노는 나무 몸통에 속한 일곱 가지 죽음의 죄입니다. 나무의 열매는 분노가 삶에서 다양하게 드러나는 모습들을 보여 줍니다. 나무 꼭대기 오른쪽에는 격분, 악의, 중상, 험담 등과 같이 더욱 분명하게 드러나는 분노의 양상들이 있습니다. 우리는 분노의 이 모든 양상이 얼마나 파괴적인지 잘 압니다. 그냥 TV를 켜고 매일 뉴스나 아무 영화나 보십시오. 성경에는 하느님 은총의 도움으로 이 분노의 여러 양상을 극복하라는 경고들이 많이 나옵니다.

나무의 왼쪽에 있는 '사과들'은 분노를 억압할 때 생기는 숨은 증

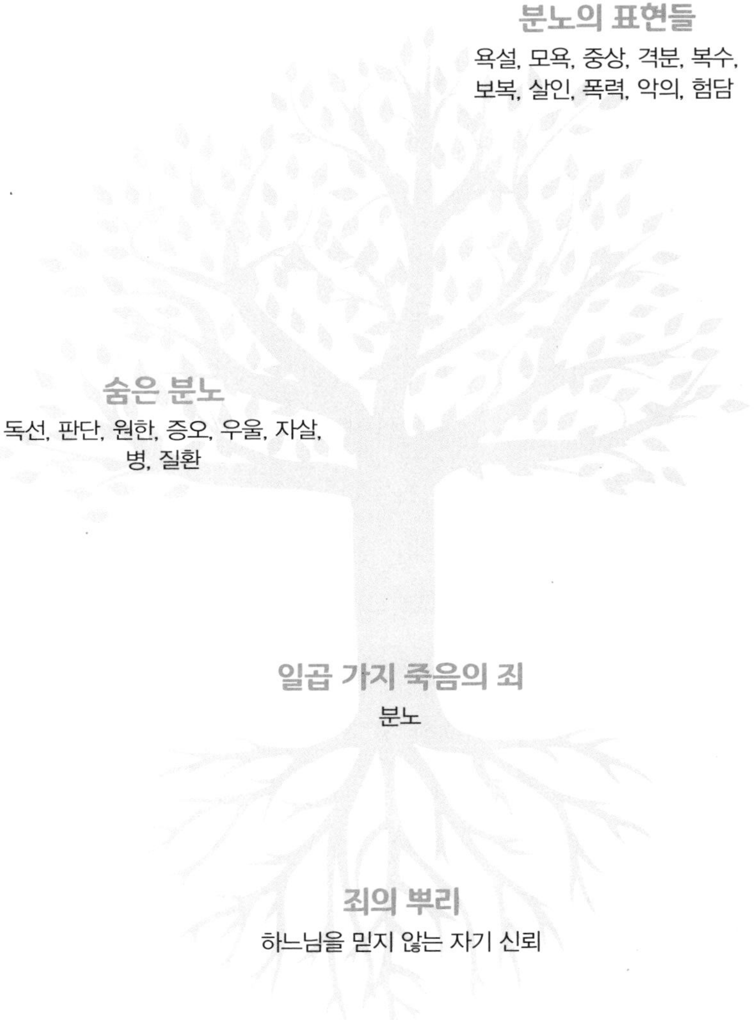

분노의 표현들

욕설, 모욕, 중상, 격분, 복수,
보복, 살인, 폭력, 악의, 험담

숨은 분노

독선, 판단, 원한, 증오, 우울, 자살,
병, 질환

일곱 가지 죽음의 죄

분노

죄의 뿌리

하느님을 믿지 않는 자기 신뢰

'일곱 죽음의 죄'의 각각은 뿌리와 열매가 비슷하다.

그림 6.2 선과 악을 알게 하는 나무: 분노

상들입니다. 이 숨은 분노가 독선, 판단, 우울, 육체적 질병으로 나타날 수 있습니다.[11] 각 증상은 삶에 치명적 결과를 가져옵니다.

독선은 우리에게 하느님이 필요한 것을 알지 못하게 만들고 그분의 자비를 받지 못하게 막을 수 있습니다. 또한 우월한 태도로 다른 사람들을 무시하고 내려다보게 하여 우리를 고립시키고 인간관계를 깰 수 있습니다.

우울은 자신을 혐오하게 할 수 있고, 자살이라는 극단으로까지 내몰기도 합니다. 또 우울과 원한은 다양한 육체적 질병을 일으킬 수 있습니다. 연구에 의하면 많은 형태의 암, 관절염, 소화기 질병, 심장 문제, 면역 체계 질환과 다른 많은 육체적 질병의 뿌리는 해결되지 않은 분노와 그와 관련된 고통입니다.[12]

이제 분노가 일곱 가지 죽음의 죄의 하나인 이유를 아시겠지요? 분노는 영혼 안에서도 누그러지지 않고, 우리 자신과 다른 사람에게 치명적이어서, 많은 사람을 더럽히는 원한이라는 뿌리를 만들어 냅니다(히브 12,15 참조). 건강한 분노의 감정은 우리나 다른 사람이 사랑을 빼앗기거나 부당한 대접을 받았다는 신호입니다. 그러나 죽음의 죄인 분노는 건강한 것과 생명을 주는 것을 파괴합니다. 이 치명적 분노는 표현되지 않으면 많은 면에서 생명을 위협합니다. 분노는 병으로 육체를 죽이고, 사랑하는 능력을 제한하여 영혼을 죽이고, 하느님과의 친밀한 관계를 단절시켜 영을 죽입니다. 또한 가장 친밀한 인간관계도 흔들어 놓습니다. 이것이 아나와 다음 장 '상처 해부'에서 놀라운 이야기의 주인공인 청년 존에게 일어났던 일입니다.

 내면 바라보기

다음 장을 읽기 전에, 기도와 자기 성찰을 하면서 나의 나무와 그 뿌리에 있는 특정한 일곱 가지 죽음의 죄를 살펴봅시다.

• 나의 삶에서 되풀이해서 마주하는 '사과들'은 무엇입니까?
• 이 사과들이 달린 나무를 그려 보십시오. 반드시 뿌리(하느님을 믿지 않는 자기 신뢰)에서 시작하여, 몸통(특정한 일곱 죽음의 죄)을 찾고, 이 일곱 죽음의 죄가 삶에서 맺는 열매를 찾아보십시오.

7장
상처 해부

6장 마지막에서 존이라는 청년에 관해 언급했습니다. 아마 누구
라도 이 친구를 만났다면 좋아했을 것입니다. 존은 대학 봉사 활동
에서 인기 있는 지도자였으며 신앙생활을 열심히 하며 기쁨을 전
했고 또래들에게 칭찬을 받았습니다. 저는 존을 만난 첫날에 예수
님에 대한 그의 열정과 참된 사랑에 끌렸습니다. 존은 외적으로 모
든 것을 다 가진 것 같았습니다. 하지만 내적으로는 밑바닥에 있는
수치심과 싸웠습니다. 아나처럼 아주 어린 시절에 마음속에 뿌리
깊은 원한이 생겼습니다. 두 살 때 사랑에 대해 마음을 닫았습니
다. 열두 살쯤에는 술, 마약, 음란물에 중독되었습니다.

제가 존을 만났을 때 그는 스물한 살이었는데, 그때 이미 상당히
치유를 받아 자유로워졌으며 알코올 중독자 재활 치료를 받기 시

작하고, 대학 원목실에서 개최한 피정에서 강한 영적 체험도 했습니다. 그는 피정을 나오면서 중독에서 정말 해방되었다고 확신했습니다. 살면서 그보다 더 좋은 적이 없었습니다.

그다음 몇 주 동안, 존은 유례없는 최고의 성령 체험을 하였습니다. 마약과 술 생각은 더 이상 머릿속에 스치지 않았습니다. 그러나 몇 주 후 영적 절정에서 내려가면서 균형이 완전히 깨졌습니다. 코카인과 술에 대한 생각이 없어지자, 몇 년 전부터 있었던 성 중독이 표면으로 올라왔습니다. 걷잡을 수 없어진 성 중독 증상에 존은 심한 수치심을 느꼈고, 절제력을 완전히 잃어버린 느낌을 받았습니다. 몇 달 동안 존은 이 사실을 들킬까 두려워하며 살았습니다. 달리 무얼 해야 할지 몰랐지만 지혜롭게도 본당 신부님을 찾아가 고해성사를 하고 새 출발을 하였습니다. 그러나 그러고 나서 여러 주, 여러 달이 가면서 다시 넘어지고 … 다시 넘어지고 … 또 다시 넘어졌습니다. 감사하게도 본당 신부님은 존이 진지하게 갈망했지만 자기혐오가 점점 깊어지는 것을 보고, 그가 자신과 싸우는 것을 돕겠다고 약속했습니다. 신부님은 두 달에 한 번 영적 지도를 했고, 존이 매일 미사에 참여하도록 용기를 주면서 필요할 때는 언제든지 고해성사를 주었습니다. 생명나무에서 나오는 이 영적 약이 크게 도움이 되었지만, 그는 성적 충동으로 인해 선과 악을 알게 하는 나무 열매를 여전히 따 먹었습니다.

존은 영적 지도와 성사가 주는 넘치도록 풍성한 은총 덕분에 많은 열매를 맺었지만, 여전히 음란물·환상·자위, 이 불경한 삼총사로 모습을 드러내는 성의 우상을 숭배했습니다. 아무리 노력해도 3주 이상 유혹에 저항할 수가 없었습니다. 유혹하는 욕정의 힘에 저항할 의지력이 거의 없거나 전혀 없는 듯했습니다. 본당 신부님은 존의 노력을 칭찬하면서도 뭔가 더 필요하다는 것을 알아차려 상담 치료를 받아 보라고 그를 저에게 보냈습니다. 저는 존과 여러 번 상담을 했고, 할 수 있는 한 최선을 다해 전문적 도움을 주었습니다. 그는 제 충고를 모두 따르면서 자신의 싸움을 제게 정직하게 이야기했습니다. 이렇게 우리가 최선을 다했지만, 존은 거의 나아지지 않았습니다. 아무리 노력해도 그는 계속 성적 충동에 빠졌습니다. 마침내 저는 존이 악마의 성채를 마주하고 있다는 것을 깨닫고, 다음 면담까지 우리 둘 다 단식하며 기도하자고 제안했습니다. 저는 한 아이가 자유를 찾을 수 있도록 예수님께서 제자들에게 가르쳐 주신 방법을 존에게 알려 주었습니다(마르 9,29 참조).

저는 다음 상담에서 단식 기도 때 성령님께서 우리 둘에게 같은 지침을 주신 것을 알았습니다. 그것은 존의 모든 생각과 상상을 그리스도의 빛 속으로 가져오는 것이었습니다(2코린 10,5 참조). 존은 성중독 분야의 선구자 중 한 사람인 패트릭 칸즈의 책에서 이 답을 얻었는데, 칸즈는 존에게 환상을 대면하여 그것들을 털어놓으라고 알려 주었습니다.[1] 저는 기도 중에 답을 얻었습니다. 어떤 사람이 어두운 환상과 수치를 예수님께 보여 드리자 성적 충동에서 벗어난 일이 기억났습니다. 저는 이 기억 외에, 존의 환상에는 불경하지만 해소되지 않은 어떤 정당한 욕구와 선한 욕망이 숨어 있고 그 욕구와 욕망이 그를 성적 충동으로 몰아붙인다는 식견을 얻었습니다.

성령님께서 우리에게 주신 지시는 분명했지만, 저도 존도 성령님의 인도를 그다지 따르고 싶지 않았습니다. 존은 이 은밀한 환상을 드러내 보이는 것을 두려워했습니다. 그 환상으로 들어가는 것은 가장 깊은 수치 속으로 곤두박질치는 것이었습니다.[2] 상담 치료사인 저로서는 존의 정신 안에 있는 이 친밀하고 성애적인 영상들을 파고 들어가는 것이 그의 사생활을 침해하는 것처럼 느꼈습니다. 또한 존이 그 환상을 되새기면서 어떤 식으로든 저나 그 자신을 자극하는 것을 원하지 않았습니다. 그러나 우리 둘 다 이것이 우리 뜻이 아니라 하느님 뜻이라는 것을 알았기 때문에 마지못해 순종하였습니다.

존의 환상에서 한 가지 중요한 정보만 제외하고, 나머지 자세한 이야기는 생략하겠습니다. 존의 환상 중 일부는 여성의 젖가슴에 대한 것이었습니다. 이 점이 중요한데, 이것을 빼면 존에게 일어난 나머지 일들은 이해가 안 되기 때문입니다. 존이 환상 중에 이 부분을 설명하기 시작하자 성령님께서 제게 여기서 멈추고 그에게 마음속으로 기도를 하게 하라는 영감을 주셨습니다. 저는 그것이 제 불편한 마음이 아니라 성령님께로부터 오는 것임을 확신하고 싶어서 기다렸습니다. 침묵 속에 기도하며 몇 초가 지나자 바로 그대로 해야 할 필요가 있는 것을 깨달았습니다.

존은 즉시 제가 받은 성령님의 부추김이 확실하다고 인정하였습니다. 존은 몇 분 간 침묵하고 경청하며 기도하더니 자제할 수 없을 정도로 흐느끼기 시작했습니다. 그것은 그의 기억의 뿌리에 있는 깊이 억압된 고통이 건드려졌다는 신호였습니다. 저는 조용히 그와 함께 앉아서 하느님 아버지의 사랑과 연민으로, 그가 내적 고통을 느끼는 것을 기다려 주었습니다.

마침내 말을 할 정도로 자신을 추스르자, 존은 기도 속에서 본 것을 저와 나누었습니다. 첫 번째 기억은 두 살 때 어머니가 여동생에게 젖을 먹이는 것을 본 것입니다. 상상 속에서 본 것을 나누면서 그는 다시 울기 시작했습니다. 그 기억이 왜 그렇게 아픈지 궁금하시지요? 저도 그랬습니다!

그렇게 순수하고 순결한 장면이 그를 아프게 할 뿐만 아니라 성적 불결과 수치를 일으키는 중요한 요인이라는 점이 정말 놀라웠습니다. 하지만 저는 성령님의 현존을 여전히 강하게 느끼면서, 우리가 옳은 방향으로 간다고 믿었습니다. 저는 존이 버림받았다는 혹독한 체험을 한 것은 알 수 있었지만, 그가 나눈 이야기에서 버림받은 체험의 실마리는 찾을 수가 없었습니다.

15분 정도 지나자 그림이 전체적으로 더 분명해졌습니다. 존이 다음과 같이 설명했습니다. "제가 그 경험을 기억한 것은 이번이 처음이지만, 그 일이 사실인 것을 압니다. 그 일을 기억해 냄으로써 모든 것이 이해되었습니다." 그가 그렇다니 다행이지만, 저는 여전히 알쏭달쏭했습니다. 존은 새롭게 이해하게 된 자신을 마주하면서 계속 이야기했습니다. "저는 여동생을 질투했습니다. 여동생은 제가 원하는 어머니의 사랑과 돌봄을 받고 있었으니까요. 저는 여동생을 증오했고 어머니가 미웠습니다. 그래서 혼자 다짐했습니다. '이제 다시는 어머니에게 아무것도 요구하지 않겠다.' 그다음부터 어머니의 사랑에 마음을 닫았습니다. 저는 그 충족되지 않은 욕구를 어떤 식으로든 만족시켜 주는 것을 찾았습니다. 왜 제가늘 여자 가슴에 대해 환상을 품는지 이제 이해하게 되었습니다. 저는 보살핌받고 친밀한 관계를 맺고 싶습니다."

존은 성령님께서 주신 식견을 나누면서 다시 울기 시작했고, 저는 완전히 이해하지는 못해도 이 모든 것이 그에게는 사실이라는 것을 믿었습니다. 여전히 저는 존이 어머니와 여동생을 미워하는 원인을 확실히 알지 못했지만, 계속 기도하면서 예수님께서 존에게 알려 주고자 하시는 것을 보여 주시기를 청했습니다. 몇 분 후에 그는 환한 얼굴로 기뻐하면서, 기도 중에 성령님께서 보여 주신

두 번째 영상을 나누었습니다. "예수님께서 두 살배기 저에게 오셔서 저를 안아 올렸습니다. 곧 편안하게 사랑받는 느낌이 들었습니다. 그러자 예수님께서 저를 '당신' 어머니께 넘겨주시면서 성모님의 품을 저와 나누신다는 것을 알게 해 주셨습니다. 성모님 품에 안기자 저는 귀하게 보살핌받고 보호받는 느낌이 들었습니다."

저는 존이 선한 의도로 나눈다는 것은 느꼈지만, 그 영상이 진짜인지 궁금했습니다. 이것이 또 다른 환상인가 아니면 성령님께서 정말 그의 상상을 인도하시는 것일까? 제가 아는 것이라고는 우리가 기도하면서 그에게 무언가 보여 주시기를 예수님께 청하자 예수님께서 불과 몇 분 전까지 아무것도 없던 곳에 성령의 열매인 사랑과 기쁨, 평화를 주셨다는 것입니다. 예수님께서는 열매를 보고 안다고 말씀하셨습니다(마태 7,16 참조). 물론 첫 열매는 좋았지만 장기적 열매를 살펴보기에는 너무 이른 상황이었습니다. 저는 이 모든 것에 관해 궁금해하면서, 존처럼 지극한 고통 중에 십자가 아래에서 예수님의 어머니를 선물로 받은 다른 존(예수님의 사랑받는 제자 요한)에 대해 생각했습니다. "여인이시여, 이 사람이 어머니의 아들입니다. … [얘야] 이분이 네 어머니시다."(요한 19,26ㄴ-27ㄱ). '지금 그 일이 일어나고 있는 건가? 내 앞에 앉아 있는 이 존(요한)이 성모님을 어머니로 받은 건가? 성모님께서 그를 품에 안았다니 어떻게 된 거지? 순수한 것일까? 하느님께로부터 온 것일까? 이 모든 것은 그의 상상 속에서 일어났는데 어떻게 진짜일 수 있지?' 저는 성령님을 무시하거나 존의 기쁨을 망치고 싶지는 않았습니다. 그래서 이 모든 것을 장기적 열매로 검증해야겠다고 결정했습니다.

다음에 상담하러 왔을 때 존은 완전히 다른 사람 같았습니다. 희망과 기쁨을 새로 발견했고 예수님께서 자신을 위해 하신 일에 대한 감사로 가득 차 있었습니다. 그는 지난번에 상담한 며칠 후 고해성사를 하고서야 예수님의 용서를 받았다는 것을 믿게 되었다고 말했습니다. 치유 체험이 있기 전 존은 수치심으로 인해 고해성사가 주는 충만한 은총을 받지 못했습니다. 겉으로 보기에 모든 열매는 확실히 좋아 보였습니다. 존은 그다음 일곱 달 동안 성적 충동에서 벗어났고 대학을 졸업하고 이사를 했습니다.

저는 존이 어머니와 여동생에 대해 용서하지 않는 마음을 계속 품고 있었는지는 알 수가 없었습니다. 그는 하느님께서 보여 주신 또 다른 기억은 나누지 못했는데, 더 깊은 상처를 마주할 준비가 되어 있지 않았기 때문입니다. 그것에 관해서는 나중에 이야기하겠습니다. 그 상처는 존의 치유 과정이라는 퍼즐의 결정적 조각이었습니다. 10년이 지난 후 존의 나머지 이야기를 들을 수 있었습니다. 그 이야기는 이 책의 마지막에서 다시 나누겠습니다.

존의 이야기가 보여 주듯이, 어떤 상처에 대한 우리 '반응'이 흔히 그 정신적 외상 자체보다 더 크게, 장기적으로 영향을 끼칩니다. 정신적 외상은 끔찍할 수도 있고 비교적 사소할 수도 있지만, 우리 반응이 그 위에 성채를 쌓을지 말지를 결정합니다. 존이 어머니에게 버림받고 거부당했다고 느낀 이유는 여전히 잘 알 수 없지만, 그 외상에 대한 그의 반응은 쉽게 알 수 있습니다. 우리가 함께 기도하는 동안 성령님께서 그의 반응을 보여 주셨습니다. 존은 자신이 혼자이고 사랑받지 못한다는 확신을 내면화했습니다. 그는 자기에게 돌아올 어머니의 사랑이 없다고 판단했고, 어머니의 사랑을 완전히 거부하는 반응을 보였습니다. 어머니에게 마음을 닫으면서 더욱더 혼자이고 사랑받지 못한다고 느꼈습니다. 또 자신이 갖지 못한 것, 곧 어머니의 보살핌을 받는 여동생을 질투했습니다. 게다가 다시는 어머니에게 아무것도 요구하지 않겠다고 스스로 맹세했습니다. 존은 겨우 두 살이었지만, 자유 의지로 한 이 결심은 그에게 계속 영향을 미쳤습니다. 상처에 대한 그의 반응은 분노(어머니에 대한 미움), 질투(여동생을 향한 증오), 음욕(음란물, 자위, 환상), 교만(판단과 자립) 등 일곱 가지 죽음의 죄로 가는 문을 열었습니다.

존의 반응은 우리 대부분이 상처를 받을 때 보이는 반응과 다르지 않습니다. 우리가 의식하건 못하건, 어쩔 수 없는 상처에 대한 반응은 두 나무 중 하나에서 옵니다. '성령님 안에서'(생명나무) 반응하여 예수님과 친교를 나누며 아픔을 마주하면 안전, 성숙, 순결이 성장합니다. 반대로 '육으로'(선과 악을 알게 하는 나무) 반응하면, 이 정신적 외상의 상처는 치유될 때까지 남은 일생 내내 우리를 괴롭힐 수 있습니다. 안타깝게도 우리는 영적 연약함(정욕)으로 인해 '육'의 반응을 더 쉽게 보입니다.

그림 7.1은 이 성채들이 만들어지는 과정을 보여 줍니다. 세 개의 동심원은 우리가 정신적 외상에 대해 반응하는 각기 다른 면들입니다. 안에서 밖으로 원들을 보면 각 원은 상처, 확신, 맹세입니다. 이 원들은 모두 자기방어(요새)라는 성채를 만듭니다. 성채는 마음을 둘러싼 절연층, 곧 더 큰 아픔에서 우리를 방어하려는 헛된 노력에 해당합니다.

그림 7.1 상처 해부

맨 가운데 원이 '상처'인 것을 보십시오. 이 원은 육신, 영혼, 영에 해를 끼치는 정신적 외상을 나타냅니다. 심리학자와 신경학자 팀이 개발한 인생 모델에 따르면, 상처는 사랑의 결핍(정신적 외상 유형 A)과 어떤 식으로든 개인 영역을 침해하는 불쾌한 행위(정신적 외상 유형 B)로 생길 수 있습니다. 정신적 외상 유형 A는 가장 흔하고 쉽게 무시되는 것들입니다. 유형 A는 "부모의 보살핌과 칭찬을 받지 못한 것, 자신이 기쁨이 되는 존재임을 모르는 것, 이해받거나 아낌 받지 못한 것, 적절한 훈련이나 한계에 대한 가르침을 받지 못한 것, 개인적 자유나 재능을 발전시키지 못한 것" 등입니다.[3] 이런 것들을 상처나 정신적 외상이라고 생각해 본 적이 있습니까?

반면, 정신적 외상 유형 B는 나쁜 일들로, 전형적으로 정신적 외상이라고 하는 것들입니다. 죽음, 이혼, 폭력, 언어적 학대, 성적 학대, 부모나 배우자에게 버림받음, 누군가 학대받거나 다치는 것을 목격하는 것 등입니다.[4] 몬트리올 맥길대학교의 신경외과 박사 와일더 펜필드는 뇌 수술을 하는 과정에서 이 두 가지 유형의 정신적 외상은 아프고 고통스러우며 뇌와 몸의 세포 하나하나에 영구히 저장된다는 것을 발견하였습니다.[5]

존이 어머니로 인해 입은 정신적 외상은 의식적으로 기억하지 못해도 그의 정신, 육체, 영에 저장되었습니다. 우리가 함께 기도할 때 성령님께서 그 경험이 그의 의식 표면으로 떠오르게 하셨습니다. 존의 상처는 필요한 보살핌을 받지 못해서 생긴 정신적 외상 유형 A처럼 보였습니다. 존이 기도 중에 본, 어머니가 여동생에게 젖을 먹이는 영상에서 분명히 어머니도 여동생도 존에게 상처 주는 일은 전혀 하지 않았습니다. 그러나 존의 고통은 그가 또 다른 더 극심한 정신적 외상을 정말로 경험했다는 것을 말해 주었습니다. 저는 존이 저에게 나누어 준 자신의 기억에 앞서 정신적 외상 유형 B를 경험한 것을 나중에 알았습니다.

정신적 외상을 다루지 않고 그대로 방치하면 영혼에 상처를 만들고, 결국에는 몸과 영에 상당한 해를 끼칠 수 있습니다. 이 상처들은 일상에서 사용하는 언어의 일부가 되어 생활 속에서 죄의 결과를 드러냅니다. 우리는 거부당했다, 혼란스럽다, 버림받았다, 두렵다 등의 느낌을 자유롭게 이야기합니다. 이 상처 하나하나는 특정한 지옥을 맛보는 것이고 영혼에 고통을 줍니다. 제가 알기로 이 상처들은 성경과 그리스도교 문헌에 가득하지만, 교회는 그것들에 관해 공식적으로 상세한 목록을 만들지는 않았습니다. 그래서 저는 상담 치료사이자 침례교 목사로서 하느님 빛의 치유 기도 사목을 발전시킨 에드워드 스미스의 목록을 빌려 왔습니다. 목사님은 사람들이 싸우는 상황을 수년 동안 관찰한 후, 우리가 일반적으로 상처받는 8가지 내적 상태를 찾았습니다.[6] 그 목록은 제가 전문 분야에서 쌓은 경험과 일치하였습니다. 저는 가톨릭 전통에 맞추어,

여덟 개 중 '수치'에 '더러움'을 포함시켜 하나를 줄였습니다. 앞으로 이 상처들을 '일곱 가지 치명적 상처'라 부르겠습니다.[7]

예수님께서는 골고타 언덕 십자가 위에서 이 일곱 가지 상처를 짊어지셨습니다. 보통 그분의 육체적 상처에 관해서 이야기하지만, 저는 그분이 이 일곱 가지 영혼의 상처로 가장 큰 고뇌를 겪으셨다고 믿습니다.

표 7.1은 일곱 가지 치명적 상처와 그 영향으로 상처받은 사람이 자기 정체성을 어떻게 인식하는지 함께 열거합니다.

표 7.1 일곱 가지 치명적 상처와 그와 관련된 자기 확신들

일곱 가지 치명적 상처	자신에 관한 확신
버림받음	나는 완전히 혼자다. 아무도 나를 보살피거나 이해하지 않는다.
두려움	나는 두렵다. 내가 누군가를 신뢰하면 상처받을 것이다. 죽을 것이다.
무력	나는 그것을 바꿀 수 없다. 나는 너무 작고 약하다.
절망	상황은 절대로 좋아지지 않을 것이다. 죽고 싶다.
혼란	나는 무슨 일이 일어나고 있는지 이해할 수 없다.
거부	누구도 나를 사랑하거나, 필요로 하거나, 원하지 않는다.
수치(더러움)	나는 나쁘고, 더럽고, 수치스럽고, 멍청하고, 무가치하다. 내게 일어난 일 때문에 나는 사랑받지 못한다. 나는 절대로 회복하지 못한다.

일곱 가지 치명적 상처 각각에 상응하는 자기 확신을 주목하십시오. 상처를 받으면 우리는 자신에 관한 메시지를 내면화합니다. 이 내면화는 다시 정체성 의식, 곧 우리가 자신을 보는 방식에 깊은 영향을 줍니다. 우리는 하느님의 사랑받는 자녀라고 머리로는 믿을지 몰라도 마음으로는 다른 메시지를 믿습니다. 예를 들어 누군가에게 거부를 당한다면 아무도 나를 필요로 하지 않고 사랑하지 않으며 원하지 않는다고 믿을 수 있습니다. 수치를 경험하면 스스로 나쁘고 더러우며 가치 없고 멍청하다는 확신을 내면화할 수도 있습니다.

그림 7.1(174쪽)에서 확신이 동심원을 이루며 우리가 어떤 식으로 거짓 정체성과 판단들을 이용하여 정신적 외상의 영향으로부터 자신을 방어하는지 보여 준 것을 기억할 것입니다. 왜곡된 확신은 처음에는 우리를 방어하여 아픔을 느끼지 않게 하지만, 장기적으로 볼 때 그 아픔을 몸과 영혼 속에 넣고 잠가 버립니다. 이 왜곡된 확신은 정신과 마음에 성채를 세우는 집짓기 블록이 됩니다. 예를 들면 우리는 표 7.1(177쪽)에 열거한 것들과 같은 확신을 통해 자신을 보고 삶의 다양한 측면을 바라보게 됩니다. 존에게 있는 이 확신들 몇 가지는 다음과 같습니다.

나는 혼자이고 사랑받을 만하지 않다. 여동생이 사랑을 독차지

한다. 어머니는 나를 사랑하지 않는다. 아버지는 나를 모른 체한다. 하느님도 나를 버렸다. 보시다시피 존의 확신은 자신이 어떤 사람인가 하는 것을 넘어 어머니와 아버지, 여동생, 심지어 하느님에 대한 인식에도 색깔을 입힙니다. 이 판단들은 우리를 평생 묶어 둘 수 있습니다.

성경은 이런 믿음 없는 판단들이 영혼에 해롭다고 경고합니다 (참조: 로마 2,1-3; 루카 6,37-42). 하느님의 지혜는 우리가 자신을 단죄하고 다른 사람을 재며 판단하는 잣대가 우리에게 그대로 적용된다는 것을 보여 줍니다. 달리 말하면, 우리가 내리는 판단으로 인해 우리가 필요로 하는 사랑을 가진 사람들과 마음에서 단절되고, 그러면서 개인적 수치심과 자책감이 늘어납니다. '나는 사랑받을 만하지 않다.'라는 존의 자기 비난은 나이가 들면서 심해졌습니다. 여기서 그를 무능하게 하는 수치가 나왔고, 수치는 그를 중독에 빠지게 하는 연료였습니다.

하느님께서 영화 「굿 윌 헌팅」과 마음속으로 "도대체 하느님이 뭐가 좋으시다는 거야?" 하는 불경한 말을 통해 제 판단들에 대해 어떻게 가르치셨는지 기억해 보십시오(2장). 하느님, 마지, 데이브 형, 아버지에 대한 제 판단들은 어린 시절 저의 정신적 외상을 둘러싼 거짓 확신들에서 나왔습니다. 그것들은 거부당하고 버림받은 아픔에서 저를 방어하기 위한 확신들입니다. 이 판단에 저 자신에 관한 부차적 확신들이 더해져 저는 혼자이고 사랑받을 만하지 않으며 아버지가 희생할 가치가 없는 아들이라고 믿었습니다. 이 모든 것이 저의 정체성을 형성하고 하느님과 다른 사람과의 관계를 형성하는 데 얼마나 깊은 영향을 끼쳤는지 모릅니다.

이 확신들은 성채가 되어, 결국 "하느님을 아는 지식을 가로막고 일어"(2코린 10,5)섭니다. 달리 말해 이 확신들은 하느님의 진리와 일치하지 않으며, "거짓의 아비"(요한 8,44)에게서 나옵니다. 그것들은 진실인 것 같지만 실제로는 거짓이고, 하느님께 의탁하여 하느님의 사랑을 받는 것을 막습니다. 이 거짓말들은 자기방어의 성채가 되어 제 마음이 아파하고 다시 상처받는 것을 막아 줍니다.

이와 비슷하게 존도 버림받고 거부당하는 아픔을 방어하기 위해 어머니, 여성, 친밀함, 하느님, 자신에 대해 확고한 생각을 굳혔습니다. 어머니에게서 자신을 끊어 버림으로써 버림받은 상처에서 꼼짝달싹하지 않으려고 했습니다. 어머니를 거부하고 판단함으로써 그가 피하고자 했던 바로 그 거부로 자신의 마음을 묶어 버렸습니다. 그는 깊은 수치감을 덮으려고 자신을 판단하여 "나는 사랑받을 만하지 않다. 나는 사랑받고 보살핌받을 가치가 없다."라고 확신했습니다. 그는 무력과 혼란의 상처에 대응하여 내적으로 맹세를 했고, 그로써 자신을 통제한다는 환상을 가졌습니다. 실제로 이 맹세는 결과적으로 자신을 통제하지 못하고 중독에 빠지는 상황으로 그를 몰아갔습니다.

　그림 7.1(174쪽)에서 가장 바깥 원이 보여 주는 내적 맹세는 보통 혼란과 정신적 외상 가운데서 자신을 방어하고 위로하며 돌보기 위해 우리가 의식적이거나 무의식적으로 내리는 결정들입니다. 고통 앞에서 통제 불능을 느낄 때 이 맹세를 하면서 안전과 통제라는 거짓 확신을 얻습니다. 이 맹세들은 마음을 여러 겹으로 감싸는 장벽 역할도 합니다. 아마 그래서 예수님께서 어떤 맹세도 하지 말라고 아주 엄하게 경고하신 것 같습니다(마태 5,33-37 참조). 우리는 겸손되이 하느님의 뜻을 단순하게 따르라고 배웠습니다. 그 외의 것은 모두 교만에 찬 오만입니다(야고 4,15-17 참조).

　이 거룩하지 못한 맹세는 우리가 성사에서 하는 서약과 완전히 다릅니다. 우리는 보통 두려운 상황에 반응하여 무의식적으로 마음 깊은 곳에서 내적 맹세를 합니다. 이와 반대로 거룩한 서약은 모든 사람이 보도록 공공연하게 합니다. 예를 들어, 가톨릭 교회에서는 세례 때 한 서약을 부활절마다 공식적으로 겸손하게 갱신하는데 그리스도와 교회가 그 서약의 증인입니다. 이 거룩한 서약은 인간의 힘이 아니라 하느님의 힘으로 합니다. 성사는 우리 삶에서 은총과 힘의 수단입니다. 성사는 예수님 안에 있는 안전함을 주고 그리스도를 닮은 덕으로 성숙하게 하며 궁극적으로 마음을 순결하

게 하는 거룩한 성채를 세웁니다. 이 맹세는 생명나무에서 흘러나
옵니다.

반대로 믿음이 없는 내적 맹세는 선과 악을 알게 하는 나무에서
나오고 교만에서 태어납니다. 내적 맹세는 예수님과 나누는 친교
를 끊어 버리고 하느님의 은총을 거부하며, 우리가 하느님 없이 선
할 수 있다는, 곧 하느님을 믿지 않는 자기 신뢰를 주장하여 단죄
받은 4세기 펠라기우스파의 오류를 되풀이하는 것입니다.[8]

예수님께서는 우리가 그분을 떠나서 아무것도 할 수 없다고 말
씀하십니다(요한 15,6 참조). 타락한 본성은 하느님을 떠나서 모든 것
을 하고 싶어 합니다. 이것이 바로 원죄입니다. 선과 악을 알게 하
는 나무는 우리가 원하는 대로, 우리 방식대로 살 수 있다는 믿음
에 뿌리를 둡니다. 그것이 바로 믿음 없는 내적 맹세가 만드는 삶
의 패턴입니다. 나이가 많든 적든 상관없이 우리는 믿음 없는 맹세
를 하며 하느님을 믿지 않는 자기 신뢰의 길로 들어서게 되고, 그
길에서 하느님께 의탁하는 대신 스스로 하느님이 되려 합니다.

저는 30대에 혼인 생활 위기를 겪으면서 하느님의 영감을 받은
서약과 믿음 없는 맹세 간의 차이를 몸소 깨닫게 되었습니다. 혼인
성사의 은총으로 한 혼인 서약은 저와 마지를 하나로 지켜 주었습
니다. 그런데 제가 10대일 때 마음으로 한 맹세는, 제가 판단하고

피하고 싶었던 그 일, 바로 부모님처럼 이혼할 위기에 처하게 했습니다. 저의 혼인 생활 위기는 아버지가 집을 떠난 바로 그 나이, 서른세 살이 되던 때 왔습니다. 아버지가 떠난 후, 저는 밤마다 침대에 누워 너무 외로웠고 보호받지 못한다고 느껴 두려웠던 기억이 납니다. 당시에는 이렇게 말로 표현하지 못했지만, 버림받고 거부당한 두려움의 상처가 입을 쩍 벌리며 제 영혼에 자리 잡았습니다. 우리는 아버지가 떠나고 거의 2년 동안 아무 소식도 듣지 못했습니다. 저는 아버지가 돌아가셨다고 생각했습니다. '아버지는 예수님께서 십자가 위에서 돌아가신 나이와 같은 서른세 살이시니까 틀림없이 돌아가셨다.'라는 것이 열세 살짜리의 논리였습니다.

저는 참 오랫동안 그 두려움을 참고 살았습니다. 얼마 지나자 무의식적으로 아버지를 판단하면서 저 자신을 방어하기 시작했습니다. 무의식중에 이 판단에 맞추어 속으로 맹세했습니다. '나는 아버지처럼 아내를 배신하지 않는다. 나는 아내와 자식을 절대로 떠나지 않는다. 나는 절대로 이혼하지 않는다. 나는 절대로 술이 내 삶을 지배하도록 놔두지 않는다.' 또한 어머니에 대해서도 판단과 맹세를 했습니다. '나는 절대로 어머니처럼 가난하게 되지 않겠다. 나는 아버지가 어머니에게 상처 준 것처럼 누군가 내게 상처 주도록 놔두지 않겠다.'

이것이 좋은 맹세라고 생각할지도 모릅니다. 저도 그렇게 생각했습니다. 그러나 몇 년이 지난 후에 그렇지 않다는 것을 깨닫자 부끄러웠습니다. 이 맹세가 혼인 서약처럼 보일 수 있지만 둘은 매우 다릅니다. 제 혼인 서약은 긍정적인 것으로, 예수님과의 친교 안에서 아내 마지를 충실하게 사랑하는 데 초점이 있습니다. 믿음 없는 내적 맹세는 두려움과 판단, 교만으로 한 것입니다. 그로 인해 저는 오랜 시간 아내를 분명하게 보지 못했습니다. 대신 부서지고 망가진 어린 시절과 가족에게서 받았던 상처의 그림자 속에서 살았습니다. 제 맹세에 묶여 있었던 것입니다. 그 맹세는 제 마음과 혼인의 족쇄였고 우리 부부의 사랑을 메마르게 했습니다. 제가 부모님의 길을 되풀이하는 것을 막기보다는 바로 그 길로 인도했습니다.

같은 일이 존에게 일어났습니다. '어머니에게 절대로 아무것도 요구하지 않겠다.'라는 맹세로 그는 결국 자기 파멸의 길로 들어섰고, 보살핌과 사랑의 원천으로부터 자기 마음을 단절시켜 버렸습니다. 교만으로 인해 이런 마음을 가지게 되었고 하느님 사랑에 저항하였습니다. 제 마음이 상처, 확신, 맹세로 인해 하느님 사랑과 치유의 힘에 대해 벽을 쌓았던 것과 똑같이 말입니다.

존과 저는 서로 매우 다른 경험을 했지만, 결과적으로 둘 다 정신적 외상에 반응하는 방식에 수십 년 동안 묶여 있었습니다. 이 반응을 '죄'라고 보든 아니든, 그것들이 6장에서 논의한 일곱 가지 죽음의 죄에 기회를 준 것을 알 수 있습니다. 이 상처, 확신, 맹세는 개인적 '나무'의 뿌리 체계가 되어 대체적으로 오랫동안 드러나지 않는 채 땅 밑에 있습니다.

이제 지금까지 배운 2부 '부서진 자신 마주하기'를 모두 종합할 때입니다. 그림 7.2(186쪽)는 존 개인의 선과 악을 알게 하는 나무를 보여 줍니다. 나무 꼭대기에서 시작하여 뿌리로 내려가면서 살펴봅시다.

나무 꼭대기에 있는 존의 '사과들'을 보십시오. 그가 고해성사에서 고백한 특정한 죄들입니다. 나무 몸통과 가지에는 일곱 가지 죽음의 죄 중 네 가지 성채가 있습니다. 교만, 질투, 분노, 인색. 이것들이 그의 삶에서 나쁜 열매를 맺었습니다.

나무 밑동으로 내려가면 존의 내적 맹세가 교만에 찬 자기 신뢰를 어떻게 단단히 묶고 있는지 알 수 있습니다. 뿌리 체계에서 특정 상처가 그의 마음을 어떻게 계속 묶어 놓았는지 보십시오. 마지막으로 자신에 관한 그의 확신들이 어떻게 그가 하느님 아버지께 사랑받고 있음을 믿지 못하게 했고, 그래서 그가 치유받는 것을 방해했는지 보십시오.

존의 일생에서 드러난 선과 악을 알게 하는 나무를 계속 살펴보

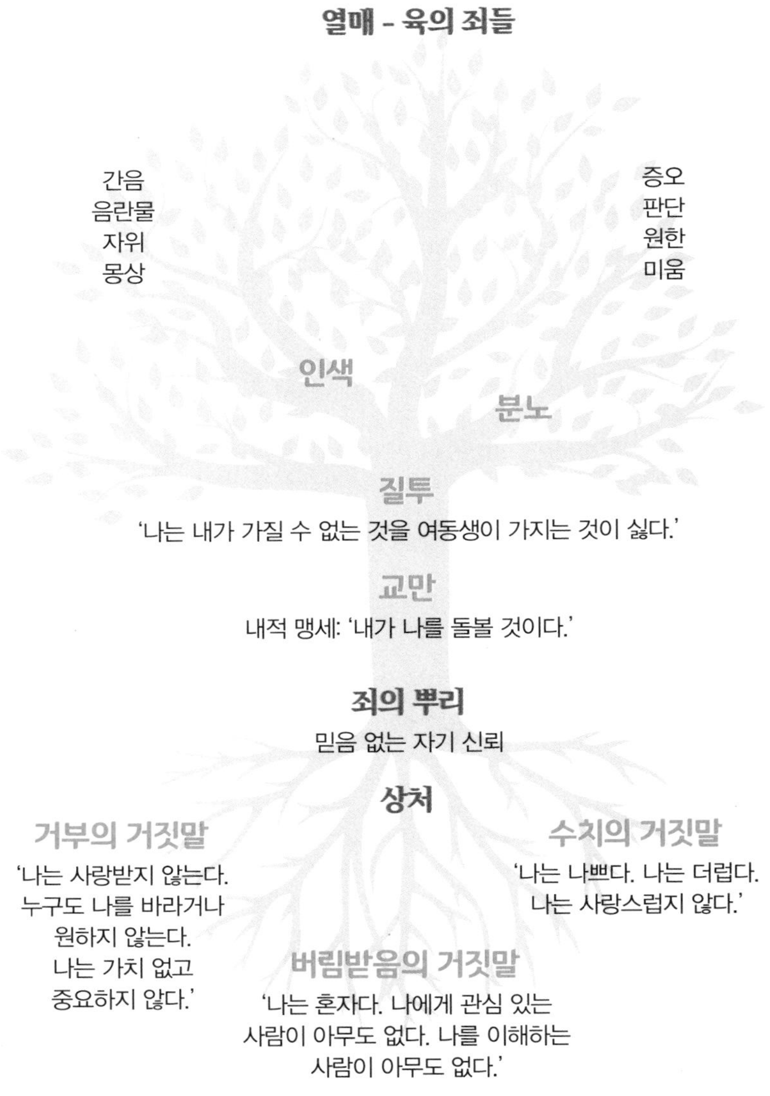

열매 – 육의 죄들

간음
음란물
자위
몽상

증오
판단
원한
미움

인색

분노

질투

'나는 내가 가질 수 없는 것을 여동생이 가지는 것이 싫다.'

교만

내적 맹세: '내가 나를 돌볼 것이다.'

죄의 뿌리

믿음 없는 자기 신뢰

상처

거부의 거짓말

'나는 사랑받지 않는다.
누구도 나를 바라거나
원하지 않는다.
나는 가치 없고
중요하지 않다.'

수치의 거짓말

'나는 나쁘다. 나는 더럽다.
나는 사랑스럽지 않다.'

버림받음의 거짓말

'나는 혼자다. 나에게 관심 있는
사람이 아무도 없다. 나를 이해하는
사람이 아무도 없다.'

그림 7.2 선과 악을 알게 하는 나무: 죄와 상처들

면서 여러 성채가 서로 어떻게 연결되어 영향을 주고받는지 보십시오. 존의 상처는 교만에 불을 지폈고 맹세로 표현되었습니다. 교만은 또 여동생에 대한 질투를 키웠습니다. 다시 이것들이 분노와 인색의 성채에 힘을 실어 주었습니다. 이 나무의 몸통과 가지를 보면 존의 나무는 덕으로 성숙해지는 대신 여러 가지 악덕을 주렁주렁 달고 있습니다.

특히 이 일곱 가지 죽음의 죄들이 맺은 '열매' 하나하나를 눈여겨보십시오. 인색은 간음, 음란물, 자위, 몽상의 형태로 나타났습니다. 이와 비슷하게 여동생에 대한 존의 질투와 분노의 죄는 원한, 용서하지 못함, 미움과 증오라는 성채에 힘을 실어 주었습니다.

존의 마음은 하느님 사랑의 선한 땅에 안전하게 뿌리를 내리기보다 상처에 반응하는 방식 때문에 그 사랑으로부터 단절되었습니다. 그는 마음속으로 '어머니에게 절대 아무것도 바라지 않겠다.'라고 저항하기로 맹세한 후, 공허한 마음을 달래기 위해 일생 헛된 노력을 해야 하는 굴레에 빠졌습니다.

그 맹세는 자신을 고통으로부터 방어하기 위한 것이었지만, 오히려 자신을 무방비 상태로 고통에 드러낸 셈이 되었습니다. 그로 인해 그의 어린 마음은 어머니의 사랑과 하느님의 사랑으로부터 뿌리째 뽑혔습니다. 어머니와 하느님 모두 그를 늘 사랑했지만 그는 그 사랑을 받아들일 수 없었습니다.

이 모든 것으로 인해 존은 거부당하고 버림받고 태어날 때부터 사랑스럽지 않다며 계속 수치심을 느꼈습니다. 이 상처들이 나무의 밑동과 땅 밑에 눈에는 보이지 않게 나열된 것을 잘 보십시오.

3장에서 우리는 눈먼 우리를 치유해 주시도록 예수님을 초대하였는데, 그분은 우리 기도에 점진적으로 응답하십니다. 당신은 전인적 관점에서 더욱 큰 그림을 보기 시작했습니다(5장). 존의 이야기는 어떤 면에서는 우리 모두의 부서진 모습입니다. 우리 각자에게는 '사과'를 맺는 개인적 상처와 죄가 있습니다. 존의 몽상은 인색의 죄에서 생겼는데, 더 깊은 뿌리는 다른 치명적인 죄와 상처에 있었습니다.

존의 상처를 치유하기 위해서는 생명나무로부터 오는 성령님의 좋은 약이 필요했습니다. 그는 참으로 깊이 갈망했던 치유를 받기 위해 자신을 낮추어 부서지고 망가진 자신과 마주할 필요가 있었습니다. 존의 이야기는 선택을 통해 어떻게 인생을 다시 시작할 수 있는지를 보여 주는데, 원죄가 가져온 황폐와 악마의 거짓말 등에 대해서도 우리 정신이 번쩍 들게 하는 예입니다. 우리 각자의 문제는 유일무이할 수 있지만, 아담과 하와의 자손들은 모두 이 선과 악을 알게 하는 나무를 공통으로 가지고 있습니다. 세례를 통해 하느님 나라에 들어간 후에도 모두 이 나무를 가지고 있습니다(참조:

『가톨릭 교회 교리서』 1264항; 갈라 5,19-23).

 내면 바라보기

지난 장에서 시작했던 것처럼, 자신의 나무 밑동을 채우기 바랍니다. 이번에는 상처, 확신, 내적 맹세로 이루어진 뿌리 구조에 중점을 두십시오.

- 나의 나무뿌리에 있는 특정한 상처가 무엇입니까? 그것들을 써 보십시오.
- 상처 아래에는 그 상처와 관련된 '자기 확신'을 적으십시오.
- 그 상처로 인해서 어떤 맹세들이 나를 자기 신뢰로 단단히 묶고 있습니까?

부서진 자신의 모습을 마주하고 좀 더 깊이 이해하게 되었으니, 이제 당신은 3부 '상처 치유하기'로 넘어갈 준비가 되었습니다.

3부

상
처

치
유
하
기

모든 고통을 예수님께 가져가십시오. … 있는 그대로 그
분의 사랑을 받기 위해 단순하게 마음을 여십시오. 나
머지는 그분이 하십니다.

성 마더 데레사, 『사랑의 선교회 가족에게 보내는 편지』

8장
구원에 이르는 고통

우리는 그리스도의 십자가 승리를 모든 곳에, 모든 사람에게
전해야 합니다. … 사랑으로 품은 그리스도의 십자가는 슬픔이
아니라 기쁨으로 인도합니다!

프란치스코 교황, 2013년 성지 주일

1부에서 우리는 선하신 스승, 자비로우신 치유자, 사랑받는 아
들 예수님을 만나는 여정을 떠났습니다. 2부에서는 전인적 관점에
서 부서진 자신을 살펴보고, 얼마나 많은 육체적·심리적 증상들
이 일곱 가지 죽음의 죄와 일곱 가지 치명적 상처에 뿌리를 두고 있
는지 분석해 보았습니다. 이제 3부에서는 이 부서진 자신을 예수
님께 가지고 와서, 그분이 상처를 치유하시어 우리를 옭아매는 죄
의 성채로부터 해방해 주시도록 청할 것입니다. 이것을 염두에 두
고 생명나무에서 나오는 매우 효험 있는 약인 구원에 이르는 고통,
성사, 치유 기도, 이 세 가지에 초점을 두고자 합니다. 이제 구원에
이르는 고통에 관한 장을 시작하는데, 다음 두 가지 질문에 중점적

으로 주목하기 바랍니다.

1. 예수님의 구원에 이르는 고통이 어떻게 개인의 치유 수단이 되는가?
2. 나 자신의 고통이 어떻게 나와 다른 사람을 위한 치유의 원천이 될 수 있는가?

수난과 인간 고통

저는 하느님의 장엄한 섭리에 따라 이 장을 성주간에 집필하고 있습니다. 지금 온 교회는 잠시 멈추어 예수님의 수난과 죽음, 부활의 신비를 더욱 깊이 관상합니다. 전례력에서 가장 아름다운 이 치유 주간 동안 프란치스코 교황께서는 변함없는 사랑과 기쁨으로 "그리스도의 십자가 승리를" 짊어지라고 격려하셨습니다. 많은 사람이 주변에서 매일 일어나는 악의 행위를 목격하고 그것을 삶에서 직접 체험하면서 교황께서 말씀하신 그런 일이 정말 가능하기나 한지 의문을 가집니다.

몇 년 전 성주간에 본당 공동체 사람들과 「패션 오브 크라이스트」라는 영화를 보러 갔습니다. 이 영화를 감상하기가 쉽지 않을 것을 알고는 있었지만 상상했던 것보다 더 힘들었는데, 특히 예수님께서 채찍질당하시는 장면이 그랬습니다. 병사들이 계속 예수님을 채찍질하며 잔인하게 다루는 것을 보면서 도망치고 싶었습니다. 채찍이 세게 내려칠 때마다 예수님의 찢어진 몸에서는 피가 더 흘러나왔고, 저는 점점 더 멍해지며 기력이 없어졌습니다. 시편 38편의 말씀을 새롭게 깊이 이해할 수 있었습니다. "저는 쇠약해지고 더없이 으스러져 끙끙 앓는 제 심장에서 신음 소리 흘러나옵니다." (시편 38,9).

겟세마니 동산에서 예수님은 고뇌에 가득 차 부르짖으셨습니다 (마태 26,26-38 참조). 영화에서 예수님은 기둥에 묶인 채 기력이 다하여 완전히 으스러지셨습니다. 당시 성모님과 제자들, 다른 구경꾼들이 그랬듯이 영화로 그 장면을 보는 많은 사람들도 모두 비슷한 정신적 외상을 입었습니다.

직접 겪든 지켜보든 우리는 모두 삶에서 넋이 나가는 정신적 외상을 겪습니다. 죽음의 고뇌, 심장이 찢어지는 일, 이혼을 겪는 가족, 학대 폭력 등등. 고통은 주변에 만연하고 어떤 식으로든 우리 삶을 개별적으로 건드립니다. 저녁 TV 뉴스를 틀기만 해도 고통은 바로 눈앞에 있습니다. 그리고 매일 우리는 크고 작은 자기 십자가를 지기 위해 아침에 눈을 뜹니다. 하지만 그 가운데서 우리는 슬퍼하기보다는 기뻐하며 이 십자가를 지라는 격려를 받습니다. 어떻게 그렇게 할 수 있습니까?

우리는 본능적으로 고통에서 도망치고 고통을 둘러싼 저항할 수 없는 모든 아픔을 거부하려 합니다. 우리 모두 온갖 악과 그에 따르는 고통을 상당히 싫어합니다. 그것은 자연스러운 일입니다. 우리가 보여 주는 첫 번째 가장 자연스러운 반응은 무슨 수를 써서라도 고통을 피하는 것입니다.

구원에 이르는 고통이라고 할 때, 그 말은 고통 자체가 좋다는 뜻이 아닙니다. 성 요한 바오로 2세 교황께서는 교서 『구원에 이르는 고통』에서 고통은 악의 체험이라고 단언하셨습니다.[1] 악과 악이 초래하는 결과에는 멋있고 매력적인 것은 하나도 없습니다. 십자가를 보면 이 점을 완벽하고 분명하게 알 수 있습니다. 예수님조차도 아버지의 뜻에 순명하시기 전에 고통의 잔이 당신에게서 거두어지기를 기도하셨습니다(마태 26,39참조). 그분은 당신이 악과 어떤 인간도 직면하지 않았던 가장 힘든 싸움에 들어간다는 것을 아셨습니다. 그렇지만 당신의 고통이 온 세상을 구원할 것을 아셨기 때문에 자발적으로 그 싸움에 들어가셨습니다.

만일 수난 이야기가 십자가로 끝난다면 우리는 선택할 것이 없을 테고, 삶이 불행한 것은 피할 수 없는 절망이라고 체념하게 될 것입니다. 그것은 산지옥일 것입니다. 그러나 복음 이야기는 의미 없는 고통과 절망으로 끝나지 않습니다. "예수님의 십자가에는 고통을 통한 구원이 있을 뿐 아니라, 십자가로 인간 고통 자체가 구원되었습니다."[2] 예수님은 십자가나 죽음에 갇혀 있지 않으셨습니다. 그분께서는 부활하시어 승리하셨습니다. 부활절에 교회는 한 목소리로 선포합니다. "그분은 살아 계시다!" 죄와 죽음을 이기신 그리스도의 승리 덕분에 십자가는 치유와 구원의 샘입니다.

예수님께서 악을 정복하신다

모든 고통은 어떤 면에서 정신적 외상인데, 모든 고통이 구원을 가져오는 것은 아닙니다. 7장에서 정신적 외상의 경험이 지속적으로 오래 영향을 주는 데 대해 이야기하였습니다. 그 영향은 주로 우리가 반응하는 방식에 달려 있습니다. 예수님께서는 정신적 외상에 반응하는 방식을 생명나무에서 찾는 모범을 보여 주십니다. 그분은 모든 고통 가운데 자신이 아니라 아버지께 계속 의탁하셨고, 가장 참혹한 고통에 그렇게 반응하심으로써 인류 역사상 가장 위대한 선을 가져오셨습니다.

이제 함께 예수님께서 구원에 이르는 고통으로 이루신 모든 것에 관해 잠시 성찰해 보겠습니다. 우리는 "그는 우리의 병고를 떠맡고 우리의 질병을 짊어졌다."(마태 8,17), "그가 찔린 것은 우리의 악행 때문이고 그가 으스러진 것은 우리의 죄악 때문이다."(이사

53,5)라는 성경 말씀을 잘 알고 있습니다. 그런데 우리 각자의 실제 삶에서 그 말씀이 과연 어떤 의미가 있습니까? 예수님께서 십자가 위에서 우리를 위해 얻어 주신 은총을 자신의 것으로 만드는 방법은 무엇입니까? 이 질문들은 모두 위대한 신비를 담고 있으므로 대답하기가 쉽지 않지만, 어쨌든 예수님의 죽음과 부활이 육체와 영혼의 참된 약이 되기 위해서는 이 신비를 살펴보아야 합니다.

일곱 가지 죽음의 죄 극복하기

우리 대부분은 그리스도의 구원적 희생이 가진 위대한 은총을 어느 정도는 이해하고 그 가치를 인정합니다. 그분은 우리 죄 때문에 온전히 형벌을 받아 우리가 단죄받지 않고 살 수 있게 하셨습니다(로마 8,1 참조). "그가 찔린 것은 우리의 악행 때문이고 그가 으스러진 것은 우리의 죄악 때문이"(이사 53,5)기에, 우리는 거부당할 두려움 없이 하느님 아버지 앞에 갈 수 있게 되었습니다(히브 4,16 참조). 아무리 흉측한 잘못을 저질렀어도 그 죄를 빛 속으로 가져와 하느님의 용서를 받으면(1요한 1,5-10 참조), 우리가 온전히 받아들여질 것을 그리스도 안에서 확신합니다. 이 점에 대해서는 데이브 형의 이야기를 가지고 다음 장에서 더 다루겠습니다.

그런데 예수님께서 우리를 위해 수난과 죽음, 부활을 통해 이루신 것은 이뿐이 아닙니다. 너무도 자주 우리는 죄를 용서받았다는 사실에서 멈추고, 이후 늘 죄를 이겨야 하는 것에는 절망합니다. 우리는 일곱 가지 죽음의 죄가 강한 성채이기 때문에 그것을 극복하려면 강력한 무기가 필요하다(2코린 8,4 참조)는 것을 깨닫지 못합니다.

예수님께서는 이 죽음의 죄들과 반대되는 영으로 그것들을 이기는 법을 보여 주셨습니다. 그분은 고통에 직면했을 때 성령님의 도움으로 일곱 가지 죽음의 죄 각각에 맞서 생명의 덕을 보여 주셨습니다.[3]

표 8.1 일곱 가지 생명의 덕

죽음의 죄	생명의 덕
교만	겸손, 온유
질투	친절, 감사
탐욕	단식, 절제
음욕	정결, 자기 통제
분노	인내, 순명
인색	관대, 관리
나태	근면, 성실

예수님께서 죽음의 죄와 관계된 각각의 악을 어떻게 정복하셨는지 살펴봅시다. 지도자들, 바리사이들, 경비병들의 '교만'에 예수님은 완전한 '겸손'으로 대응하셨습니다. 그분은 우리의 오만과 방자, 교만에 대해서도 똑같이 대응하십니다. 우리는 그분과 친밀해지면서 그분처럼 마음의 온유와 겸손을 배웁니다(마태 11,29 참조).

예수님께서는 저들의 분노와 미움, 격분의 강한 힘을 느끼셨을 때 참고 인내하셨고, 지배권을 내어 주시며 복수할 권리를 포기하셨습니다. 결국 그분의 유일한 대응은 분노로 파괴적 행동을 일삼는 우리와 당신을 해치는 자들을 용서하시는 것이었습니다. 우리는 그분 안에 머물면서 분노로 반응하는 대신 고통을 참고 견딜 수 있습니다.

격렬한 시기심에 가득 찼던 지도자들이 보여 준 것은 악마의 교활한 '질투'였고, 바로 그 질투가 예수님을 십자가에 매달았습니다. 그러나 그분은 질투에서 나오는 사악함을 짊어지시고 단순하게 '친절'과 형제애로 대응하셨습니다. 이렇게 예수님께서 자비로우시고 진정으로 우리 안녕을 염려하신다는 것은 아름다운 신앙의 증언으로, 우리 모두에게 받은 것에 감사하고 고통 중에도 도움이 필요한 다른 사람들을 돌보라는 가르침입니다.

구경꾼들의 무관심과 우리의 '나태'에 대응하여, 예수님께서는 '근면'하시고 온전히 몰입하시어 끝까지 성실하십니다. 그분은 우리의 인색과 싸우시며 마지막 남은 옷, 심지어 당신 자신의 몸과 피, 영혼과 신성까지 '모든 것'을 '내놓으셨습니다'. 그분은 모든 것을 아버지의 섭리에 온전히 맡기셨습니다. 그분의 모범은 우리에게 부지런히 일하고 아무리 상황이 험악하다 해도 그 모든 것에 대해 아버지를 신뢰하라고 가르치십니다. 예수님께서는 우리의 탐욕을 이기기 위해 완벽한 절제의 모범을 보여 주시며, 십자가 위에서 기력이 다해 목마르셨지만 어떤 약물을 드시지도, 무언가로 허기를 채우시려 하지도 않았습니다. 우리의 '음욕' 때문에, 그분은 모든 사람에게서 조롱을 받으셨습니다. 그분은 발가벗기어 다 드러난 채 순수하고 흠 없는 하느님의 어린양이요 정결한 신랑이 되셨습니다. 그분으로 우리의 방종이 드러나 우리는 그분의 영으로 '자기 통제'를 하고 정결하게 되었습니다.

고통을 마주하는 예수님의 힘과 사랑은 믿을 수 없을 정도로 놀랍지 않습니까? 우리는 그분에게서 덕이 완성된 인간을 봅니다. "그분께서는 모욕을 당하시면서도 모욕으로 갚지 않으시고 고통을 당하시면서도 위협하지"(1베드 2,23) 않으셨습니다. 우리는 예수님께 감탄하면서도 우리 자신에 대해서는 의문을 품습니다. 어떻게 우리가 그분을 닮을 수 있을까요? 하지만 우리는 삶에서 상처를 입을 때마다 그분 은총의 도움으로 예수님처럼 행하라는 부르심을 받았습니다. "악을 악으로 … 갚지 말고 오히려 축복해 주십시오. 바로 이렇게 하라고 여러분은 부르심을 받았습니다."(1베드 3,9).

분명히 우리 힘으로는 그렇게 할 수 없습니다. 그렇게 되면 우리는 하느님보다 자신을 신뢰하여 선과 악을 알게 하는 나무로 돌아갈 것입니다. 그러나 예수님의 생명이 우리 안에서 자라게 하면, 그분이 구원에 이르는 고통 중에 하신 것처럼 우리도 정반대의 영으로 대응하게 되고 그분 생명의 덕이 우리의 죽음의 죄를 대신하게 됩니다.

저 개인적으로는 이것을 일상생활에 적용하자면 한참 멀었습니다. 그러나 제 안에서 저를 통해 하느님의 은총이 활동하시는 것을 조금씩 알게 되면서 하느님께 감사드립니다. 저는 구원에 이르는 고통이 주는 기쁨을 조금씩 발견합니다.

소소한 일상 안에서 제가 거둔 작은 승리의 예를 들겠습니다. 마지와 대화하던 중 아내가 제 기분을 상하게 하는 말을 했습니다. 저는 거부당한 느낌이었습니다. 제가 거부를 인정하고 거부라고 이름을 붙일 수 있다는 사실 자체가 제가 성장하고 있다는 좋은 조짐이었습니다. 저는 하느님 아버지께 제 상처를 내적으로 말씀드리면서 이런 상황에서 이전에 대응하던 방식을 피할 수 있었습니다. 대신 침묵 속에 기도하라는 성령님의 부추김을 느꼈습니다.

하느님의 능력으로 저는 불친절한 말로 보복하지 않고 참았습니다. 작은 승리였지만 부분적 승리에 지나지 않았습니다. 아직 완전한 사랑으로 대응한 것이 아니었고, 저는 대신 그 자리에서 일어나 나갔습니다. 그것은 약간 눈에 덜 띄는 방식으로 그를 거부한 것이었습니다. 거실에서 다시 침실로 돌아오는 나름 긴 여행을 하면서 저는 계속 상처를 품고 있었습니다. 그러나 계속 기도하면서, 성령님께서 돌아가서 바로 아내와 화해하도록 저를 이끌고 계심을 느꼈습니다. 마음속으로 저항하면서 아직 어떤 원한(일곱 죽음의 죄 중 분노)과 독선(교만)을 제가 붙들고 있음도 깨달았습니다.

저는 '마지가 나에게 상처를 주었다. 아내가 내게 와서 사과할 필요가 있다.'라고 속으로 생각했습니다. 그러나 그때 그 생각을 멈추었습니다. 다시 거부당할 것이 두려워(두려움과 거부의 상처) 교만이라는 자기방어 벽 뒤에 제가 숨어 있는 것을 성령님께서 보여 주셨기 때문입니다. 저는 거부당함으로부터 저를 보호한다고 생각했지만 실제로는 마지를 거부하고 있었습니다. 이렇게 새롭게 인식하면서 하느님 아버지께 저를 용서하시고 아내를 사랑할 수 있도록 도와주시기를 청했습니다.

이렇게 하느님 사랑을 받아들여 그분의 은총으로 강해져서 돌아서서 바로 거실로 가는데, 이번에는 더 상처받기 쉽고 또 덜 자기방어적인 느낌이 들었습니다. 걸어가면서 제 생각이 '그의 발을 씻겨 주어라.'라고 말하는 것을 들었는데, 저는 이 말을 마지 앞에서 저를 낮추어 그를 섬기라는 의미로 받아들였습니다. 제가 그렇게 하자 아내는 바로 누그러지고, 우리 사이의 사랑은 아주 빨리 회복되었습니다.

그날 저녁 늦게 저는 마음속에 있는 거부당할까 봐 두려워하는 감정의 뿌리를 보여 주시도록 하느님께 청하며, 이 깊은 상처를 치유해 주시기를 청했습니다. 하느님께서는 혼인 초기의 어떤 기억과 '나는 사랑받지 못한다.'라는 메시지를 내면화했던 어린 시절과 청소년기의 기억을 떠올려 주셨습니다. 제가 치유되기 위해서는 제 마음의 그 자리에 그분의 사랑이 필요했습니다.

구원에 이르는 고통-일상의 핵심

작은 예지만 이런 종류의 구원에 이르는 고통이 일상의 핵심입니다. 이런 사건은 결코 하찮은 것이 아닙니다. 더 심한 두통이 아니라 기쁨을 가져오는 구원에 이르는 고통의 은총을 매일 이렇게 살 수 있다면 얼마나 많은 인간관계가 극적으로 변하겠습니까? 저는 진실로 이렇게 사랑하고 싶은데 당신은 어떻습니까?

저는 예수님께서 우리에게 자기 십자가를 지고 당신을 따르라고(마태 16,24 참조) 명령하신 의미가 바로 이런 것이라 믿습니다. 이

'작은 죽음' 하나하나가 마지막 죽음과 부활, 곧 그리스도 안에서
궁극적 치유를 준비할 수 있도록 도와줍니다. 이렇게 작은 일에서
이기적 반응에 죽는 선택을 할 때만 최종적으로 자기를 포기하는
은총을 얻을 것입니다.

 내면 바라보기

고통을 받았을 때 나를 향한 주변의 이기적 반응에
대응하기보다 사랑하는 것을 선택하여 구원에 이르는
방식으로 행동했던 경우가 있었는지 성찰해 보십시오.

• 보복하고 싶었지만 대신 친절하게 응하거나 상처
  준 사람을 용서했던 상황을 떠올려 보십시오.
• 자신의 상처받은 마음을 어떻게 다루었습니까? 예
  수님을 그 아픔 속에 초대하였습니까?

일곱 가지 상처 치유하기

예수님께서는 모든 고통 중에서 악마에게 발판을 조금도 내주
지 않으셨습니다. 그분은 적의 거짓말에 절대 동의하지 않으셨고

당신 정체성을 정의하려는 그들의 힘에 굴복하지도 않으셨습니다. 조금이라도 원한을 품는 것을 삼가시고 사악한 판단을 내리지 않으셨으며, 하느님 아버지께 대한 전적인 신뢰를 막는 자신을 믿는 맹세를 하지 않으셨습니다.

예수님께서는 당신을 불시에 덮치려는 그 모든 위협적인 악 가운데에서도 계속 아버지의 선하심을 믿으셨습니다. 아버지의 사랑에 깊이 뿌리내리고 기반을 두시며 당신의 참된 정체성을 절대로 잃지 않으셨습니다. 구원에 이르는 고통을 통해 예수님께서는 구원적 사랑의 은총으로 고통을 마주 대하는 방식의 최고 예를 보여 주십니다.

육신과 영혼이 가장 극심한 괴로움에 처했을 때, 예수님께서는 당신을 억누르거나 보호하려는 '두려움'이나 거짓말에 굴복하지 않으셨습니다. 대신 그분은 수난받는 매 순간 아버지께서 사랑으로 보호하신다고 신뢰하셨습니다.

"사람들에게 멸시받고 배척"(이사 53,3)당하였지만 예수님은 거부당함에서 비롯되는 '수치'를 내면화하지 않으셨습니다. 대신 그분은 "부끄러움도 아랑곳하지 않으시고 십자가를 견디어"(히브 12,2) 내셨습니다.

십자가의 무기력과 명백한 희망 없음과 혼란으로 들어가기를 자유롭게 선택하셨지만, 하느님의 뜻과 전능한 힘을 늘 기억하셨습니다. 그리고 앞으로 일어날 부활에 희망의 닻을 내리고 아버지께서 당신을 위해 마련하신 목적을 선택하셨습니다.

아마도 예수님께 가장 고통스러웠던 것은 친구와 제자들뿐만 아니라 늘 함께하시던 아버지로부터 버림받은 체험일 것입니다. 예수님께서 십자가 위에서 토해 내신 비통함에 속속들이 찔리지 않을 사람이 누가 있습니까? "저의 하느님, 저의 하느님, 어찌하여 저를 버리셨습니까?"(마태 27,46).

잠시 멈추어 예수님 영혼 깊은 곳에서 터져 나오는 이 말에 귀를 기울이십시오. 버림받은 당신 자신의 고통을 예수님의 괴로운 부르짖음으로 표현하십시오. 살면서 이런 깊이의 고통을 체험한 적이 있습니까?

저는 몇 번 있었습니다. 아버지가 떠났을 때와 하느님께서 멀리 계시는 듯한 영적 어둠의 시간에 가장 분명하게 그런 체험을 했습니다. 저는 예수님의 고통을 아주 조금 밖에는 알지 못했지만, 하느님 아버지께 대한 예수님의 확신에 놀랐습니다. 예수님은 아버지로부터 버림받았다고 느끼셨지만 계속 아버지께 향하셨습니다. 아버지께 등을 돌리거나 제가 흔히 하듯이 스스로 자신을 돌보려고 하지 않으셨습니다. 나는 혼자고 아무도 내게 귀를 기울이지 않는다는 거짓말을 내면화하지 않으셨습니다.

예수님께서는 모든 고통 가운데서 여전히 아버지를 신뢰하시고 버림받았다는 혹독한 고통으로 영혼의 모든 힘이 압도당했을 때도 매 순간 아버지와 함께 있다고 믿으셨습니다. 누군가 듣고 있다고 믿지 않으면 누구도 절대 이렇게 부르짖지 않습니다.

"저의 하느님, 저의 하느님,
어찌하여 저를 버리셨습니까?"

예수님께서는 괴로움 속에서 시편 22편을 기도하셨습니다. "저의 하느님, 저의 하느님, 어찌하여 저를 버리셨습니까? 소리쳐 부르건만 구원은 멀리 있습니다. 저의 하느님, 온종일 외치건만 당신께서 응답하지 않으시니 저는 밤에도 잠자코 있을 수 없습니다."(시편 22,2-3). 당신도 삶에서 일어난 일 때문에 하느님께 똑같이 말씀드리거나 소리치고 싶습니까?

우리 대부분은 이런 강렬한 감정을 인정하고 싶지 않습니다. 인정하게 되면 절망적으로 고통과 외로움 속에 갇혀 견디기 어려울 것이라고 두려워합니다. 그러나 사실은 정반대입니다. 고통을 부인하면 계속 절망적으로 혼자라고 느끼게 됩니다. 반대로 그분이 수난 때와 일생 그러셨듯이 예수님과의 친교 안에서 고통을 마주하고 수치를 업신여기면 우리는 희망을 되찾게 됩니다.

 내면 바라보기

자신이 깊이 상처받았을 때 어떻게 반응하는지 성찰합시다.

- 하느님 아버지께 감정을 표현하면서 예수님과 함께 고통에 직면합니까? 아니면 고통을 거부하고 거짓 정체성이 하는 말에 굴복합니까?
- 사랑받지 못하고 혼자라고 느낄 때 보통 어떻게 합니까? 이 느낌을 약으로 치료합니까? 아니면 예수님과 통교하며 그것을 그분께 가져갑니까?
- '무력하고 절망적이고 두렵고 혼란스럽다.'라고 느끼는 무서운 상황에서, 마음속에는 어떤 생각들이 오갑니까? 계속 하느님의 섭리를 믿고 그분께 희망을 둡니까? 아니면 자신을 신뢰하는 맹세에 의지해 마음을 가라앉히고 상처 준 사람을 판단합니까?

구원에 이르는 고통에 대해
성 요한 바오로 2세 교황께서 보여 주신 모범

성 요한 바오로 2세 교황께서는 예수님과 친교 안에서 기쁘게 고통에 직면하는 이의 아름다운 모범을 온 세계에 보여 주셨습니다. 그분은 9살 어린 나이에 어머니를, 3년 후에는 형을 잃으면서 버림받는 혹독한 아픔을 체험하셨습니다. 10대에 그분은 거의 매일 죽음이나 수감의 공포에 직면했고 전쟁으로 많은 친구를 잃으셨습니다. 스무 살 되던 해에는 아버지도 돌아가셨습니다.

성인이 되어서 교황께서는 어디를 가시든 계속 공산주의의 억압과 반대를 받으며 사셨는데, 그 모든 것에 자비와 신앙으로 응답하시면서 처음에는 사제로서, 그다음에는 주교로서, 마지막에는 베드로의 계승자로서 진리를 선포하셨습니다. 자신을 암살하려 했던 사람에게 보여 주신 교황의 친절과 연민을 누가 잊을 수 있습니까? 죽음 앞에서도 그분은 예수님과의 친밀한 관계를 보여 주셨습니다. 전 세계 삼분의 일이 그분의 장례식을 시청했는데, 모두 그분에게서 가르친 것을 실제로 살다 간 참증인의 모습을 보았습니다. "모든 사람은 구원에 자신의 몫이 있습니다. 각 사람은 구원을 완성하는 그 고통을 함께 나누도록 부르심을 받았습니다. … 따라서 각자 자신의 고통에서 그리스도의 구원에 이르는 고통을 함께 나눌 수 있습니다."[4]

교황께서는 예수님의 모범을 따라 악인 고통이 선의 강력한 원천이 되고 치유의 수단이 되는 법을 전 세계에 보여 주셨습니다. 그분은 더는 피할 수 없는 고통을 두려워하며 도망치거나 절망 속에서 체념할 필요가 없다는 것을 가르치셨습니다. 그분은 바오로 사도의 말씀을 살아 있게 하셨습니다(콜로 1,24 참조). 그분은 교회를 위하여 고통 중에도 기뻐하며 세상 안에서 계속 그리스도의 구원적 희생을 바치셨습니다. 바오로 사도처럼 교황께서는 예수님의 구원에 이르는 고통에 참여하는 선택을 할 때 최악의 악몽이 자신과 다른 사람들을 치유하는 은총의 강이 된다는 것을 보여 주셨습니다.

데이브 형의 이야기는 구원에 이르는 고통을 통해 최악의 악몽이 어떻게 변할 수 있는지를 보여 주는 또 하나의 잊을 수 없는 예입니다. 형은 마약 중독자로 거리에서 보낸 그 모든 세월 동안 계속 고난을 겪었기 때문에 저의 성경적 이상주의에 이의를 제기했습니다. 형은 바오로 사도가 어떻게 고통 속에서 기쁨을 발견할 수 있었는지(콜로 1,24 참조) 믿지 못했습니다. 형은 오랜 세월 동안 고통의 괴로움만 알았습니다. 자신이 경험한 고통으로 구원에 이를 수 있다는 것을 정말 믿지 않았습니다. 그 무엇도 형을 하느님께 더 가까이 가게 하지 못했습니다. 생명을 앗아가는 죄와 상처가 촉매가 되어 형은 오히려 하느님께로부터 달아났습니다. 형은 성사를 통해 강한 치유를 체험한 후에도 도대체 어떻게 바오로 사도가 고통 중에 기뻐할 수 있었는지 의아해했습니다. 저는 그것을 형에게 설명하려고 하지 않았습니다. 제가 그렇게 살지 못했기 때문일 겁니다. 매사에 그랬듯이, 형은 스스로 힘겹게 그것을 알아내야 했습니다. 그러나 일단 습득하고 나자 저와 온 가족에게 강력한 모범을 보여 주었습니다.

데이브 형이 본당 쇄신 피정에 참가한 후에, 어머니는 자신이 갖고 있던 자유 항공권 넉 장을 항공사가 폐업하기 전에 사용해야 한다는 것을 알게 되었습니다. 어머니는 뉴질랜드에서 보내기로 한 3주간의 휴가에 데이브 형과 마지, 저를 초대했습니다. 그 여행 일정 전체는 하느님 아버지께서 마련하신 또 하나의 아름다운 섭리였습니다. 뉴질랜드의 웅장한 경치들을 보면서 우리는 마치 낙원에 있는 것처럼 느꼈습니다. 잊고 있던 어린 시절의 기쁨을 다시 누렸고 트램펄린 위에서 뛰면서 뱃속 깊은 곳에서부터 큰 웃음을 터뜨리며 우리를 둘러싼 아름다움에 온통 젖어 들었습니다. 우리 가족은 오랜 고통의 세월을 보낸 후에 영광스러운 부활을 체험했습니다.

휴가 후에 형은 활기를 되찾아 당시 다섯 살이던 딸 사라와의 관계를 회복해야겠다고 결심했습니다. 형과 사라 어머니는 함께 노력했지만 관계가 좋아지지 않았습니다. 그러나 사라 어머니는 사라가 형과 얼마간 같이 지내는 데에 합의했습니다. 그것은 형에게 정말 새로운 출발이었고 고통스럽고 적막했던 힘든 시간을 보낸 후 일어난 동화 같은 결말이었습니다. 그러나 형이 에이즈 말기 환자라는 것을 알게 되면서 동화는 곧 악몽으로 변했습니다.

1990년대 초에 에이즈는 사형 선고였습니다. 형은 헤로인 주삿바늘을 통해 에이즈에 걸린 것이 아닌가 했지만, 아직은 에이즈로 완전히 진행되지 않을 수 있다는 희망을 품었습니다. 1991년 가을 형의 몸에 에이즈 증상이 점점 나타나면서 그 희망은 사라지기 시작했습니다. 우리 모두 정말 걱정했습니다. 특히 형이 몇 달 전에 "내가 만일 에이즈 환자라면 아무도 나를 찾을 수 없는 곳으로 도망갈 거야. 모든 사람이 그 고통을 겪게 하느니 차라리 혼자 죽겠어."라고 했기 때문입니다. 형이 집을 나가 자살하려고 약이라도 먹을까 봐 정말 두려웠습니다.

우리는 데이브 형이 새집에서 맞이한 첫 크리스마스를 함께 보냈는데 형은 딸과 다른 사람들을 위해 크리스마스를 망치고 싶지 않았습니다. 그래서 형은 기다렸다가 크리스마스를 지낸 후에 두려워하는 그 병과 마주하기로 했습니다. 크리스마스 다음 날, 형과 저는 바깥 베란다에 앉아 있었습니다. 저는 형이 뭔가 할 말이 있는데 저 외에 다른 사람이 그 말을 듣는 것을 원하지 않는다는 것을 알아차렸습니다.

형은 제게 다음 날 의사와의 약속에 관해 이야기하기 시작했습니다. "내가 에이즈에 걸렸다고, 내가 가장 두려워하는 것을 의사가 확인해 줄까 봐 무섭다." 제가 뭔가 말하기도 전에 형이 계속 이야기했습니다. "하지만 나는 이 일에 대해 계속 기도해 왔고, 마음이 놀라울 정도로 평화로워. 오랫동안 한 가지 지향을 두고 기도해 왔는데, 하느님께서 이것으로 내 기도에 대한 응답을 보여 주신다고 믿어. 내 기도 지향은 에이즈 환자로서 그리스도를 위해 사는 것이야." 형이 이야기를 마쳤지만, 저는 아무 말도 못 했습니다. 깊은 감명을 받고 멍하니 앉아 있었습니다. 몇 년 전만 해도 완전히 마약과 범죄에 빠져 있었고, 몇 달 전에도 모든 사람과 함께 이 상황에 직면하느니 혼자 도망가겠다고 했던 형이 영적으로 이렇게 성숙해진 것을 믿을 수가 없었습니다.

형은 우리 둘 다 대답할 수 없었던 질문, 바오로 사도가 어떻게 고통 속에서 의미와 목적을 찾을 수 있었는가 하는 질문에 대답하고 있었습니다. 과연 형은 남은 시간 동안 바로 그렇게 살았습니다. 의사는 에이즈가 완전히 진행되었다고 진단한 후, 형이 약을 먹으면 2년 정도 살 것으로 예측하였습니다.

그 후 2년 동안 데이브 형이 죽어 가는 것을 지켜보는 일은 고통스러우면서도 우리에게 용기를 주었습니다. 형의 육신은 쇠약해졌지만 영은 성령님으로 매일매일 새로워졌습니다(2코린 4,16 참조). 건강했던 시절에 91킬로그램이던 몸무게는 59킬로그램까지 점차 줄었지만, 영은 연약함 중에 그리스도의 능력을 지녔습니다(2코린 12,8-10 참조). 형은 우리 모두에게 예수님의 산증인이요 죽어 가는 증인이었습니다.

당시에 성당에 나가지 않던 남동생 웨인이 가장 많은 감동을 받았습니다. 웨인과 데이브 형은 언제나 가까웠고, 형이 육체적으로 자신을 더 이상 돌볼 수 없게 되자 웨인은 형을 자기 집으로 데려갔습니다. 그 누구보다 웨인은 형이 고통을 이겨 내며 누린 은총, 기쁨, 사랑을 보았습니다. 웨인은 죽어 가는 형을 돌보면서 자신의 마음이 열리는 것을 느꼈습니다.

우리는 형을 돌보면서 마침내 형을 목욕시키고 기저귀를 갈아 주는 단계에 이르렀습니다. 웨인이 가정 건강 도우미와 함께 이 일의 대부분을 책임졌고, 나머지 가족은 주말에 형을 돌봤습니다. 형을 목욕시키고 닦아 주는 일은 거북할 뿐 아니라 위생적으로 위험할 수 있었습니다. 온갖 고통과 굴욕을 겪으면서도 형은 모든 것을 즐겁게 짊어졌습니다. 누가 도와줄 일이 있냐고 물으면, 형은 엄지손가락을 척 올리며 "뜻대로 하소서Fiat." 하고 말했습니다.

이 글을 쓰면서 저는 하느님의 섭리에 다시 한번 큰 감동을 느낍니다. 오늘이 3월 25일, 형의 기일이자 웨인의 생일인 것을 방금 깨달았기 때문입니다. 19년 전 오늘, 우리 가족은 모두 형과 함께 부활절을 미리 보내고 웨인의 생일을 축하하기 위해 잭슨빌로 갔습니다. 어머니가 아버지에게 전화하여 형의 상태가 급속히 위중해졌다고 알려 주자, 아버지의 직장 친구가 아버지에게 아들을 마지막으로 한번 보라고 비행기표를 사 주었습니다. 아버지는 성주간 동안에는 너무 복잡하여 비행기를 탈 수 없어서 열흘 빨리 왔습니다. 웨스트 버지니아에서 한 주일 더 일찍 온 아버지 덕분에 우리는 부활을 미리 축하하자는 생각을 하게 되었습니다. 우리는 성지 주일을 함께 보내기로 했고, 가족 전체가 함께 보내는 마지막 부활절일 수 있다는 것을 알았습니다.

3월 25일 금요일 11시경 마지와 제가 웨인의 집에 도착했을 때, 아무도 맞으러 나오지 않았지만 들어오라는 형의 목소리를 들었습니다. 웨인은 일하고 있었고 문은 열려 있었습니다. 어떤 상황인지 모르는 채 형의 침실로 갔는데, 가장 걱정되면서도 눈부시게 아름다운 광경을 보았습니다. 형은 반 혼수상태로 아버지 다리 사이에 큰 대자로 누워 있고 아버지는 침대 위에 앉아 형을 뒤에서 붙들고 있었습니다. 아버지는 "왔냐?" 하시며 미소 지었고 반쯤 혼수상태인 형의 시선이 마지와 저를 곧바로 꿰뚫고 들어오는 듯했습니다. 제 마음은 그 순간 두 배로 감동을 받았습니다. 하느님 아버지께서 이 상황을 이렇게 다시 한번 오케스트라로 연주하시는 것을 보고 놀랐습니다. 아버지가 죽어 가는 형을 안고 있는 장면은 하느님께서 지으신 흠 잡을 데 없는 한 편의 시였습니다. 저는 형이 곧 해방되어 하늘에 계신 아버지 품에 안길 것을 알고 있었기에 형이 마지막 숨을 쉬려고 싸우는 것을 보면서 또한 감동을 받았습니다. 이 모든 것을 목격하는 것이 얼마나 영광스러운 특권이었는지. 그것은 하느님 아버지께서 주신 순수한 선물, "예수님을 위해 사는 에이즈 환자가 되겠다."라고 했던 형의 자발적 노력이 맺은 열매였습니다.

하느님께서는 형의 구원에 이르는 고통을 통해 우리 가족을 치유하셨습니다. 어머니는 아버지에게 자비를 베풀었고, 아버지는 버렸던 아들을 다시 돌보았습니다. 무엇보다 우리는 모두 가족으로 함께 모여, 25년 전에 부모님의 이혼과 형의 마약 복용으로 인해 갈라지고 깨어진 가정을 더욱 깊은 차원에서 회복하였습니다.

마지는 암 병동에서 간호사 일을 시작했으므로 데이브 형에게 죽음이 가까웠다는 것을 알았습니다. 아내는 방에서 나가 모든 사람을 빨리 오라고 불렀습니다. 아버지가 화장실에 가기 위해 일어나고 제가 아버지와 자리를 바꾸어 형 뒤로 살며시 들어가 아버지가 했던 것처럼 다리를 벌리고 앉았습니다. 이제 저는 오랫동안 잃어버렸다가 돌아온 형을 안고 있었고, 우리 둘은 하늘에 계신 아버지, 지상의 아버지 그리고 서로의 품 안에서 다시 만났습니다. 우리 모두 집으로 돌아왔습니다. 몇 분 안에 마지와 아버지가 방으로 돌아왔고, 형은 마지막 숨을 내쉬었습니다. 저는 형이 이 세상에서 저세상으로 옮아가는 것을 산파와 같이 도와주며, 하느님 아버지께 안전하게 인도할 하늘의 천사들에게 형을 넘겨주었습니다.

데이브 형은 '어떻게 고통 중에 기뻐하는가?' 하는 질문에 관해 우리 모두에게 아름다운 답을 했습니다. 제 마음은 충만해졌습니다. 형이 숨을 거두자 아버지와 저는 서로 껴안고 울면서 은총으로 체험한 것을 기뻐하였습니다. 마지는 여전히 충격을 받아 뒤에 잠시 서 있다가 우리와 함께 포옹하였습니다. 저는 두 사람의 품에서 마음껏 울면서 형뿐 아니라 아버지와 마지에게도 사랑을 느꼈습니다. 우리는 거룩한 땅에 서서, 우리 가운데 계신 성령님의 깊은 현존을 느꼈습니다.

제 마음은 하느님 아버지께 대한 사랑과 감사로 터질 것 같았습니다. 우리 세 사람은 함께 손을 잡고 데이브 형을 위해 기도하면서 형이 하늘 나라에서 아름다운 환영을 받았으리라 믿었습니다. 우리는 앞으로 좋은 일이 있을 것이라 희망하는 사람처럼 슬퍼하였습니다(1테살 4,13 참조). 그날 이후, 우리는 가족 한 사람 한 사람과 이와 같은 사랑을 나눌 수 있었습니다. 형의 장례식 날 우리 가족은 애도사를 하기 위해 한 줄로 섰습니다. 그 자체로 중요한 치유가 일어났습니다. 짐작하겠지만, 되찾은 아들에 대한 복음서 이야기처럼 돼지우리에서 아버지의 품으로 돌아온 형의 여정에 가족이 모두 함께하였습니다. 우리는 형이 성인들의 통공 안에서 우리와 함께 있고 이제 예수님께서 십자가 위에서 마련하신 하얀 옷을 입고 있음을 모두 함께 축하하였습니다.

 내면 바라보기

데이브의 죽음 과정, 마지막 순간들, 장례식에 관한 이야기를 읽을 때, 무엇이 내 마음을 건드렸습니까?

- 데이브의 이야기와 비슷한 경험이 있습니까? 어떤 부분입니까?
- 살면서 내가 겪은 극심한 고통이나 비극적 사건들이 자신과 가족들, 다른 사람들에게 깊은 치유의 체험이 된 경우가 있습니까?

이렇게 고통이 하느님 은총으로 변화될 때, 그것과 관련된 사건들은 대개 그 이후에도 계속해서 더 큰 치유를 가져옵니다. 데이브 형의 구원에 이르는 고통에 관한 우리 체험이 그랬습니다. 형이 죽은 지 정확히 1년 후인 3월 25일, 우리 가족 중 여러 사람이 형이 영원한 생명으로 들어간 1주년을 기념하기 위해 플로리다 세인트 어거스틴에 모였습니다. 그날은 주님 탄생 예고 대축일이었기 때문에 신부님은 마리아의 '뜻대로 하소서Fiat.'에 관한 아름다운 강론을 하였습니다. 신부님은 마리아의 순명은 심장이 칼에 꿰찔린 듯한 골고타 사건을 포함하여 그분이 경험하게 될 모든 것에 대한 '예'였다고 말했습니다.

우리는 강론을 들으면서 서로를 바라보며 미소 지었습니다. 이제야 우리는 데이브 형이 엄지손가락을 치올리며 겪어야 할 모든 것에 대해 "뜻대로 하소서."라고 했던 의미를 이해하였습니다. 형은 예수님의 구원에 이르는 고통을 나누기 위해 "예" 하고 자신만의 응답을 드렸던 것입니다.

성 요한 바오로 2세 교황께서 강조하셨듯이 형은 작은 길로 성모님을 따랐습니다. "천사와 비밀 대화를 나눈 이후, 성모님은 어머니의 사명에서 아들의 사명을 함께 나누는 '소명'을 보기 시작했습니다."[5] 어떤 면에서 성모님께서는 사랑하는 사람과 고통의 길을 함께해야 하는 우리 모두를 대표하십니다. 사랑하는 사람이 고통과 괴로움을 겪을 때 아무것도 못한 채 옆에 있으면서 우리 심장은 칼에 꿰찔리는 듯합니다. 건강이 나빠지는 형을 지켜보며 사실 우리 가족, 특히 어머니가 정말 그랬습니다.

저는 데이브 형이 죽기 2년 전에 형과 함께했던 성금요일을 결코 잊지 못할 것입니다. 우리는 함께 천천히 걸으면서 십자가의 길 기도를 바쳤는데, 그 어느 때보다 십자가의 길의 현실과 무게를 느꼈습니다. 예수님께서 어머니를 만나신 제4처에서 형은 멈추어 서서 그 모습을 응시하였습니다. 저는 다음 처로 가려 했지만 형은 그러려고 하지 않았습니다. 마침내 형이 저를 보고 말했습니다. "내가 죽어 가면서 어머니 얼굴을 어떻게 볼지 모르겠다." 형은 자신에게 두 번째 어머니와 같은 할머니를 봐야 하는 두려움도 말했습니다. 다시 저는 아무 말도 못 한 채 그냥 눈물만 났고, 형의 눈에 눈물이 그렁그렁 고이는 것을 보았습니다. 마침내 제가 인정했습니다. "만만치 않을 거야." 그것은 힘들었습니다. 그러나 우리 둘 다 우리의 약함 속에 드러나는 하느님의 은총을 과소평가하고 있었습니다.

마침내 때가 오자, 어머니와 할머니는 모든 준비를 했습니다. 형의 마지막 순간에 웨인과 두 분은 형과 함께할 수 없었지만, 하느님께서는 두 분을 잊지 않으셨습니다. 하느님 아버지께서는 두 분을 위해 각각의 선물을 마련하셨습니다. 할머니는 데이브 형이 죽는 순간 즉시 알았다고 말했습니다. 할머니는 그때 어떤 현존이 방에 들어오는 것을 느꼈는데, 그것이 작별 인사를 하러 온 데이브 형의 영혼임을 알았습니다. 어머니 역시 하늘의 표징으로 알았다고 말했습니다. 어머니는 외삼촌 샘과 있었는데, 그날 하늘을 가득 채웠던 어두운 구름이 갑자기 갈라지며 그 사이로 아름다운 햇살이 퍼져 나갔습니다. 그 순간 어머니는 형이 죽은 것을 알았습니다. 어머니의 이야기에 의하면, 그 이후 다른 특별한 경우에도 그랬지만 어머니가 형의 무덤에 갈 때마다 똑같은 작은 기적이 일어났다고 합니다. 어두운 구름이 갈라지고 햇살이 터져 나오면 어머니는 형의 미소를 알아봅니다. 이제 어머니의 사랑하는 아들은 성모님의 아들의 후광 속에 빛나고 있습니다.

형은 성사를 통해 많은 변화를 경험하였습니다. 다음 장에서 데이브 형의 변화에 대해 더 나누겠습니다.

9장
성사와 치유

교회는 영혼과 육체의 의사이신 그리스도의 생명을 주는 현존
을 믿는다. 이 현존은 특별히 성사들 안에서 작용하며, … 특별
한 방식으로 효과를 낸다.

『가톨릭 교회 교리서』 1509항

20대에 저는 성사에 대해 좀 무관심한 편이었습니다. 스콧 한
이 깊이 회심하기 전에 "성사는 재미없고 지루하다."[1]라고 평한 것
과 같은 생각이었습니다. "성사는 은총을 주기 위해 그리스도가 제
정한 외적 표징이다."라고 한 볼티모어 교리서는 비교적 쉽게 외울
수 있었지만 이 말은 제게 거의 의미가 없었습니다. 믿음이 없어서
예수님의 치유의 능력을 받아들이지 못했던 나자렛 마을 사람들처
럼, 저는 성사에서 거룩한 의사의 현존을 알아볼 믿음이 없었고 따
라서 오랜 세월 동안 성사를 통해 치유를 거의 받지 못했습니다.

이제 저는 성사를 아주 다른 시각에서 봅니다. 십자가상 예수님
의 옆구리에서 쏟아지는 귀한 선물들처럼, 각 성사는 그분의 삶과

죽음, 부활에 실제로 참여하는 것입니다(참조: 로마 6,2; 에페 5,21-25). 그런데 제가 어떻게 성사가 재미없고 지루하며 중요하지 않다고 생각할 수 있었는지 모르겠습니다. 이제는 정반대로 성사는 신앙의 활력소로 예수님께서 교회의 일치와 치유를 위해 마련하신 것이며(1코린 10-12장 참조), 사회의 모든 선의 원천임을 알게 되었습니다. 성사는 이런저런 형태로 그리스도교의 모든 종파 안에 그리고 신구약 성경의 전 역사 속에 존재해 왔습니다.[2]

제가 성사의 치유하는 힘을 처음으로 깨달은 것은 본당 쇄신 피정에 세 번째 참가했을 때였습니다. 1장에서 이야기했듯이, 저는 그 피정에서 주위의 모든 사람이 성령님께 완전히 사로잡혀 있는 것을 지켜보면서 첫 24시간 동안 지옥 같은 메마름 속에 있었습니다. 지금은 제가 읽은 어느 주술 서적을 통해 악령이 어떻게 저의 정신 속에 들어와 저를 묶어 놓고 억압했는지 압니다. 죄를 고백하고 사죄경을 받는 순간 저를 억압하던 영이 즉시 떠나는 것을 느꼈습니다. 고해성사 직후에 열일곱 살 아이가 성체 안에 계신 예수님의 참현존에 대해 증언하는 것을 들었습니다. 저는 그 아이의 말은 기억하지 못해도 아이의 확신에 찬 신앙과 기쁨에 차서 예수님께 드린 감사를 기억합니다. 저는 평생 교회의 가르침을 들었지만 마음으로 온전히 믿지는 않았는데, 그 아이가 이야기할 때 제 영이 갑자기 그 가르침에 눈을 떴습니다. 그때 갑자기 전기 스위치가 켜

지듯이 그 모든 세월 동안 가르침 받았던 것을 마침내 제가 받아들일 수 있었습니다.

그날 밤 고해성사와 성체성사 후 제 마음은 죽음에서 생명으로 깨어났습니다. 저는 영혼과 육신의 의사이신 예수님의 현존을 체험했습니다. 그분은 봉헌된 빵과 포도주에서, 사제에게서(성품성사), 세례성사와 성체성사로 그분과 일치해 있는 신앙 공동체 안에서 여러 방식으로 당신의 현존을 드러내셨습니다. 피정에 참가했던 우리는 그리스도의 몸이라는 정체성으로 '한 마음, 한뜻'이 되는 기쁨을 체험했습니다(사도 4,32 참조). 세 시간 후 친구들과 함께 기도할 때, 견진성사의 은총이 새로운 방식으로 나타났는데, 성령 강림 때처럼 성령님께서 우리 모두에게 쏟아져 내리는 것을 체험했습니다(참조: 사도 2,4; 『가톨릭 교회 교리서』 1302항). 우리는 세례로 받은 사랑받는 자녀의 정체성을 내적으로 더욱 깊게 깨달으면서, 새로운 열정과 확신에 차서 소리쳤습니다. "아빠, 아버지!"(로마 8,15).

저는 그 주말에 집으로 돌아가서 아내와 딸들을 껴안으면서 이전에는 알지 못했던 사랑을 느꼈습니다. 이 체험으로 혼인성사 때 예수님께서 우리를 부르신 사랑에 관해 더 크게 깨달아 알게 되었습니다. 아내와 자식을 '그리스도께서 교회를 사랑하신 것처럼'(에페 5,25 참조) 사랑하는 것이 무엇을 의미하는지 어렴풋이 알게 되었습니다. 하루도 채 안 되는 시간 동안 한때 '재미없고 지루했던' 성사들이 제 마음에 살아서 제 삶을 영원히 바꾸어 놓았습니다.

저는 오랫동안 성찰하고 성경과 교회 가르침의 도움을 받아, 어떻게 각 성사가 저의 치유와 변화에 필수적 역할을 했는지 알게 되었습니다. 그 과정에서 성 요한 바오로 2세와 베네딕토 16세 교황의 교황청 강론 전담 사제이셨던 라니에로 칸탈라메사 추기경을 포함한 많은 스승의 통찰에서 도움을 받았습니다. 본당 쇄신 피정에 참가한 몇 년 후에 칸탈라메사 추기경의『성령의 냉철한 도취』를 읽었는데, 그분은 "성사는 전류 스위치에 비교할 수 있는데, 그 전류를 통해 예수님의 치유력이 모든 그리스도인을 구체적으로 만집니다."[3]라며 정확히 제가 성사에서 예수님을 만난 체험을 표현하였습니다. 저도 어떤 '전류'도 느끼지 못하다가 갑자기 하느님의 현존이 제 영혼에서 빛나는 것을 느꼈습니다.

그런데 한 가지 성가신 질문 때문에 제 마음이 심란해졌습니다. 저는 수년 동안 성사 생활을 해 왔습니다. 왜 그전에는 예수님의 치유하시는 현존을 체험하지 못했을까요? 저는 칸탈라메사 추기경의 설명을 통해, 세례와 다른 성사의 은총은 늘 제게 있었지만 믿음이 부족하고 정신과 마음을 차지한 성채 때문에 자유롭게 그 은총을 누리지 못했다는 것을 알았습니다.

성령께서 쏟아부어지면서 세례가 현실이 되고 활기를 되찾습

니다. ⋯ 가톨릭 신학에 의하면 만일 성사의 열매가 묶여 있거
나 쓰이지 않으면 성사는 합법적이고 유효하면서도 "묶인" 채
있습니다. ⋯ 성사는 사람의 지식이나 협력 없이 기계적으로
움직이는 마술 의식이 아닙니다. ⋯ 성사의 열매는 전적으로
하느님 은총에 달려 있지만, 이 은총은 인간의 동의와 긍정인
⋯ "예"라는 대답 없이는 역사하지 않습니다. ⋯ 하느님께서는
사랑을 강요하지 않으시고 신부의 자유로운 동의를 기다리는
신랑처럼 행동하십니다.[4]

마침내 모든 것을 이해하기 시작하였습니다. 저는 세례 때 하느
님 자신을 선물로 받았고 계속해서 다른 성사를 통해 그분 치유의
힘을 받았습니다. 그 은총은 제게 완전히 주어졌지만 제가 부분적
으로 받아들였습니다. 믿음이 부족하고 대체로 그 은총들을 알아
보지 못했기 때문에 적극적으로 협력하지 않아 삶에서 맺은 열매
도 제한적이었습니다. 더욱이 저의 죄와 상처는 하느님의 은총이
삶에서 자유롭게 흐르는 것을 막았습니다. 마치 영적 관이 막힌 것
과 같았습니다. 그 모든 세월 동안 예수님께서는 저의 "예"라는 대
답을 기다리셨습니다. 그분은 우리 각자에게 그렇게 하십니다. 우
리의 자유로운 동의가 필수이므로, 그분은 상처받은 신부를 끈기
있게 기다리시며, 신부가 자발적으로 마음을 열고 당신 선물을 받
아들일 수 있을 때까지 한결같이 사랑을 구하십니다.

최근 프란치스코 교황께서는 부활 주일 강론에서 이 점을 강조하셨습니다. "부활 전례가 가진 은총은 개인과 가정생활, 사회관계를 쇄신하는 힘의 거대한 원천입니다. 그렇지만 모든 것은 인간의 마음을 통해 갑니다. … 만일 그 은총이 내 안의 좋지 않은 것을 더 좋게 변화시키도록 내가 허락한다면 … 그러면 그리스도의 승리가 내 삶에서 드러나게 하는 것입니다. … 이것이 은총의 힘입니다! 은총 없이는 아무것도 할 수 없습니다!"[5]

 내면 바라보기

프란치스코 교황께서는 "모든 것은 인간의 마음을 통해 갑니다."라고 자유 의지와 치유의 필요성을 강조하십니다. 성사는 강한 힘을 가졌지만, 그 힘은 믿고 받아들이는 이에 따라 제한을 받습니다.

• 삶에서 성사를 통해 치유를 체험한 적이 있습니까?
• "전기 스위치"가 켜지고 성사에서 은총을 믿고 받아들일 수 있던 때를 기억합니까?
• 성사를 통해 주어지는 강력한 치유 은총에 마음을 열지 못하게 하는 삶의 걸림돌은 무엇입니까?

제가 본당 쇄신 피정에 참여한 지 몇 년 후 데이브 형도 그 피정에 참여하여 개인적 치유와 회심을 체험하였습니다. 형이 변하는 데는 모든 성사가 필요했지만, 특히 치유 성사인 고해성사와 병자성사가 중요한 역할을 하였습니다. 형은 본당 쇄신 피정이 있었던 주말에 고해성사를 통하여 처음으로 회개하는 마음이 일어나기 시작하였습니다. 그리고 이 땅에서 형의 치유 여정은 죽기 2주 전에 받은 병자성사로 마무리되었습니다.

저처럼 데이브 형도 어린 시절에 세례를 받았고 10대가 될 때까지는 어느 정도 믿음을 가지고 성사 생활을 하였습니다. 우리는 자주 함께 미사에서 복사를 섰지만, 형은 10대에 마약을 하면서 오랫동안 성당에 나가지 않았습니다. 방탕한 아들처럼 형은 세례, 견진, 성체성사에서 받았던 유산을 허비하였습니다. 그렇게 형은 멀리 달아났지만 하느님 아버지께서는 "줄곧 한 순간도 아들을 잊어본 적이 없으며 그에 대한 애정과 그를 존중하는 마음에 조금도 변화가 없었습니다."[6]

아무리 상황이 어두워도 형은 예수님께서 자신을 아버지께로 부르신다는 것을 의식하였습니다. 저는 이것이 형이 어렸을 때 받은 성사의 결과이며 형의 삶에서 활동하시는 성령님의 숨은 은총이라고 믿습니다. 형은 20년이라는 길고 험난한 세월 동안 돼지우리에서 돼지 먹이를 먹고 살다가, 마침내 제정신이 들어 집으로 돌아왔습니다(루카 15,17-20 참조). 형은 서른다섯 살 때 출소해서 우리

가족과 함께 살게 되었습니다. 저의 혼인 생활은 완벽하지 않았지만, 형은 마지와 제가 서로에게, 딸들에게, 또 형에게 가진 사랑을 느낄 수 있었다고 했습니다. 매우 단순한 일상에서 형은 대화와 식사, 형을 위한 그리고 우리 가족 서로를 위한 단순한 행동을 통해 회복되어 갔습니다. 돌아보니, 형의 치유 과정은 우리 부부의 혼인 성사에서 흘러나오는 은총의 도움이었다는 것을 알겠습니다. 하느님께서는 부모님의 이혼으로 청소년 시절에 사라져 버린 형의 안전을 거의 느끼지 못하는 방식으로 회복시켜 주셨습니다. 형은 청소년기 이후 가정이나 가족이 없는 사람처럼 살았습니다. 이제 수년 만에 처음으로 온전한 가정에 속하고 보살핌을 받으며 쉴 수 있었습니다.

다시 사회에 적응한 지 6개월이 지나자, 데이브 형은 스스로 본당 쇄신 피정에 참여할 결심을 했습니다. 그 즈음, 동생 바트와 매제 닉도 그 피정에 참여하였습니다. 형은 우리 각자의 삶이 맺은 열매를 보았고 우리에게서 물씬 배어 나오는 평화에 이끌렸습니다. 우리는 형이 스스로 가겠다고 해서 모두 놀라면서도 정말 기뻐했습니다. 그렇지만 형이 어떻게 반응할지 몰라서 걱정했습니다. 마지막 순간에 형은 무가치함과 두려움 때문에 안 가려고 했습니다. 그러나 용기를 내어 결국 성당에 갔고, 주임 신부님과 제 팀의 팀원들은 두 팔을 벌려 형을 환영하였습니다.

마이크 신부님은 성직의 은총이 주는 활기로 가득 차서, 하느님 아버지의 사랑을 만지고 보고 듣고 느낄 수 있도록 드러내며 데이브 형을 받아 주었습니다. 신부님의 행동은 자신이 아니라 예수님을 들어 높이는 증언이었기 때문에, 형은 즉시 신부님을 신뢰하였습니다. 그 주말에 형은 신부님이 고해성사의 능력에 대해 개인적으로 증언하는 것을 들으면서, 25년 만에 처음으로 고해성사를 하고 싶은 영감을 느꼈습니다. 신부님은 돌아온 아들의 비유 이야기에 나오는 아버지를[7] 대신하여 두 팔을 활짝 벌리고 연민에 찬 마음으로 형을 환영하고 맞아들여 성사로 깨끗이 씻어 주었습니다. 신부님은 예수 그리스도의 사제직을 육화하며, 다른 어떤 인간도 줄 수 없는 것, 예수님의 귀한 피를 통한 죄의 용서를 형에게 베풀었습니다. 이어진 성체성사에서, 형은 그리스도 안에서 최고로 곱고 빛나는 세례의 옷을 다시 입었습니다. 저는 온 하늘이 형의 귀향을 기뻐하고(루카 15,22-24 참조), 형 자신도 짊어졌던 무거운 죄의 무게에서 해방된 자유로운 마음의 기쁨과 평화를 느꼈을 것이라고 확신합니다. 형은 참으로 오랜만에 사랑받고 받아들여지는 것을 느꼈고, 자신이 지은 최악의 죄가 이제 고백을 통해 드러난 것을 알았습니다.

이윽고 잠자리에 들었지만, 형은 너무 흥분해서 잠을 잘 수가 없었습니다. 형은 자지 않고 깨어서 그날의 엄청난 은총을 다시 살고 있었습니다. 그런데 평화로운 느낌이 곧 괴로움과 후회로 변하였고, 생각은 더 좋지 않은 방향으로 흘러갔습니다. 이 위대한 승리의 순간에, 영혼의 적이 도둑처럼 들어와 그날의 강력한 은총을 훔쳐 가려고 했고, 형이 고백했던 그 일들을 가지고 형을 비난하였습니다. 성령님께서 고해성사 동안 형이 자유롭게 죄를 쏟아내도록 도와주셨고, 형은 자유로운 마음이 되어 기쁨과 평화를 느꼈습니다. 그런데 형이 고백했던 사실들이, 자기혐오라는 더러운 영의 영향으로 홍수처럼 다시 밀려왔습니다. 지난 20년 동안 거리에서 했던 일들, 폭력 행위, 강도질, 딸을 버린 일 등에 대한 기억이 꼬리에 꼬리를 물고 형을 공격했습니다. 형은 극심한 자기혐오만을 느꼈습니다. 그날 저녁에 일어난 모든 것을 의심하면서 짐을 싸서 떠나고 싶은 유혹을 받았습니다. '이 모든 게 전부 진짜가 아니다. 나는 여기에 속하지 않는다. 여기는 내가 있을 자리가 아니다.'라고 비난하고 유혹하는 생각이 끊임없이 들었습니다.

결국, 이 고통스러운 생각을 더는 견딜 수가 없어서, 형은 잠자리에서 일어나 밖으로 나왔습니다. 어디로 가야 할지 몰랐던 형은 가장 거룩한 곳, 감실 앞으로 갔습니다. 제대 앞에 무릎을 꿇고 실물 크기의 부활하신 예수님상을 응시하며 예수님께 항의하기 시작했습니다. "예수님, 그 모든 짓을 한 저를 어떻게 용서하실 수 있습니까? 저는 용서받을 자격이 없습니다. 다른 모든 사람은 용서받을 수 있어도 저는 아닙니다." 형은 기진맥진할 때까지 자신을 비난했습니다. 이렇게 자기혐오를 뱉어내자 마음이 조용해지고 생각은 부드러워졌습니다. "네 가족을 생각해 보아라. 그들이 너를 어떻게 용서하고 받아들였는지를. 그 은총이 어디서 온다고 생각하느냐?" 형은 생각을 멈추었습니다. '예수님께서 나한테 말씀하시는 건가?' 그러자 이상하게도 평화를 느끼기 시작했고 다시 영혼에 고요가 찾아왔습니다.

갑자기 형은 그날 체험한 모든 것이 예수님으로부터 왔고 그분이야말로 누구든 온전히 받아들이고 용서할 수 있는 유일한 분이심을 깨달았습니다. 20여 년 만에 처음으로, 지금까지 한 모든 일, 하지 못한 모든 일에도 불구하고 용서받고 사랑받으며 받아들여진 것을 알았습니다. 이런 계시가 형의 완고했던 마음을 꿰뚫고 들어오자 형은 흐느끼며 오랫동안 쌓아온 모든 고통, 죄의식, 자기혐오를 쏟아 내기 시작했습니다. 그것은 마치 수도꼭지에서 더러운 물이 한동안 막혔다가 갑자기 뚫려 흘러나오며 깨끗해진 것과 같았습니다. 하느님 아버지의 자비가 그 자비를 격렬하게 거부해 온 모든 것에 승리하였습니다.

우리가 그날 오후 데이브 형을 만났을 때, 형은 하느님의 영광으로 환히 빛났습니다. 빛과 평화로 가득한 형의 얼굴을 보자 저는 기뻐서 눈물이 솟았습니다. 형이 돌아왔습니다. 이 기억을 되새기는 지금도 눈물이 납니다. 그날 저녁에 함께 앉을 기회가 있었을 때, 형은 피정하는 동안 일어난 모든 일을 더 자세하게 저와 나누었습니다. 저는 하느님 아버지께 어떻게 감사드려야 할지 몰랐습니다. 저는 그 이후로 '큰 감사'를 의미하는 성체Eucharist가 유일하게 적합한 표현이라는 것을 알았습니다. "나 무엇으로 주님께 갚으리오? 내게 베푸신 그 모든 은혜를. 구원의 잔을 들고서 주님의 이름을 받들어 부르네. … 당신께 감사의 제물을 바치며 주님의 이름을 받들어 부릅니다. … 할렐루야!"(시편 116,12-19).

8장에서 이야기한 대로, 데이브 형은 본당 쇄신 피정을 한 후에 새사람이 되었지만, 몇 년 안에 에이즈 때문에 점차 건강이 약해졌습니다. 형이 육체적·정신적으로 쇠약해지는 것을 보면서, 우리 가족은 형의 치유를 위해 열심히 기도했습니다. 그러나 저는 어느 날 밤 꿈에서 성령님께서 이렇게 말씀하시는 것을 느꼈습니다. "너는 데이브 형의 치유를 위해 기도하고 있지만, 그는 이 병으로 죽을 것이다. 그의 죽음 과정을 통해 네 온 가족이 많은 치유를 받을 것이다."

데이브 형의 죽음이 가까워졌다는 것을 알고, 여동생 마거릿과 저는 세 시간 정도 걸려 형과 동생 웨인을 방문하였습니다. 웨인의 집에 도착했을 때 형이 혼수상태여서 우리는 마음이 심란했습니다. 마거릿과 저는 둘 다 형이 죽기 전에 작별 인사를 할 마지막 기회가 있기를 바랐습니다. 형이 지금이라도 당장 죽을 수 있다고 낙담하고 염려하면서 그곳 본당 신부님께 전화를 드려 병자성사를 청했습니다. 신부님이 성사를 주고 우리가 모두 함께 기도하는 동안 형은 의식이 없었습니다. 성사 후 신부님께 감사드린 후, 웨인과 마거릿과 저는 형의 장례식 계획을 세우기로 했습니다. 간병인은 다른 방에 있었고, 형은 혼자 침실에 있었습니다.

한 차례 의논하고 집으로 들어서면서 우리는 참으로 아름다운 광경을 보고 놀랐습니다. 형이 완전히 의식이 들어 침대에서 나오려는 중이었습니다. 우리는 형에게 기다리라고 소리치며 침실로 뛰어 들어갔습니다. 형이 다시 정신이 든 것을 보고 너무 기뻐서 모두 그를 얼싸안고 우리가 겪은 라자로 체험을 거듭 축하했습니다(요한 11장 참조). 형은 자신에게 일어난 일에 관해 이야기했습니다. 형은 자신이 죽음 속으로 미끄러져 들어간다고 느꼈고, 병자성사 중에 기름을 바르는 순간 천국에서 예수님을 만났다고 말했습니다. 예수님께서는 형에게 아직 집에 올 시간이 아니고 할 일이 더 있다고 말씀하셨습니다.

데이브 형은 병자성사를 받은 후 2주밖에 더 살지 못했지만, 죽음으로부터 유예된 이 기간이 많은 가족에게는 참으로 깊은 치유의 시간이었고, 그리스도를 위해 사는 에이즈 환자가 되겠다던 형의 목적을 도왔습니다. 그다음 날 오후 당시 여덟 살이던 형의 딸 사라와 그 어머니가 작별 인사를 하러 왔습니다. 우리는 그들이 서로 다정하게 사랑을 나누고 초자연적 평화에 싸여 서로 헤어지는 것을 지켜보며 모두 감동하였습니다.

그들이 떠난 후 웨인과 마거릿과 저는 데이브 형을 목욕시켰습니다. 우리는 함께 웃고 떠들면서 전에 느끼지 못했던 사랑의 유대를 느꼈습니다. 이 일은 제가 결코 잊지 못할 기억으로, 어린 시절 아무 걱정 없이 함께하던 목욕을 다시 하던 순간이었습니다. 우리는 웨인의 집을 떠나면서 하늘 이쪽 편에서 서로 다시 볼 수 있을지 알 수 없었기 때문에, 모두 형에게 깊은 사랑을 표현했습니다. 형은 저를 오랫동안 안아 주며 말했습니다. "우리가 함께한 최고의 시간이다." 저도 동의했습니다. 형이 죽음의 손아귀에서 잠시 풀려난 결과, 다른 가족들도 형에게 작별 인사를 할 수 있었습니다. 형의 생애 마지막 2주 동안 어머니, 외할아버지와 외할머니, 샘 외삼촌, 남동생 바트가 형을 보러 왔습니다. 하느님 아버지께서는 아버지와 마지, 제가 형의 생애 마지막 순간에 함께할 때 당신 섭리의 화관이 되는 선물을 주셨습니다.

저는 이제부터 병자성사를 무심하게 보지 않을 것입니다. 병자성사가 가진 건강의 회복과 영원한 생명으로 건너가기 위한 준비, 이 두 가지 목적을 이제는 분명히 압니다.

거의 20년 전에 일어난 이 사건들 이후, 저는 점차 성사의 은총에 감사하게 되었습니다. 지금은 모든 성사가 십자가에 못 박히시고 부활하신 예수님과의 만남이라는 것을 압니다. 요즘 교리서가 성사를 은총의 발전소라고 정의하는 것이 참 좋습니다. "성사들은 언제나 살아 계시며 생명을 주시는 그리스도의 몸에서 '나오는 힘'"이다(『가톨릭 교회 교리서』 1116항).

교리서 주석들이 루카 복음서에 나오는 예수님의 다양한 치유 이야기를 언급하듯, 영감 받은 교리서 저자들은 이렇게 정의하면서 분명 치유를 염두에 두었을 것입니다. 예수님께서 친구들이 지붕을 뚫고 내려보냈던 몸과 영혼이 마비된 사람을 치유하신 일이나(루카 5,17-26 참조), 예수님의 옷자락을 만지고 오랫동안 앓던 병을 치유받은 여자(루카 8,46 참조) 이야기에 매혹되지 않는 사람이 있을까요? 제가 어떻게 성사가 지루하고 따분하다고 생각할 수 있었을까요? 인생을 바꾸고 치유하시는 예수님, 거룩한 의사와의 만남보다 더 가슴 설레는 일은 없습니다(『가톨릭 교회 교리서』 1509항 참조).

그런데 저는 이렇게 성사의 의미를 새롭게 깨달았지만, 일반적으로 교회에서 많은 사람이 성사를 체험하는 방식 때문에 제 마음은 여전히 편하지 않습니다. 많은 성당에서 전형적으로 거행하는 성사들과 제가 이해한 성사의 아름다운 치유력을 어떻게 융합시킬 수 있을까요? 솔직히 제가 개인적으로 받아들이는 성사도 여전히 예수님의 치유 기적과 많이 다른 것 같습니다. '그분에게서 힘이 나와 모든 사람을 고쳐 주었다.'(루카 6,19ㄴ 참조)라는 성경 말씀을 읽을 때면, 예수님께서 영적, 육체적, 정신적으로 가능한 모든 방법으로 많은 사람을 만지고 치유하시는 모습이 떠오릅니다. 그런데 제 개인적 성사 체험에서는 이런 종류의 기적적 치유의 예들을 찾기가 몹시 힘듭니다. 왜 우리는 공동체에서, 각 개인의 삶에서 이 "힘이 나오는" 증거를 더 많이 보지 못할까요? 우리 믿음이 아직 너무 부족한 것일까요? 그리스도의 몸 전체가 잠들어서 나자렛 고을 사람들처럼 된 것일까요?

조지 위글은 『복음적 가톨릭 교회』에서 잠자는 거인인 교회를 깨우려고 노력합니다. 그는 성사가 십자가에 못 박히시고 부활하신 예수님과 실제로 만나는 것이라는 진가를 온전히 알아보았습니다. "칠성사는 … 세상과 역사 속에 살아 계신 하느님의 성사적 표징 자체이신 그리스도를 만나는 일곱 가지 특권입니다. … 우리는 성경 속 하느님의 말씀을 성사에서 만납니다."[8]

성사가 진정 예수님과의 치유의 만남이라면, 우리 가운데 어디에서 마비된 사람이 일어나 걷는지 물어보아야 합니다. 병자가 어디서 치유됩니까? 저는 이 질문에 답을 찾고 싶어서, 교회의 가르침이 사실로 인정하는 치유 증거를 많이 찾았습니다. 생명을 주고 치유하는 그리스도의 현존이 특히 성체성사 안에서 활동하는 것을 발견하였습니다(『가톨릭 교회 교리서』 1509항 참조). 성체의 기적과 치유 이야기는 교회 역사 속에 넘쳐 납니다. 브리지 맥케너 수녀님은 『기적은 일어난다』에서 성체성사 때 일어나는 많은 치유 이야기를 들려줍니다. 특히 감동적인 증언은, 라틴 아메리카에서 심한 화상 환자로 미사 때 제대 밑에 놓여 있던 어린 소년이 미사 동안 완전히 기적적으로 치유된 이야기입니다.[9] 더 놀라운 증언들은 로버트 드 그란디스 신부님과 린다 슈버트의 책 『미사를 통한 치유』에 나오는데, 다음 이야기는 그중 하나입니다.

> 어느 신부님이 … 모여 있는 천 명의 사람들에게 예수님께서 성체 안에 온전히, 완전하게 현존하시고, 그분의 살과 피를 받을 때 병의 치유를 기대해야 한다고 설명하였습니다. 신부님은 가톨릭 신자들이 그분의 현존과 치유 능력과 치유하시고자 하는 갈망을 온전히 믿을 필요가 있다고 강조하였습니다. 영성체 하는 동안 병자들과 장애인들이 자리에서 뛰쳐나왔습니다. 저는 어떤 어머니가 눈이 멀었던 아기가 치유되자 우는 것을 보았습니다. 신문은 어느 나이 든 여성이 휠체어에서 펄쩍 뛰어나오는 등 많은 다양한 질병들이 치유된 이야기를 전했습니다.[10]

이 이야기에는 교리서가 언급한 것과 같은 심상, 곧 성사에 참으로 현존하시고 당신께 믿음을 두는 많은 사람을 치유하기 위해 예수님으로부터 흘러나오는 힘이 등장합니다. 온 세계에서 그리스도인들이 성사에서 체험한 치유를 증언합니다. 이 중 많은 사람이 가톨릭 신자가 아니면서도 성사의 은총에 대해 여전히 깊은 존경심을 가지고 있습니다.

성공회 신자인 베이커 부부의 사목에서 한 예를 들겠습니다. 롤랑과 하이디는 아프리카 모잠비크에 있는 그들 교회에서 특히 성체를 영하고 세례를 받을 때 드러난 그리스도의 놀라운 치유력에 관해 증언합니다. 새로운 영혼이 태어나 영원한 생명으로 들어가는 세례 때에 일어나는 치유보다 더 큰 치유가 어디 있겠습니까? 우리는 물, 도유, 구마 예식을 통해 외적인 표징을 볼 뿐입니다. 그러나 때로 하느님께서는 치유가 일어나는 증거를 주십니다. 저는 세례를 받을 때 청각 장애가 치유된 여성을 개인적으로 알고 있습니다. 『언제나 충분하다』에서 베이커 부부는 세례를 통해 치유된 어린 소녀에 관해 놀라운 이야기를 전합니다. 저는 베이커 부부가 그 아이를 입양하기 전에 아이가 겪은 정신적 외상에 대해 읽으면서 눈물을 흘렸습니다. 다섯 살 때 부모가 잔인하게 살해된 후 고아가 된 이 소녀는 너무 큰 정신적 외상을 입어 말을 못 했습니다. 베이커 부부는 이 아이의 세례에 대해 이렇게 설명합니다.

"아이가 물에서 나오면서 처음으로 미소를 지었습니다. 얼굴은 하느님 영광으로 환히 빛났습니다. 그날 아이는 갑자기 다시 말을 하기 시작했습니다. 나중에 우리에게 이야기했는데, 아이는 부모가 총에 맞아 머리가 잘리는 것을 보았습니다. … 그러나 세례 때 예수님께서 소녀에게 오셔서 그 슬픔을 기쁨으로 바꾸셨습니다."[11]

이런 기적 사건들이 전 세계에서 일어나, 성사 안에 계신 생명을 주시는 예수님의 현존을 온 교회에 증언합니다. 성부, 성자, 성령님께 영광을 드립니다! 그러나 이 모든 기적에도 불구하고, 당신은 저처럼 여전히, 이것을 일상의 삶 속에 어떻게 적용할까 궁금해 할 것입니다. 어떻게 하면 매번 기적을 보지 않고도 성사의 은총을 우리 것으로 할 수 있을까요? 예수님께서 토마스에게 말씀하셨습니다. "보지 않고도 믿는 사람은 행복하다."(요한 20,29ㄴ).

내면 바라보기

- 이런 경이로운 치유 체험에 관해 읽을 때, 어떤 느낌이나 생각이 듭니까?
- 삶의 특정한 순간에 성사를 통하여 치유를 체험한 적이 있습니까?

예수님께서 눈으로 볼 수 있도록 치유하신 기적들은 눈으로 볼 수 없는 것에 대한 믿음을 키워 주는 놀라운 표징들입니다. 무엇보다 그것들은 더 큰 치유, 곧 원죄의 결과로부터 구원되었다는 표징들입니다. 치유와 구원은 동의어라고 이미 말한 바 있습니다. 가장 절박하게 치유가 필요한 것은 가장 깊은 상처들, 곧 우리가 하느님으로부터 분리된 결과 생긴 상처들입니다. 죄로 부서진 모든 것은 치유되고 회복되어야 합니다. 베네딕토 16세 교황에 의하면, 이 치유가 성사를 통해 일어나는 최고의 치유입니다. "원죄의 본질은 인격의 분열입니다. 구원의 본질은 산산이 부서진 하느님 모상의 회복이고, 모두를 대신하고 모두를 하나 되게 하시는 한 분, 예수 그리스도를 통한 인류의 일치입니다. … 일치가 구원입니다."[12]

치유는 친교입니다. 성사의 은총은 성령님을 통하여 우리와 하느님 아버지 그리고 우리 서로 간의 친교를 되돌려 주는 그리스도의 능력입니다. 교회의 위대한 지혜는 개인의 모든 치유가 더 넓은 맥락, 곧 가족, 교회, 사회에서 관계 치유를 통해 일어난다는 것을 명확히 압니다. 이 더 넓은 관계의 치유는 부분적으로는 교회가 '봉사의 성사'라 부르는 성품성사와 혼인성사를 통해 일어납니다. 사제직과 혼인은 예수님의 모습이 세상에 드러나는 두 기본 자리입니다(참조: 『가톨릭 교회 교리서』 1153, 1534항; 에페 5,21-33 참조).

이 성사들은 너무나 일상적이어서 우리는 종종 그것들을 당연하게 여깁니다. 그것들을 빼앗길 때까지 그다지 주의도 기울이지 않습니다. 저는 부모님이 이혼하실 때 혼인 준비가 중요하다는 것을 깨달았는데, 혼인을 제대로 준비해야 부부가 서로와 자녀를 위해 안전한 토대를 쌓을 수 있습니다. 이와 비슷하게 우리는 주교, 사제, 부제들의 매일매일의 희생이 없어질 때까지 성품성사를 당연하게 받아들일 것입니다. 사제 수가 부족하면 성당이 문을 닫고 성사가 줄어듭니다. 그제야 그리스도의 이름으로 우리를 위하여 생명을 바친 사람들이 준 선물에 감사하기 시작합니다.

부도덕한 사제들에 대해 공적, 사적으로 분노하는 것은 우리도 모르는 사이에 이 성사에 어떤 가치를 두는지를 훨씬 더 잘 보여 줍니다. 사제 성 추문은 실제로 사제직의 위대한 존엄성을 드러냅니다. 성적 학대는 신뢰와 순결에 대한 엄청난 배신으로 사회의 모든 분야, 곧 학교, 가정, 교회에서 일어납니다. 이로 인한 피해에 대해 우리가 분노하는 것은 당연합니다. 그러나 사제들이 연루되면 더 크게 분노합니다. 그 소식은 언론 매체에서 특집으로 다룹니다. 왜 그럴까요? 그것은 사제의 배신이 사회에서 가장 큰 배신이라고 생각하기 때문입니다. 의식하건 안 하건 모든 사람은 사제를 그리스도의 모상으로 봅니다. 사람들은 인정하지 않을지 모르지만, 그들 행동이 그것을 증명합니다. 그렇지 않으면 왜 사제직에 더 높은 기준을 두고 그것을 어기면 더 멸시받을 만하다고 생각하겠습니까?

이 모든 것을 염두에 두고, 프란치스코 교황께서 성사에 대해 하신 말씀을 다시 새겨 봅시다. "부활 전례가 가진 은총은 개인과 가정생활, 사회관계를 쇄신하는 힘의 거대한 원천입니다."[13] 우리를 통합적으로 치유하는 데 성사가 얼마나 중요한지 모릅니다. 단지 치유 기적을 보는 것 이상입니다. 그것은 우리 삶을 단단히 묶어 주는 사회 질서를 나날이 강화하는 것입니다. 사회생활의 토대가 되는 이 가치가 줄어들면, 사회관계의 균형이 흔들리게 됩니다. 사회에서 도덕성이 계속 떨어지면 교회 안에 부서지고 분열된 부분들이 생기고, 그로 인해 교회는 전반적으로 무력해집니다. 그리고 성사에서 드러나는 그리스도의 구원적 사랑은 약해지고 열매를 맺지 못합니다.

그래서 이 시대에 교회에 일치와 생명을 가져다주는 성령 운동이 참으로 중요합니다. 오직 일치와 성사의 은총을 통해 교회는 일어나 예수님께서 맡기신 치유의 도구가 될 것입니다. 오직 교회의 회복을 통해서 우리 문화는 가정생활을 하느님께서 계획하신 자리로 회복시켜 안전을 제공하고, 성숙하게 하고, 정결을 일궈 낼 수 있습니다. 이 모든 것은 개인의 치유보다 훨씬 더 큽니다. 성사는 개인·가족·교회·세계 전체에 주어진 그리스도의 치유입니다.

그러니 어떻게 성사를 평범한 세상일이라고 할 수 있겠습니까? 성사는 지루하고 따분한 것이 아닙니다. 성사는 참으로 개인뿐 아니라 관계와 사회 전반의 모든 것을 치유하기 위해 "그리스도의 몸에서 나오는 능력"입니다. 성사는 마술 의식이 아니라 예수님의 강한 치유의 힘과 만나는 것입니다. 우리는 이 강력한 은총들을 언제든지 받을 수 있습니다.

 내면 바라보기

성사가 없는 삶을 상상해 봅시다.

- 성사가 없다면 나의 삶이 어떻게 달라질까요? 성사가 영원한 생명에는 어떤 영향을 줄까요?
- 성사를 통해 예수님을 만납니까? 어떻게 만나는지 바라보고, 만나지 못한다면 그 이유를 성찰해 보십시오.
- 삶에서 치유 은총을 받는 데 마음을 더 열기 위해 도움이 되는 것들을 목록으로 만들어 보십시오.

지속적인 기도, 예수님과 친밀한 관계로 단단해진 기도가 성사에 들어 있는 풍성한 은총을 받아들이도록 마음을 여는 열쇠입니다. 다음 장 "치유 기도"에서 이 점을 강조할 것입니다.

10장

치유 기도

예수님께서는 큰 희망을 일깨우십니다. … 그분은 하느님 자비
의 얼굴을 보여 주시고, 몸을 굽혀 영혼과 육체를 치유해 주십
니다.

프란치스코 교황, 2013년 성지 주일

사도행전은 사도들이 골방에 숨어 기도하는 것으로 시작합니
다. 그들이 한마음으로 기도에 전념하고 있을 때 성령님께서 내려
오시어 그들 안에서, 그들을 통해 강력한 현존을 드러내 보이십니
다. 깜짝 놀랄 만한 어느 날 아침 세상은 영원히 바뀌었고, 복음이
모든 나라의 대표들에게 선포됩니다. 우리 신앙은 그 성령 강림 날
시작한 위대한 결실입니다.

이렇게 성령님을 만난 결과 사도들의 삶은 근본적으로 변하였
습니다. 성 요한 바오로 2세 교황께서 회칙 『진리의 광채』에서 연대
순으로 기록하셨듯이, 성령님께서는 사도들에게 그들을 필요로 하
는 모든 사람을 위해 능력과 담대함을 주셨습니다. "성령의 은사를

받아 강해진 그들은 주님의 이름을 위하여 감옥이나 쇠사슬도 두려워하지 않았습니다. 실로 그들은 세상의 권력이나 괴롭힘을 밟고 넘었습니다. 성령으로 무장되고 강해진 그들은 같은 성령으로부터 받은 선물을 간직하고서 '그리스도의 신부'인 교회에 보석처럼 빛납니다."[1]

성 요한 바오로 2세 교황께서 언급하시는 보석들은 성령님의 은사로, 사도들뿐만 아니라 우리 각자에게 주어졌습니다. 교회는 이 초자연적 능력의 선물로 지어졌고 계속 지어지고 있습니다. 이 영적 은사 중에는 다양한 형태의 치유와 기적의 은사가 있습니다(1코린 12,9 참조).

사도들이 병자들을 위해 기도했을 때 그들은 치유를 받았습니다. 심지어 사도들은 스승께서 하시던 것과 똑같이 죽은 사람을 되살리기도 했습니다. 그들은 이런 일 중 어느 것도 자기 능력으로 한 일이 아니라는 것을 알았고, 예수님의 이름과 자신 안에서 활동하는 성령님의 능력을 신뢰하였습니다.

오순절에 성령님께서는 불꽃 모양의 혀로 사도들에게 내려오셨습니다. 이 불은 오늘날 교회 안에서 계속 타오르는 하느님의 불타는 사랑이며 삶을 변화시키는 하느님의 힘입니다.[2] 우리가 깨닫든 깨닫지 못하든, 이 불은 모든 인간이 가진 갈망입니다. 베네딕토

16세 교황에 의하면, "인간의 근원적 목마름이 성령님을 향해 부르 짖습니다."[3]

당신은 성령 강림 후에 사도들이 가졌던 활력과 담대함을 가지고 살기를 간절히 바라지 않습니까? 하느님 사랑과 능력의 이 불은 세례와 견진으로 이미 우리 안에 주어졌습니다. 사실, 교리서에 의하면 견진성사는 "옛날 오순절에 사도들에게 내리셨던 그 성령의 특별한 부여"(『가톨릭 교회 교리서』 1302항)입니다. 칸탈라메사 추기경에 의하면 "성령의 능력은, 지금도 여전히 예수님에게서 나옵니다. … 이 힘이 '모든 사람'을 치유합니다."[4]

이 말이 당신에게 영감을 주고 용기를 북돋기를 바랍니다. 우리는 성령 강림 후 사도들이 받은 것과 같은 은사를 받았습니다. 우리 마음에서 성령님을 받아들이면 어느 곳이든 하느님의 사랑이 우리를 치유하고 그 사랑은 우리와 다른 사람들에게 더 큰 자유를 줍니다(2코린 3,17 참조). 초기 사도들처럼 우리도 우리 안에 타오르는 그분의 불길에 사로잡혀 그분의 사도로 세상에 나가도록 부르심을 받았습니다. 우리는 정화의 불길이 우리의 연약함을 모두 태워 없애도록 하고, 민족들을 하느님 사랑으로 불타게 하며, 인간 영혼의 가장 깊은 심연에 하느님의 빛을 가져다주도록 부르심을 받았습니다(참조: 마르 16,17-18; 이사 61,1-4).

성령님은 불과 열정으로 가득 차 있으면서도 부드러운 힘입니다. 그분은 강요하지 않습니다. 성령님은 환영받으면서 받아들여져야 합니다. 예수님께서 성령 강림 때 은사가 주어지기 전에 사도들에게 마음의 준비를 하라고 하신 점을 기억하십시오. 사도들은 기도하며 성령님을 기다렸습니다. 그들은 이 은사를 벌 수도 조작할 수도 없었으며, 그들의 협력이 참으로 중요했습니다. 제가 성경을 공부할 때 사도들이 협력하는 세 가지 요소가 두드러지게 눈에 띄었는데, 이 요소는 모든 치유 기도에도 들어 있습니다.

1. 사도들은 예수님을 '신뢰하며' 그분의 지시를 따랐습니다.
2. 사도들은 '마음' 깊은 곳에서부터 '기도하였습니다.'(『가톨릭 교회 교리서』 2562-2563항 참조).
3. 사도들은 마음과 뜻이 '하나 되었습니다.'(필리 2,1-2 참조) .

사도들은 뒤에서 수동적으로 기다리는 것이 아니라, 약속된 성령님을 받기 위해 적극적으로 하늘에 기도하고 바라는 것을 의지적으로 믿으며 예수님의 약속을 온전히 신뢰하였습니다. 이것이 바로 교회가 아닙니까? 그런데 일반적으로 우리 모습은 어떻습니까? 성령 강림 이전의 사도들처럼 우리는 예수님께서 진실로 말씀하신 것을 믿기 어려울 때가 자주 있습니다. 예수님께서 "너희가 내 이름으로 청하면 내가 다 이루어 주겠다."(요한 14,14)라고 하신 말씀을 진심으로 믿습니까? 그리스도 안에서 우리가 받을 수 있는 하느님의 능력을 부인하면, 그 직접적 결과로 믿음이 부족해지고 기도를 못하게 됩니다. 기도할 때 흔히 건성으로 하게 됩니다.

이렇게 건성으로 기도하는 이유 중 하나는 하느님께서 우리 말을 듣고 계시며, 그분께 소리치면 응답하실 것이라는 희망과 믿음이 없기 때문이라고 생각합니다. 때로 하느님 아버지께서 우리가 청한 것을 안 주실까 두려워합니다. 물론 모든 사람이 기대하는 때, 기대하는 방식으로 치유되지는 않습니다.

기도할 때 성령님께 순종하는 것은 언제나 상처받기 쉬운 경험입니다. 그것은 나뭇가지를 붙들고 벼랑 끝에 매달린 사람과 같습니다. 그 사람은 달리할 선택이 없다는 것을 깨닫고, 하느님께 구해 달라고 부르짖습니다. 그 순간 벼랑 아래에서 "나뭇가지를 잡은 손을 놓아 버려!" 하고 외치는 소리가 들려옵니다. 그러나 그는 "저 아래에 누군가 다른 사람이 있나 보군." 하고 무시합니다. 이 이야기는 웃어넘길 수도 있지만, 우리는 종종 이 사람과 같습니다. 우리는 하느님께 도움을 청하지만 때로 의지와 통제력을 놓아 버리는 것이 두렵습니다. 3장에서 나누었듯이, 치유 기도는 우리를 철저하게 시험합니다. 사람들이 절박하게 그토록 갈망하고 필요로 하는 치유를 받을 것이라는 어떤 보장도 없지만 우리는 끊임없이 '내려놓고 하느님께서 하시도록' 기도해야 합니다.

치유 기도가 응답받지 못할 때

치유 은사를 많이 받은 사람도 자신이 기도해 준 사람이 치유받지 못하면 고통을 겪습니다. 프랜시스 맥넛트는 『치유 능력』에서, 자신이 기도해 준 사람의 25퍼센트가 근본적인, 거의 즉각적인 치유를 받았고 50퍼센트가 부분적 치유를 받은 체험이 있다고 추산했습니다. 어떤 형태로든 75퍼센트가 치유를 받았다는 것이 놀랍지 않습니까?[5] 하지만 희망이 산산이 부서진 채 떠난 나머지 25퍼센트는 어떻게 된 일입니까? 저는 이 상황이 관련된 사람 모두에게 얼마나 힘든 일인지 경험으로 알고 있습니다.

바로 작년에 저는 말기 암 환자 두 사람을 위해 기도를 해 달라는 요청을 받았습니다. 한 사람은 뇌종양이 있는 여섯 살짜리 여자아이였고, 다른 한 사람은 아이들의 학교 교육을 집에서 하는 대가족의 어머니요 아내였습니다. 두 사람 모두 죽기에는 너무 어리고 젊었으며, 가족들은 절박하게 그들이 필요했고 그들이 살기를 바랐습니다. 그러나 우리의 희망과 많은 기도, 그 모든 것에도 불구하고 두 사람은 죽었습니다. 가족들은 사랑하는 사람을 잃어버린 것을 아직도 슬퍼하며, 왜 예수님께서 치유해 주지 않으셨는지 의문을 가지고 있습니다. 이런 경험을 한 사람은 모두 기도를 그만두고 싶은 유혹을 받고, 기도는 너무 위험 부담이 크거나 시간 낭비라고 생각하게 됩니다. 그러나 저는 하느님 사랑이 있는 곳에는 언제나 치유가 일어난다고 신뢰하는 법을 배웠습니다.

이 두 상황에서, 암이라는 악과의 싸움에서 우리는 졌을지 모르지만 예수님께서는 여전히 궁극적으로 승리하셨습니다. 죽은 소녀의 부모님은 깊은 내적 치유를 받았고, 함께 기도할 때 성령 안수를 체험하였습니다. 여성이 죽기 전에, 그들 부부는 기도 시간에 혼인 관계에서 아름다운 치유를 체험하였습니다. 모두가 체험한 가장 큰 치유는 인간 눈으로는 볼 수 없는 형태로 일어났습니다. 기도를 받은 두 사람은 하늘에서 예수님과 얼굴을 맞대고 만났습니다. 이것이 궁극적인 치유입니다. 적이 두 싸움에서 이겼지만, 더 큰 그림에서는 예수님께서 압도적으로 승리하셨습니다.

이런 상황에서 제가 배운 것은 예수님께 초점을 두는 것입니다. 착한 목자의 음성에 귀를 기울인다면, 목자는 우리가 다른 사람을 위해 어떻게 기도할지 인도하실 것입니다. 기도의 효과를 즉각적으로 보지 못할 때도, 우선 예수님께서 기도를 인도하신다고 가정하고 예수님께서 그만두라고 하시지 않는 한, 계속 기도할 필요가 있습니다. 프랜시스 맥넛트가 즉각적인 치유를 받았다고 한 25퍼센트를 제외한 나머지 75퍼센트 중 많은 사람이 우리가 인내하며 기도할 때 여전히 치유를 받을 수도 있습니다.

지속적 기도

　예수님께서는 응답받을 때까지 지속적으로 기도할 필요성을 강조하시고(루카 18,1-8 참조), 계속 청하고 계속 구하며 계속 두드리라고(루카 11,9 참조) 권고하셨습니다. 예수님께서도 어떤 눈먼 사람과 한 번 이상 기도하셨고(마르 8,22-26), 치유 사목자 중 많은 사람이 믿음이 부족해서 반복 기도를 하는 것이 아니라 반복 기도가 놀라운 결과를 가져온다는 것을 깨닫고 있습니다.

　구약 성경에서 다니엘은 주님의 천사에게서 답을 얻기 위해 스무하루 동안 기도했다는 것을 기억하십시오. "다니엘아, 두려워하지 마라. … 첫날부터, 하느님께서는 너의 말을 들으셨다. … 그런데 페르시아 나라의 제후 천사가 스무하루 동안 내 앞을 가로막았다. 그래서 일품 제후 천사들 가운데 하나인 미카엘이 나를 도우러 왔다."(다니 10,12-13 참조).

　하느님께서는 다니엘의 기도를 즉시 들으셨지만, 다니엘은 스무하루 동안 응답을 받지 못하고 영적으로 상당히 투쟁했습니다. 다니엘처럼, 기도에 들어가면 우리도 영적 전투를 하는 것입니다(참조: 에페 6,12; 『가톨릭 교회 교리서』 2725항). 하느님께서는 우리 치유 기도에 빨리 응하시지만, 적이 우리를 자신의 통제하에 묶어 희망을 포기하게 하려고 그분의 응답에 자주 대적합니다. 예수님과 함께 지낸 사도들은 이 가르침을 잘 배웠습니다. 그들은 치유가 악마의 억압으로부터 해방되는 것도 포함한다는 것을 잘 알았습니다(사도 10,38 참조). 질병에 관한 온갖 과학적 설명 뒤에, 우리를 괴롭히는 모든 것의 뿌리는 악임을 기억하십시오. 프랜시스 맥넛트는 인내하며 기도할 필요성을 이렇게 이해한 뒤에 다음과 같이 덧붙입니다. "치유 기도는 흔히 과정이라는 것, 이 점이 아주 분명해집니다. 치유는 시간이 필요합니다."[6]

> 우리 모두에게는 병과 나태와 죽음이 영적, 감정적, 육체적으로 작용하는 영역이 있습니다. 그러나 다른 신자들이나 공동체가 함께 기도할 때, 예수님의 생명과 사랑, 치유의 힘이 아픈 사람에게 전해집니다. 만일 많이 아프다면 … 예수님의 빛나는 능력이 [병을] 끝내는 데 시간이 걸릴 수 있습니다. 그것은 하느님께서 방사선 치료를 하시는 것과 같습니다.[7]

믿음으로 발을 내디디며 기도할 때, 하느님 아버지께서 자녀들에게 좋은 선물을 주실 것을 확신할 수 있습니다. 우리가 물고기를 청하는데, 그분이 뱀을 주시지 않을 것입니다(루카 11,11-13 참조). 이렇게 확신하며 지속적으로 기도할 수 있고, 빠르든 또는 점진적이든 치유가 될 것이라고 믿을 수 있습니다.

브라질에 가기 몇 달 전에, 저는 지속적인 기도가 얼마나 놀라운 결과를 가져오는지 목격했습니다. 매월 만나는 그리스도 중심 가족 회복 공동체에서 몇 사람과 함께 있었는데, 참가한 자매 중 두 사람이 제가 선교 여행을 갈 바로 그 도시 론드리나에서 기도 모임 구성원이었던 사실을 알게 되었습니다. 그중 한 자매 샐리는 최근에 선교 여행에서 돌아왔는데, 척추뼈갈림증을 치유 받은 어린 소녀 사진을 보여 주었습니다. 그리고 나서 그 자매는 이 소녀를 위해 이틀 동안 하루 10시간씩 계속 끊임없이 기도하도록 인도받았던 영감에 관해 이야기했습니다.

저에게도 그렇게 오랫동안 기도할 믿음이나 끈기가 있는지 모르지만, 어쨌든 하느님 은총으로 샐리는 그렇게 했습니다. 그 결과 놀라운 치유 기적이 일어났습니다. 20시간 후에 소녀는 완전히 치유되었고 척추가 회복되어 건강해졌습니다. 샐리는 사진을 보여 주며 우리와 체험을 나누었고, 방에 있던 사람들 모두 소녀의 활기찬 미소를 보고 기뻐했습니다. 그런데 저는 방을 둘러보다가 한 자매가 슬퍼서가 아니라 놀라서 예수님께 감사드리며 울고 있는 것을 보았습니다. 이 자매는 자신이 보고 들은 것을 믿을 수가 없었습니다. 브렌다라는 이 자매는 1년 전 브라질에 있을 때 바로 이 소녀를 위해 많은 시간 기도했다고 말했습니다. 브렌다는 이 소중한 아이에 대한 희망과 믿음으로 마음이 강하게 움직여져서, 집으로 돌아와 아이 사진을 냉장고에 붙여 놓고 1년 동안 매일 기도하면서 소녀가 나을 것이라고 믿었습니다.

이 자매들이야말로, 프란치스코 교황께서 기도에서 이런 종류의 끈기를 키우라고 어느 매일 미사 강론에서 권고하셨던, 바로 그 전투의 영을 가졌습니다. "특별한 역사를 요구하는 기도는 마치 삶 자체가 달린 것처럼, 우리의 모든 것을 투신하는 기도여야 합니다. 기도할 때 당신은 자신을 시험대 위에 올려야 합니다."[8] 이런 종류의 끈기는 놀라운 은총의 선물입니다. 이 선물은 자연스럽거나 쉽게 오지 않습니다. 제가 사람들과 기도한 세월 동안 그리고 저의 개인적인 치유 여정에서, 많은 사람이 너무 쉽게 포기하는 것을 보았습니다. 우리가 단념하는 이유 중 일부는 결국 기도로 청한 은총을 막는 걸림돌이 됩니다.

치유의 걸림돌

이 책에는 극복해야 할 걸림돌이 있는 치유 이야기가 정말 많습니다. 예를 들어, 저와 저의 팀이 성적 학대를 받은 두 브라질 여성을 위해 기도했을 때, 이 여성들이 부서진 마음을 방어하기 위해 자신도 모르는 사이에 쌓은, 보이지 않는 많은 성채를 발견했습니다. 흔히 내적 맹세, 판단, 거짓 정체성 등이 이 치유에 걸림돌이 되는데, 그 걸림돌들이 수치와 절망, 버림받은 상처를 덮고 있습니다. 사고로 다리를 다쳤던 소녀가 기도의 은총을 받기 위해서는, 그 전에 두려움과 용서하지 못한 마음의 걸림돌을 입 밖으로 표현해야 했습니다. 존의 경우에 치유의 걸림돌은, 버림받음이 주는 깊은 고통과 그것에 관한 판단, 맹세, 거짓 정체성을 마주하지 못하는 무력함과 그러고 싶지 않은 마음 등입니다. 이런 각 상황에서는 끈기 있게 기도하고, 이 걸림돌들을 기도로 극복하는 방법을 보여 주시는 성령님께 유순하게 의탁해야 합니다.

기도로 걸림돌 극복하기

우리 자신과 다른 사람을 위한 기도 과정에서 우리는 도둑질하고 죽이며 파괴하기 위해 예수님의 양 떼를 뒤쫓아 오는 "도둑과 강도"(요한 10,1-4 참조)와 주기적으로 싸워야 합니다. 대부분은 정신과 마음이 일차적 싸움터입니다.[9] 기도에서 가장 힘든 싸움은 우리 안, 정신과 마음 안에 이미 뿌리를 내린 성채들과의 싸움입니다. 일곱 가지 죽음의 죄와 일곱 가지 상처는 둘 다 삶의 특정한 영역에서 우리의 권한을 적에게 내어 줍니다. 자기 신뢰와 자기방어의 이 성채들은 확신과 맹세로 단단히 묶여 있어 결국 부적응 행동과 허약한 건강 상태로 나타납니다.

치유 기도는 이 성채들을 붙잡고 있는 특정한 거짓 정체성과 다른 걸림돌의 뿌리를 뽑아야 효과가 있습니다.[10] 그래서 제가 2부에서 그렇게 많은 지면을 할애하여 성채들을 자세히 설명했던 것입니다.

 내면 바라보기

상처 해부에 관해 7장에서 성찰했던 내용에 집중합시다. 그림 7.1(174쪽)에서 본 세 동심원을 기억합니까?

• 나의 핵심 상처는 무엇입니까? 그것과 연계된 자신에 관한 거짓 확신을 글로 써 보십시오.
• 나 자신과 다른 사람, 하느님께 대해 어떤 판단을 했습니까?
• 나를 방어하기 위해 내적 맹세를 했던 자리를 찾아 보십시오.

각각의 걸림돌은 자신이 원하고 하느님께서 우리를 위해 원하시는 치유를 받지 못하도록 방해할 수 있습니다. 다음 예를 보십시오.

• 만일 '버림'받은 상처가 있으면, 아무도 내 말을 듣지 않거나 나를 이해하지 못한다는 자기 인식을 마음 깊이 새기고 있을 가능

성이 매우 큽니다. 제 경험으로 보면, 그 경우 하느님께서도 나를 버리셨고 내 기도를 듣지 않으신다고 잘못 판단할 수 있습니다. 이런 경우에 건성으로 기도하거나, 기도 응답이 거부되거나 지연되는 징후를 만나면 기도를 포기할 수 있습니다. 그동안 '어쩌면 예수님께서는 이 병이 치유되는 것을 원하시지 않는지도 모른다.'라고 생각하며 스스로 합리화할지 모릅니다. 그러나 성령님께 주의 깊게 귀를 기울이면, 그것들은 어둠 속에 숨어 있는 거짓들이며 낙심하여 기도하지 못하도록 하는 것들임을 알게 됩니다.

• 버림받음을 경험하면서 어떤 내적 맹세를 했다고 가정해 보십시오. '나는 누구에게도 도움을 구하지 않겠다. 나는 스스로를 돌보겠다.' 어쩌면 어린 시절 마음속에 만들어진 이 말 없는 결심으로 인해, 당신은 기도할 생각조차 안 할 수도 있습니다. 대신, 혼자서 문제를 해결하고 자신을 괴롭히는 것을 이겨 내려고 그냥 노력할지도 모릅니다.

저는 제 안에서 또 다른 사람들을 위해 기도할 때 이 걸림돌들을 주기적으로 만납니다. 그 전형적인 예로, 몇 년 전 혼외 임신으로 태어난 한 여성과 기도했을 때 일어난 일을 들겠습니다. 이 여성은 아버지를 모르는데, 나중에 어머니가 성폭행을 당했다는 것을 알았습니다. 성폭행으로 태어난 이 딸은 혼인해서 자녀가 있었지만,

평생 거부와 버림받음의 큰 상처를 품고 살았습니다. 이 여성은 어머니가 자신을 임신하는 과정으로 인해, 자신은 '실수'였고 '더럽다'라고 믿었습니다. 누가 자신을 사랑하거나 원한다는 느낌을 한 번도 가지지 못했고 언제나 자신이 어머니와 다른 사람의 삶을 망쳤다고 느꼈습니다. 이 거짓 정체성 의식으로 인해 수치심에 묶여 살았습니다.

우리가 성령님께 이 여성의 상처 밑에 있는 뿌리를 보여 주시도록 청했을 때, 그는 상상 속에서 어머니가 성폭행당하는 장면을 보았습니다. 객관적 관찰자로 그 광경을 바라보다가 하늘로 눈을 돌리니, 하늘에서 성령님을 상징하는 비둘기 한 마리가 내려와 어머니의 자궁에 생명을 가져다주었습니다. 즉각 그는, 비록 어머니가 자신을 계획하지 않았고 아버지의 죄로 자신이 임신이 되었지만, 궁극적으로 하느님의 선택과 능력으로 자신이 살아 있다는 것을 깨달았습니다. 생전 처음으로 이 여성은 자신이 생명을 주시는 주님의 선물이라고 마음으로 믿게 되었습니다. 그러자 성령님께서는 그의 목적, 운명, 하늘 나라에서 가족의 미래에 관해 많은 것을 보여 주셨습니다.

기도 끝에 우리는, 이 여성이 자신을 평생 괴롭힌 거짓 정체성을 여전히 믿는지 아닌지 시험해 보았습니다. 그 결과 그의 출생을 둘러싼 거짓말들이 완전히 사라진 것을 알았습니다. 내적 치유의 타당성을 검증하기 위해서는 표 10.1에서 열거하는 일곱 가지 치유 징후들을 사용할 수 있는데, 거짓 정체성과 상처 대신에 이 징후들이 그의 삶에서 분명하게 드러났습니다.

표 10.1 일곱 가지 치유 징후

일곱 가지 치명적 상처	일곱 가지 치유 징후
버림받음	연결되고 이해받음
거부	받아들여지고 가치를 인정받음
두려움	안전하고 안심함
수치	순결하고 가치 있음
무력	힘차고 해방됨
절망	희망차고 격려받음
혼란	명료함과 깨우침

이제 이 여성은, 하느님께서 자신이 살아 있기를 원하시고 자신은 실수가 아니라는 것을 마음속에서 한 조각 의심의 그림자도 없이 알게 되었습니다. 그는 자신의 '순결'과 '자유'를 새롭게 의식하면서 '연결된 안전함'을 느꼈습니다. 그는 새로운 희망과 명료함을 안고 떠났습니다. 치유를 받은 후 그는, 하느님께서 자신의 인생을 뜻하신 것을 알게 되었습니다. 아버지가 저지른 폭력의 죄 중에서

도 자신이 세상에 태어나도록 성령님께서 어떻게 활동하셨는지 분명히 보았습니다. 또한 하느님 아버지와 남편과 아이들과 다른 많은 사람이 자신을 원하고 사랑한다는 것도 알게 되었습니다. 그의 삶은 처음으로 목적과 의미를 갖게 되었습니다. 이 기도 후에도 이 여성은 삶의 다른 분야에서 여전히 싸우고 있지만, 그 특별한 성채는 무너졌고 새로운 기쁨과 희망으로 자유롭게 사랑을 주고받을 수 있었습니다. 새로운 자유와 확신이 커 가면서 그는 이제 하느님 아버지께 기도할 수 있고, 그분이 자신의 기도를 듣고 응답하신다는 것을 믿을 수 있었습니다.

우리 모두 삶에서 이런 열매를 원하지 않습니까? 우리는 사랑받고 받아들여지며 이해받고 사랑하는 사람들과 연결되어 있다는 것을 알기 원합니다. 더 희망차고 더 자유롭게 살고 삶의 비전과 명료함을 가지고 싶어 합니다. 상처와 일곱 가지 죽음의 죄로 인해 생긴 성채들로부터 자유로워지기를 열망합니다. 요컨대 우리는 모두 하느님 아버지의 사랑받는 자녀라는 정체성에 대해 더 깊이 알고, 더 크게 자신을 던져 사랑을 주고받기를 원합니다.

하느님 아버지께서는 우리를 고아로 버려 두지도, 자신만 믿고 두려움 속에서 살도록 버려 두지도 않으십니다. 아버지께서는 밤이건 낮이건 당신 마음에 다가갈 수 있는 기도라는 무한한 선물을 우리에게 주셨습니다. 저는 이제 당신이 기도 속에서 예수님을 만나 정체성 의식을 치유받도록 초대하고 싶습니다.

 내면 바라보기

나의 삶에서 치유를 체험한 영역을 돌아봅시다.

- 치유를 체험하기 전에 자신이 믿었던 거짓 정체성을 묘사해 보십시오.
- 예수님께서 어떻게 응답하셨습니까?
- 극복해야 할 걸림돌이 있습니까? 어떤 것입니까?
- 치유 체험 후에 치유의 일곱 가지 징후가 삶에서 어떻게 드러났습니까?

다양한 기도 형식

기도에는 어떤 특정한 방법이나 형식이 없습니다. 오직 필요한 것은 성령님께 마음을 열고 순종하려는 자발적 의지입니다. "기도가 솟아 나오는 곳을 가리킬 때, 성경은 … 마음이라고 하는 경우가 훨씬 많다(천 번 이상). 마음이 기도하는 것이다. … 오로지 하느님의 성령만이 마음을 살피고 감지하실 수 있다. … 마음은 서로가 만나는 자리이다."(『가톨릭 교회 교리서』 2562-2563항 참조).

성령님의 능력 안에서 치유하시는 예수님을 만나는 것은 어떤 기도 방식을 통해서도 가능합니다. 베네딕토 16세 교황께서는 『새로운 성령 강림』에서 교회 역사 속에서 다양한 쇄신 운동들이 어떤 방식으로 충실한 신앙인들이 다양하게 나타나시는 성령님께 끊임없이 마음을 열도록 장려했는지를 보여 주셨습니다. 결과적으로 이 운동들은 기도에 새로운 활력을 불어넣었습니다. 각 운동은 기도에 있어 다른 통찰과 방법을 더해 주며, 교회 역사 속에 행해진 중개(소리) 기도, 묵상 기도, 관상 기도가 놓은 기초 위에 쌓입니다(『가톨릭 교회 교리서』 559, 2721항 참조).

예를 들어 예수회는 가르멜회와 다른 그들만의 독특한 기도 방식이 있고, 가르멜회의 기도 방법은 또 도미니코회, 살레시오회 등등과 다릅니다. 최근의 성령 쇄신 운동과 전례 쇄신 운동 또한 전통적인 기도 방식을 보전하면서 많은 새로운 형태와 방식의 기도를 교회에 더했습니다. 이 운동들은 교회 전통을 풍요롭게 하는 동시에 교회가 언제나 성령님께 온유하게 순종하도록 도왔습니다. 저는 이 모든 기도 운동으로부터 좋은 점을 빌려 왔는데, 반드시 성령님께서 인도하시도록 하고 어떤 한 가지 방식에 너무 매이지 않는 것이 도움이 된다고 생각합니다.

오래 전에 제가 했던 개인적인 기도 체험은 성령님의 인도로 이 다양한 기도 방법들을 함께 사용하는 예가 될 수 있습니다. 이 기도에서 주님은 제 교만 밑에 있는 뿌리를 보여 주셨는데, 너무 부드럽게 보여 주셔서 저는 그분이 제 영혼에서 이 섬세한 치료를 하시는 것을 알아차리지도 못했습니다. 처음에는 '경청 기도'로 인도되었는데, 이 기도에서는 성경을 통해 예수님을 만났습니다. 저는 성령님을 통해 받은 통찰을 기록하면서 성찰하였습니다. 여러 성경 구절들에 주목했는데, 야고보서의 한 구절이 특히 눈에 띄었습니다. "하느님께서는 교만한 자들을 대적하시고 겸손한 이들에게는 은총을 베푸신다."(야고 4,6ㄷ). 성령님께서는 이 구절에서 시작하여 교만과 겸손에 관한 많은 구절로 저를 인도하셨습니다. 그 구절들을 전에도 읽었지만 묵상 기도를 시작하자 그 말씀들은 제게 새롭게 말을 건넸습니다.

성찰을 기록하는 중에, 사업차 여행 중이던 친구 와이엇이 전화를 해서 저를 '방해'하였습니다. 와이엇은 저를 위한 기도(중개 기도) 중에 받은 성경 말씀 몇 개를 나눠 주었습니다. 짐작하겠지만, 성령님께서는 제가 기도 중에 받은 구절과 같은 구절 몇 개를 그에게도 주셨습니다. 전화를 끊고 다시 기도하면서, 하느님 아버지께 친구에 대해 감사드리고 아주 명료하게 기록하면서 제가 받은 것에 관해 확신했습니다. 제 감사 기도는 다시 '방해'를 받았는데 이번에는 뜻하지 않게 마음속에 영상 하나가 떠올랐습니다(관상 기도).

성령님께서 주신 이 영상에서 저는 운동장을 돌며 달리고 있었고 군중들이 저를 응원하였습니다. 저는 이 영상을 보면서 놀랐는데, 스포츠는 저의 우상 중 하나였기 때문에 주님께서 제 교만의 뿌리를 보여 주시려고 이 영상을 사용하신다고 생각했습니다. 그런데 영상을 계속 보고 귀를 기울이면서 그분의 메시지는 그것이 아니라는 것을 알았습니다. 저는 육상 경기를 조금도 좋아하지 않았고 제 육상 경기를 보러 오는 사람도 거의 없었습니다. 이 영상의 의미를 계속 찾고 있는데, 성령님께서 군중을 자세히 보라고 요구하시는 것을 감지하였습니다. 그렇게 하자, 저는 (영감을 받은 상상 속에서) '구름처럼 많은 증인'(히브 12,1 참조)을 보았습니다. 그리고 경주로는 제 삶의 여정을 나타낸다는 것도 바로 알았습니다. 저는 신앙의 경주를 하고 있었으며 "온갖 짐과 그토록 쉽게 달라붙는 죄"(히브 12,1)로부터 자유로웠습니다. '구름처럼 많은 증인' 가운데 삼위일체 하느님, 천사들과 성인들, 하늘에 있는 친척들이 있으며 그들 모두 저를 응원하며 저를 위해 기도(중개 기도)한다는 것을 영으로 깨달았습니다.

저는 이제 하느님의 영광스러운 현존을 누리면서 생전 처음으로 완전히 사랑받고 받아들여졌다는 느낌이 들었습니다. 그 짧은 순간 제 교만이 완전히 사라진 것을 감지했습니다. 치유의 일곱 가지 징후가 모두 있었습니다. 저는 '힘 있고 순결하며', '희망'과 '이해'로 가득 찬 것을 느꼈습니다. "구름처럼 많은 증인"의 현존과 함께 그분들로부터 '이해받고 그분들과 깊이 연결되어 있다'고 느꼈는데, 이전에는 그런 느낌을 결코 맛보지 못했습니다. 저는 정말 천국을 맛보았습니다. 다른 누군가에게 깊은 인상을 주거나 다른 누군가의 인정을 받을 필요가 없었습니다. 제가 그 증인들의 현존 속에 완전히 '받아들여지고' 저 자신이 '가치 있다'고 느꼈기 때문입니다. 순수한 선물로 주어진 이 조건 없는 사랑은 어떤 성취나 은사, 재능으로도 얻을 수 없는 것이었습니다.

이 만남에 비추어서 제 교만과 허세의 죄 아래 더 깊이 있는 상처 몇 가지를 이해하게 되었습니다. 거부와 수치, 버림받음의 상처들은 사는 동안 계속 저를 따라다녔습니다. 저 자신이 사랑받지 못하고 사랑스럽지 못하며 혼자라고 믿으면서 저를 사랑스럽게 만들기 위해 헛된 시도를 하며 무의식적으로 교만을 선택했습니다.

이 기도 체험은 참으로 제 눈을 뜨게 했습니다. 저의 첫 관상 기도 체험이었고 완전한 은총이었습니다. 저는 그 모든 성채로부터 해방되는 것을 체험하면서 모든 사람이 절대 혼자가 아니면서 충만하게 사랑받는 곳, 하늘 나라를 향해 더 큰 배고픔과 목마름이 생겼습니다. 그 모든 것이 성령님의 인도를 따라 기도하고 성경에 의탁하며 성령님께서 보여 주신 것을 기록하면서 시작되었습니다. 당신도 한번 해 보시겠습니까?

내면 바라보기

이제 각자 잠심 안에 머물러 기도 시간을 가지도록 초
대합니다.

- 예수님과 하느님 아버지를 만날 수 있도록 성령님
  의 인도에 자신을 맡기십시오.
- 어디서부터 시작해야 할지 모른다면 성경 말씀, 이
  책에서 인용했던 몇몇 성경 말씀에서 시작하십시오.
  마음을 열고 말씀 장면 속 한 사람이 되어 말씀 안
  으로 들어가도록 하십시오.
- 우물가의 여인(요한 4장)이나 벳자타 못 가의 병자
  (요한 5장), 간음하다 붙잡힌 여자(요한 8장), 눈먼 바
  르티매오(마르 10,46-52)처럼 부르심 받은 느낌이 듭
  니까?
- 어쩌면 다른 영상을 볼 수도 있습니다. 성령님께서
  무엇을 보여 주시든 마음을 열 수 있도록 청하십시
  오. 그러고 나서 보고 들은 모든 것을 기록하십시
  오.

기도 성찰

* 기도를 마치면 다음 사항들을 기록해 봅시다.

1. 기도 시간에 무엇을 체험하였습니까?
2. 자신에 대해 믿고 있는 것은 무엇입니까?
3. 예수님을 만났습니까? 어떤 일이 일어났습니까?
4. 어떤 걸림돌을 맞닥뜨렸습니까? 예수님은 그 걸림돌에 대해 무엇이라고 하십니까?
5. 치유가 진행되는 체험을 하였습니까?
6. 기도를 마쳤을 때, 일곱 가지 치유 징후 중 어떤 것이 나타났습니까?
7. 기도 후 더 큰 자유를 체험하였습니까? 묘사해 보십시오.
8. 예수님께서 보여 주신 것에 대해 감사 기도를 써 보십시오.

몸과 영혼, 영이 치유를 받을 때 그것을 가장 효과적으로 보여 주는 표지는 내적으로 새로워지고 자유로워진 것을 점점 더 알게 되는 것입니다. 이 점이 결론의 초점인 '자유로운 삶'입니다.

결론
자유로운 삶

실제로는 우리가 우리의 참다운 선善인 모든 것을 위해 자유를
의식적으로 사용할 줄 알 때에만 자유가 위대한 선물이 된다.
성 요한 바오로 2세 교황,『인간의 구원자』

자유는 위대한 선물입니다. 자유를 향한 갈망은 우리 각자의 마음속에 깊이 새겨져 있습니다. 하지만 우리가 흔히 행사하는 자유는 항구하고 참된 선을 가져오지 못합니다. 그 결과 우리는 수치심에 묶여 감옥에 갇히고 두려움과 자기방어 벽 뒤에 숨어 있습니다. 상처와 충동에 내몰려 죄의 노예가 됩니다.

이 일반적인 사실은 앞에서 만난 사람들의 개인적인 이야기에 나타납니다. 이것이 우리가 공통으로 가진 부서진 인간 조건으로, 우리는 모두 타락했고 그리스도의 구원이 절박하게 필요합니다. "하느님의 자녀들이 누리는 영광의 자유"를 함께 누릴 수 있도록 "멸망의 종살이에서" 해방해 주실 그분의 치유가 필요합니다(로마 8,21 참조).

자유는 그 자체로 훌륭하지만 그것으로 충분하지 않습니다. "우리의 참다운 선인 모든 것을 위해 자유를 의식적으로 사용할 줄" 알아야 합니다.[1] 성채(일곱 가지 죽음의 죄와 일곱 가지 상처)로부터 해방되는 것은 엄청나게 큰 자유를 주지만, 그것이 마지막 목표는 아닙니다. 주위 모든 사람의 선과 궁극적으로는 하느님의 영광을 위해 새로 얻은 자유를 행사해야 합니다.

지금까지 여러 가지 방식으로 이야기했듯이 상처는 하느님과 자기 자신, 타인과의 관계가 부서진 데서 생깁니다. 이 부분들이 치유될 때 하느님 아버지의 사랑받는 딸과 아들로서 성령님의 자유 속에서 살아갈 수 있습니다. 치유는 친교입니다. 이것이야말로 유일하게 참되고 항구한 자유, 다른 사람들을 절대로 이용하지 않고 그들을 축복하는 그런 자유입니다.

이 영광스러운 자유를 통해 우리는 다른 사람들을 보고, 그들이 어떤 사람들이며 무엇을 필요로 하는지 알 수 있습니다. 또한 주변 사람들의 선을 추구할 수 있게 되고 그 과정에서 우리 자신을 위해 존재하는 가장 위대한 선인 존엄성과 목적을 발견할 수 있습니다. 성 요한 바오로 2세 교황께서는 이에 관해 제2차 바티칸 공의회 문헌을 즐겨 인용하셨습니다. "인간이 자기 자신을 아낌없이 내어 주지 않으면 자신을 완전히 발견할 수 없다는 것을 드러내 준다."[2] 참된 자유는 하느님의 사랑을 받아들이고 그것을 내어 주는 법을 배울 때 옵니다. 이것이 존이 자신의 성적 충동과 오랫동안 힘든 싸움을 한 후 마침내 체험한 영광스러운 자유입니다.

7장에서 제가 이야기했던 존을 기억합니까? 이 책을 마치기 전에 존 이야기의 나머지 부분을 나누겠다고 약속했었습니다. 그의 이야기는 죄, 상처, 충동의 노예에서 "하느님의 자녀들이 누리는 영광의 자유"(로마 8,21)로 들어가는 신앙인의 공통된 영적 여정을 아름답게 보여 줍니다.

제가 존을 처음 만난 것은, 그가 대학 피정에서 예수님의 강력한 치유를 막 체험한 때였습니다. 그는 술과 마약 중독에서 벗어나 상당히 자유로웠고, 열정적이고 헌신적으로 하느님께 봉사하였습니다. 하지만 삶을 변화시키는 예수님과 만났음에도 그는 여러 해 동안 충동적 성 중독의 노예가 되어 괴로움을 겪었습니다.

우리가 함께 기도했을 때 성령님께서, 존이 두 살 때 어머니가 여동생에게 젖을 물리는 것을 본 기억을 떠올려 주셨습니다. 우리는 어떻게 그가 그 어린 나이에 어머니에게 마음을 닫고 어머니에게 다시는 아무것도 요구하지 않겠다고 맹세했는지 알게 되었습니다. 바로 그 상상의 기도에서 예수님께서 존에게 오셔서 성모님께 데려가셨고, 성모님께서 어린 존을 보듬어 주셨습니다. 그 체험은 존에게 너무도 현실적이었고, 그로 인해 대부분의 생애 동안 가지고 있던 깊은 아픔과 수치심에서 풀려났습니다.

계속 기도하면서 존과 저는 그가 성적 충동에서 완전히 해방되었다고 믿었습니다. 이후 여러 달 동안 우리는 그 점을 점검해 본 결과 존의 치료를 끝내기로 했고 마음의 평화를 느꼈습니다. 이 결정은 그가 대학을 졸업하고 다른 도시로 옮겨 가는 상황과 우연히 일치하였습니다. 하지만 우리 둘 다 존이 영원히 해방되었다고 잘못 가정하였던 것입니다. 존의 이야기를 떠올릴 때 당시에 이해가 안 된 부분, 치유 과정의 퍼즐에서 잃어버린 조각이 하나 있었습니다. 10년 후 존이 제게 전화했을 때 그 모든 것이 아주 분명해졌습니다.

저는 존이 어떻게 지내는지 궁금했고 또 그의 이야기를 다른 사람들과 나누기 위해 허락을 얻고 싶었습니다. 하지만 연락할 길이 없었습니다. 그가 다른 지역에 사는 것은 알았지만 어디에 사는지 전혀 몰랐습니다. 그런데 하느님 섭리로 존이 제게 전화를 했습니다. 그는 그동안 제 생각을 했고 우리가 만난 이후 자신에게 일어난 나머지 이야기를 하고 싶었다고 말했습니다. 존은 어떻게 지냈는지 대충 말한 후, 자세한 이야기로 잃어버린 조각을 채워 주었습니다. 그는 우리가 마지막으로 만난 이후 1년 동안 성적 충동에서 해방된 체험을 했다고 밝혔습니다. 자유로운 것이 얼마나 좋은 느낌인지, 그 시간 동안 얼마나 많이 성장했는지 이야기했습니다. 그러나 어머니와의 관계는 나아지지 않았으며, 자신이 완전히 해방된 것이 아니고 다시 넘어질 것이라고 내면에서 무언가 계속 이야기했다고 말했습니다. 아니나 다를까 그는 크게 넘어졌습니다.

이번에는 이전의 술과 마약 중독과 함께 성적 충동이 그 어느 때보다 나쁘게 아우성치며 되돌아왔습니다. 존이 자신의 산지옥에 관해 설명할 때 제 가슴이 철렁 내려앉았습니다. 저는 예수님께서 집이 비어 있을 때 악마가 일곱 갑절로 악화되어 되돌아올 것이라고 경고하셨던(마태 12,43-45 참조) 말씀이 생각났습니다. 존에 대해 참담한 느낌이 들었고, 우리 둘 다 그가 자유로워졌다고 믿었는데 어떻게 그런 일이 일어날 수 있었는지 의아했습니다. 존이 계속해서 이야기했습니다.

> 그날 상담사님 사무실에서 저는 기억의 다른 조각이 치유될 필요가 있는 것을 알았지만, 그것을 다룰 준비가 되어 있지 않았습니다. 그래서 우리가 기도할 때 제가 그렇게 많이 울었던 것입니다. 제가 마주할 수 없었던 기억은, 한 살 때 어머니가 떠났던 날과 관계가 있습니다. 외할머니가 다른 나라에서 돌아가시려 해서, 어머니가 6주 동안 집을 떠나 있었습니다. 저는 어머니가 왜 저를 떠나는지 이해하지 못하고 울었습니다. 어머니가 돌아올 즈음, 어머니에게 제 마음을 완전히 닫아 버

렸습니다. 너무 큰 상처를 받아 어머니에게 아무것도 요구할 수 없었습니다. 그때 저는 '어머니에게 다시는 아무것도 원하지 않겠다.'라고 맹세했습니다. 그 시점부터 6년 전까지 어머니를 미워했습니다.

존이 넌더리 날 정도로 비참해져서 예수님께 구해 달라고 애걸할 때 전환점이 찾아왔습니다. 그가 절박하게 기도하자 곧, 하느님 아버지께서는 제 사무실에서 우리가 함께 기도했던 것과 비슷하게 그와 함께 기도할 수 있는 사람을 보내셨습니다. 존은 더 깊은 상처와 아픔에 직면하지 않고는 충동과 중독을 극복할 수 없다는 것을 깨닫고, 자신이 도망치고 있지만 늘 따라붙는 그 기억을 자발적으로 다루기로 했습니다. 그가 두 번째 기도 체험에 관해 이야기한 것을 아래에 요약합니다.

기도하면서 저는 기억 속에서 모든 것을 분명히 보았습니다. 어머니가 문으로 걸어 나가고, 아버지는 작별 인사를 하고, 저는 완전히 혼자라고 느끼면서 바닥에 홀로 누워 있었습니다. 이때 예수님께서 제가 아니라 대신 어머니에게 가셨습니다. 믿을 수가 없었습니다. 화가 나서 길길이 뛰며 성질을 있는 대로 부리기 시작했습니다. 하지만 예수님께서는 어머니의 아픔을 보시고 어머니에게 가셔서 어깨 위에 손을 얹으셨습니다. 예수님께서 어머니에게 손을 얹으셨을 때, 저는 그분 얼굴에서 놀라운 연민의 모습을 볼 수 있었습니다. 어머니에 대한 그분의 사랑은 믿어지지 않을 정도였습니다. 그 순간 어머니에 대한 제 미움이 모두 녹아 버렸습니다. 그 일은 어머니가 원한 것이 아니지만 해야 했다는 것을 깨달으면서 마침내 저는 어머니를 용서했습니다. 저를 떠나는 것이 어머니에게 얼마나 큰 상처였는지 보았습니다. 지금은 어머니를 사랑합니다. 어머니와 관계가 아주 좋고, 여동생과도 관계가 아주 좋습니다.

어머니와 여동생에 대한 마음이 바뀌자 존은 더 많은 은총을 받을 수 있게 되었습니다. 깊은 상처에서 해방되자 그의 충동은 힘을 잃었습니다. 그날부터 그는 진통제를 복용하거나 결코 얻을 수 없는 사랑에 대해 환상을 품을 필요를 더 이상 느끼지 않았습니다. 마음을 열고 어머니와 여동생을 사랑했고, 그 일 이후 곧 나중에 아내가 될 여성을 만났습니다. 두 사람에게는 두 자녀와 양가 대가족이 생겼고 예수님에 대한 사랑을 서로 나누며 지금 행복한 혼인 생활을 하고 있습니다. 아픔에 직면해 마음으로부터 어머니를 용서한 것이 존을 치유한 열쇠였고, 우리 모두에게도 그렇습니다.

존의 이야기를 통해 참으로 많은 부분에서 참된 용서가 치유의 열쇠임을 다시 한번 깨달았습니다(마태 18,35 참조). 베티 탭스캇과 로버트 드그란디스 신부님이 『용서와 내적 치유』에서 이 점을 잘 표현하였습니다.

> 하느님께서는 당신이 자유롭기를 원하십니다. 그분은 당신을,
> 영과 영혼, 육신을 치유하기를 원하십니다. 하지만 용서하기
> 전까지는 우리가 완전히 자유로워지고 치유될 수가 없습니다.
> 용서가 모든 치유의 기초입니다. … 또한 많은 경우 용서하지
> 않는 것에는 미움과 증오, 복수, 분노, 원한이 따릅니다. 이 부
> 정적인 감정들이 영에 남아 있으면, 아마도 결국 관절염이나
> 고혈압, 위장 장애, 대장염, 심장 질환과 같은 육체적 문제에 처
> 하게 될 것입니다.[3]

　마음으로부터 용서하는 것이 건강에 좋습니다. 그것은 또한 성
적 충동, 술과 마약 중독, 깨진 관계, 불안, 우울 등 이 책의 사례들
에서 등장하는 것들을 치유하는 열쇠입니다. 대부분의 육체적, 심
리적 병 뒤에는 영적 뿌리를 가진 이런 문제가 있고, 완전한 치유
가 일어나기 위해서는 이 문제를 다루어야 합니다. 존처럼 치유받
았다고 믿을 때조차 이 쓴 뿌리는 여전히 우리를 더럽히면서 영적,
감정적 속박으로 되돌아가게 합니다(히브 12,15 참조). 치유에는 지름
길이 없습니다. 예수님은 이 점을 매우 분명히 하시며 다음과 같이
말씀하셨습니다. "너희가 내 말 안에 머무르면 참으로 나의 제자가
된다. 그러면 너희가 진리를 깨닫게 될 것이다. 그리고 진리가 너

희를 자유롭게 할 것이다."(요한 8,31-32). 성 요한 바오로 2세 교황의
설명에 따르면,

> 인간은 하느님의 명을 이해하고 받아들이는 그만큼 자유롭습
> 니다. 그리고 인간은 "동산에 있는 모든 나무에서 열매를" 따
> 먹을 수 있는 만큼, 드넓게 뻗어 나가는 자유를 지니고 있다 하
> 겠습니다. 그렇지만 그 자유는 무한정이지는 않습니다. 그것
> 은 "선과 악을 알게 하는 나무" 앞에서 저지될 수밖에 없습니
> 다. 왜냐하면 자유는 하느님께서 주신 윤리법을 받아들이기
> 마련입니다. … 홀로 선하신 한 분 하느님께서만 인간에게 무
> 엇이 선인지를 완전히 아십니다.[4]

　이제 존은 성경과 교회의 가르침에서 나온 이 지혜를 중요하게
여깁니다. 그는 '붙잡히지 않는 한 내가 원하는 것은 무엇이든지 할
수 있다.'라고 말하는 거짓 자유를 더는 원하지 않습니다. 그는 선
과 악을 알게 하는 나무의 열매로 배를 가득 채운 적이 많았고 그로
인해 병들었습니다. 이 열매는 여전히 때로 "먹음직하고 소담"(창세
3,6)스럽지만, 그는 그 쓴맛을 기억하며 그 기억만으로도 구역질이
납니다.

　존은 자신의 '선과 악을 알게 하는 나무'를 더 많이 이해하여, 자
신의 죄와 상처가 삶에서 어떻게 생기는지, 그것들이 어떻게 충동

을 일으키는지를 훨씬 더 잘 인식하게 되었습니다. 모든 '일곱 가지 죽음의 죄'(교만, 인색, 음욕, 분노, 질투, 나태, 탐욕)가 그의 충동과 중독에 먹이를 주었습니다. 각 일곱 가지 죽음의 죄의 나쁜 열매는 그의 정신과 마음에 독이 되어 삶을 거의 파괴했습니다.

이 증상 밑에 있는 것이 '일곱 가지 상처'(버림받음, 거부, 수치, 두려움, 무력, 절망, 혼란)입니다. 이 상처들은 부분적으로는 어머니에게 버림받은 체험에서 생겨났습니다. 그는 자신의 상처를 보지 못하고 이해하지 못한 아버지에게서도 버림받았다고 느꼈습니다. 이 상처들이 제대로 치유되지 못하자 솟구치는 억울한 마음이 뿌리를 내리는 단단한 땅이 되었고, 결국 어머니와 아버지, 여동생을 향한 판단이 되었습니다. 이 모든 것에 대처하기 위하여 그는 어린 나이에 자신을 스스로 돌보고 위로하겠다고 맹세했습니다. 그가 자신의 아픔과 불안을 완화하기 위해 썼던 수단 중 두 가지가 술과 성이었습니다. 열두 살이 되었을 때 그것들은 그의 삶에서 악덕이 되어 버렸습니다.

존은 치유 과정에서 이 상처들과 마주할 필요가 있었고, 그럼으로써 그 쓴 뿌리를 뽑아내고 마음 깊은 곳에서부터 부모님과 여동생을 용서할 수 있었습니다. 그는 그전에도 그들을 용서하려고 했지만 치유가 상처의 깊은 곳까지 도달하지 못했습니다. 아마도 버림받은 아픔을 직면하는 것이 존에게 가장 힘든 일이었을 것입니다. 그러나 이제 그는 부활의 삶이 주는 자유를 체험하기 위해서는 구원에 이르는 고통의 매체인 예수님과 함께 그 상처 속을 걸어가는 것이 얼마나 필요한지를 절실히 깨달았습니다.

이 일곱 가지 죽음의 죄가 그리스도와 함께 십자가에 못 박히지 않았다면 존이 아내와 아이들에게 얼마나 큰 아픔을 주었을지 상상할 수 있습니까? 그가 혼인 전에 기꺼이 고통에 직면한 것은 가족에게는 계속 큰 선물이 됩니다. 이제 그는 혼인 생활에서 예수님과 일치한 희생 제물이 되어 자신의 생명을 아내와 아이들을 위해 내놓아야 한다는 것을 이해합니다(에페 5,25참조).

존은 성의 퇴폐를 경험했기 때문에 지금은 혼인성사와 배우자에 대한 성실에 높은 가치를 둡니다. 예수님을 만나는 통로인 모든 성사에 깊이 감사합니다. 성사는 그의 치유 과정에서 중요한 역할을 했습니다. 존의 치유 과정은 고해성사와 성체성사에서 예수님을 만남으로써 시작하였고, 그는 그 이후 계속 성사를 통해 강해졌습니다.

존은 다른 성사를 받을 수 있게 하는 성품성사의 은총에 크게 감사합니다. 특히 최악의 시간에 함께 걸으며, 그를 위해 실제로 삶을 내어 준 신부님께 특별히 감사합니다. 그 신부님은 존에게 영적 지도와 고해성사를 줌으로써 예수님의 자애로운 사랑을 육화하였고 하느님 아버지의 연민에 찬 모습을 보여 주었습니다. 이 신부님의 영적 아버지 역할에서, 존은 더 이상 비난을 두려워하지 않고 죄에 직면할 수 있는 안전한 환경을 찾을 수 있었습니다.

또한 존은, 견진성사로 성령님의 힘을 받아 성령님의 은사에 의탁하여 자신을 더욱 깊은 자유와 치유로 인도한 많은 사람에게 감사합니다. 그는 상상의 기도에서 예수님과 강렬하게 만남으로써 혼자서는 결코 가능할 수 없었던 해방을 체험했기 때문에, 치유 기도를 참으로 소중히 여깁니다. "불쾌한 상황과 정신적 외상의 시간 동안 … 예수님께서 그와 함께 손을 잡고 걸어가시는" 것을 보면서, 특히 중요한 돌파 체험을 하였습니다.[5] 그는 성령님을 통하여 마음 깊은 곳에서 평화와 일치를 발견하였습니다(『가톨릭 교회 교리서』 2714항 참조).

존은 개인 기도 시간에 성경을 가지고 하는 기도를 계속 실천하고 있습니다. 더 나아가 아내와 함께 묵주 기도를 바치면서 그리스도의 삶의 신비에 들어가서 그 신비를 삶의 현장에 함께 적용합니다. 이 기도는 그들이 진리에 뿌리내리게 하고, 직면할 필요가 있는 것은 무엇이든지 직면해서 견딜 수 있다는 확신으로 강해지도록 지켜 줍니다.

이 모든 치유 수단, 곧 기도와 성사, 구원에 이르는 고통에 의지하면서 존은 자신이 하느님 아버지의 사랑받는 아들이라는 확신을 키워 나갑니다. 그는 자비의 눈으로 모든 것과 모든 이를 보시는 하느님 아버지 안에서 자기 정체성을 찾았습니다. 그 결과 생명 나무에 머무는 법을 배우고, 그 많고 풍성한 열매를 누리고 있습니다. 그림 11.1, '치유의 생명나무'(283쪽)는 존의 치유 과정을 잘 요약하여 치유의 청사진을 보여 줍니다.

그림 11.1에서 나무 밑에서 시작하여 '안전'이라는 단어 옆에 있는 치유의 일곱 가지 징후에 주목하십시오. 존은 오랫동안 짊어진 깊은 고통과 수치심을 극복함으로써 결코 가능할 것 같지 않았던 자유를 지금 누리고 있습니다. 예수님께서 존의 마음에 있던 거부당하는 두려움의 뿌리를 뽑아 주셨기 때문에 그는 지금 소속감과 이해받고 있음을 느낍니다. 그는 미래에 대한 희망으로 가득 찼고 옳은 선택을 할 수 있는 자유로 강해졌습니다. 가족과 친구의 사랑을 신뢰할 수 있게 되었고, 그 사랑에서 지금까지 경험하지 못했던 든든한 안정감을 받았습니다.

새롭게 찾은 이 안정감과 더불어, '성숙'에 있어 존은 매우 빠르게 성장 중입니다. 치유 체험 이후 그는 삶에서 덕을 실천하기가 훨씬 쉬워졌음을 알게 되었습니다. 그는 상처와 내적 맹세로 형성했던 믿음 없는 자기 의존 대신에, 위로와 힘을 찾아 하느님 아버지께 의탁하는 기쁨을 찾았습니다. 정결에서 성장하여 순결함을 유지하려는 깊은 갈망이 생겼습니다. 유혹자가 욕정에 찬 이미지들을 머리에 떠오르게 하는 때를 더 잘 의식하게 되었습니다. 그래서 그 욕정의 갈고리가 더는 그를 상처 속으로 끌어들여 중독의 순환에 빠져들지 못하게 했습니다. 그는 이 유혹을 빛 속으로 가져올 수 있었고 그것을 행하려는 충동에서 자유로워졌습니다. 또한 정결이 주는 자유를 체험하면서 자신의 욕망이 변하고 점점 건강해지고 있음을 알게 되었습니다.

존은 영적 삶을 부지런히 계속 살고 있습니다. 한때 쾌락과 행복을 붙잡으려 했으나, 이제 시간과 소유물에 대해 관대합니다. 하느님 아버지의 섭리 속에서 기쁘게 살아가는 법을 배웠습니다(생명의 덕이 일곱 가지 죽음의 죄를 대체한 나무 밑동 참조).

존의 나무 열매는 주위 많은 사람의 양식이 됩니다. 우리가 통화했을 때, 저는 그가 나눈 모든 것에서 마음에서 나오는 크나큰 '순결'의 소리를 들을 수 있었습니다. 그는 지난 몇 해 동안 자신을 괴롭힌 충동들로부터 자유로웠고 아내와 아이들을 깊이 사랑한다고 말했습니다. 그는 어머니와 여동생을 용서하기 전에는 어떤 여성도 사랑할 수 없었습니다. 현실에서나 상상에서나 그들을 이용했을 뿐입니다. 이제 아내와 어머니, 여동생, 딸, 친구들과 또한 자신을 정결하게 사랑할 수 있게 되었습니다. 자신의 삶에서 성령님의 열매를 훨씬 더 규칙적으로 체험합니다(그림 11.1의 윗부분 참조).

존과 저는 하느님께서 베푸신 은혜에 찬미와 감사를 드리며 통

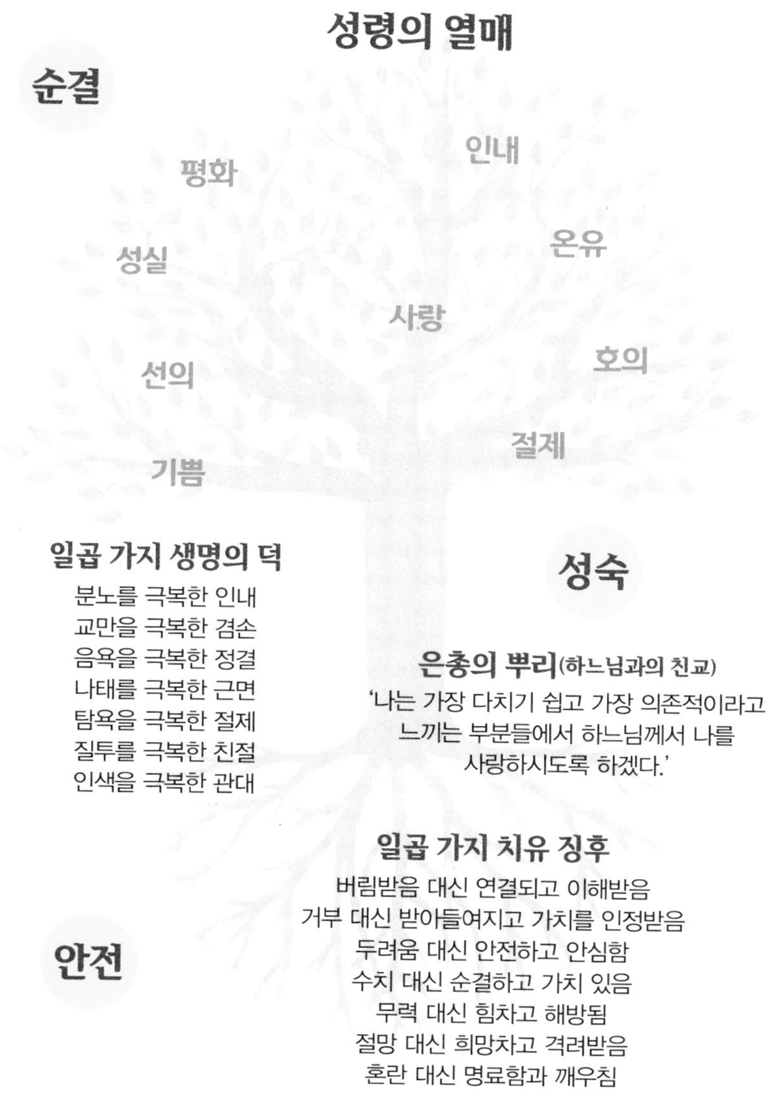

성령의 열매

순결

평화

성실

선의

기쁨

인내

온유

사랑

호의

절제

일곱 가지 생명의 덕

분노를 극복한 인내
교만을 극복한 겸손
음욕을 극복한 정결
나태를 극복한 근면
탐욕을 극복한 절제
질투를 극복한 친절
인색을 극복한 관대

성숙

은총의 뿌리(하느님과의 친교)

'나는 가장 다치기 쉽고 가장 의존적이라고
느끼는 부분들에서 하느님께서 나를
사랑하시도록 하겠다.'

일곱 가지 치유 징후

버림받음 대신 연결되고 이해받음
거부 대신 받아들여지고 가치를 인정받음
두려움 대신 안전하고 안심함
수치 대신 순결하고 가치 있음
무력 대신 힘차고 해방됨
절망 대신 희망차고 격려받음
혼란 대신 명료함과 깨우침

안전

그림 11.1 치유의 생명나무

화를 마쳤습니다. 예수님께서는 우물가의 여인처럼 존을 묶어 놓았던 수치의 영역을 자애롭게 드러내 보이시고 그에게 마실 생수를 주셨습니다. 그 여인은 예수님을 사랑하면서 자신이 누리는 자유를 다른 사람들도 찾도록 초대하였습니다.

당신은 건강해지고 싶습니까? 존이 지금 누리는 그런 자유를 간절히 원합니까? 삶의 영역에서 하느님의 은총이나 치유를 받는 데 자격이 없다고 믿는 부분이라도 있습니까? 그렇다면 당신의 하느님은 별로 위대하지 않고 예수님의 십자가는 별로 현실적이지 않습니다. 제가 좋아하는 성경 구절 중 하나를 보면, 우리는 하느님으로부터 놀라운 약속을 받았습니다. 당신은 수치 대신에 영광을 갑절로 차지할 것입니다(이사 61,7 참조).

당신 삶의 과거나 현재에서 가장 수치스럽거나 절망적인 영역을 생각해 보십시오. 그곳이 바로 당신을 해방할 구원자가 가장 필요한 곳입니다. 바로 그 자리가 치유될 '때', 당신은 삶에서 하느님께 가장 큰 영광을 드릴 것입니다. 바로 그곳이 하느님께서 당신이 다른 사람을 치유하도록 준비시키실 자리입니다. 제 말을 믿습니까? 저는 제 경험과 존의 경험을 통해 이것이 진실임을 압니다. 존의 수치는 그의 삶에서 예수님이 가장 필요한 자리였습니다. 그가 그 문제를 두고 치유하시는 예수님을 만났기 때문에, 이제 바로 그 상처와 수치의 자리를 통해 하느님은 그의 삶에서 영광을 받으십니다.

　이것이 복음의 약속 아닙니까? 바오로 사도는 그리스도의 구원과 하느님 아버지의 섭리적 사랑으로, "그분의 계획에 따라 부르심을 받은 이들에게는 모든 것이 함께 작용하여 선을 이룬다."(로마 8,28)라는 확신을 줍니다. 십자가나 십자가에 못 박히신 예수님을 상상으로 바라보십시오. '그분의 상처로 우리가 병이 나았다.'(1베드 2,24 참조)라고 믿습니까? 그분 고통의 그 어떤 것도 쓸모없거나 불필요하지 않습니다. 그 고통의 모든 것이 우리 구원과 치유에 필요합니다. 이제 당신 자신의 고통과 상처와 죄까지도 바라보십시오. 만일 당신이 초래한 모든 상처와 저지른 모든 죄가 하느님께 맡겨지고 구원받는다면, 단순히 선이 아니라 더 큰 선을 위해 어떻게 쓰일지 볼 수 있습니까? 이 은총은 현재와 앞으로 올 시간에 당신의 삶이 직접적, 간접적으로 닿는 모든 사람에게 확대됩니다. 우리는 이 확신으로 진정 자유로운 삶을 살게 됩니다.

　그러나 로마서 8장 28절이 지적하듯 자유에는 한 가지 조건이 있습니다. 그것은 하느님을 사랑하고 내 삶을 위한 그분의 부르심과 목적을 따르는 것입니다. 우리의 의지와 자신을 하느님께 내드릴 때만 이 자유와 기쁨을 발견할 수 있습니다. 예수님께서 우리에게 자유를 주시기 위해 무겁고 힘든 일을 하시지만, 우리도 여전히 해야 할 일이 있습니다. 당신은 치유의 여정에서 기꺼이 다음 단계로 나아갈 의향이 있습니까?

치유 여정 계속하기

끝을 맺으면서, 지금까지 이 책에서 논의한 모든 것을 성찰하고 삶에 적용하도록 격려하고자 합니다. 각자 노트와 펜을 준비하고 아래 질문들에 답해 보십시오.

1. 야곱 우물가의 여인처럼 삶을 변화시키고 마음에 불을 지른 예수님을 만난 적이 있습니까? (머리말 참조)

2. 당신의 이야기는 무엇입니까? (1장 참조) 벳자타 못 가의 병자에게 물으셨듯이 예수님은 당신에게 병이 나아 건강해지기를 원하는지 물으십니다. 어떻게 응답하시겠습니까? 걸림돌이 되는 것은 무엇입니까? 그분께 무엇을 청하고 싶습니까?

3. 선한 스승이신 예수님께 배운 가장 중요한 삶의 교훈들은 무엇입니까? 하느님의 길과 진리와 생명이 당신 삶에서 어떻게 치유의 원천이 되었습니까? 살아오는 동안 어떤 선한 스승들이 말과 모범으로 예수님을 보여 주었습니까? 제자로서 예수

님을 따르기로 선택하였습니까? (2장 참조)

4. 예수님을 자비로우신 치유자로 체험한 적이 있습니까? 그분은 어떻게 치유하셨습니까? 그분이 어떤 특정한 방식으로 당신을 통해 다른 이들을 치유하는 일을 하셨습니까? (3장 참조)

5. 되찾은 아들의 비유에서 '큰아들'의 경향이 있습니까? 아니면 '작은아들'로 사는 경향이 더 있습니까? 하느님 아버지의 사랑받는 딸 혹은 아들의 정체성을 받아들입니까? 여전히 자신을 붙잡고 있는 '거짓 정체성'은 무엇입니까? 예수님의 '죽음 치료'를 체험한 적이 있습니까? (4장 참조)

6. 전인적 관점이란 무엇입니까? 이 관점으로 인해 당신 자신과 그 부서진 모습을 이해하는 방식이 어떻게 변하였습니까? 이 관점은 당신이 다른 사람들과 그들의 부서진 모습을 바라보는 방식에 어떤 영향을 주었습니까? 이 관점을 당신 삶의 부서진 부분에 적용해 보십시오. (5장 참조)

7. 당신의 삶에서 '사과들'을 볼 때, 개인적인 '선과 악을 알게 하는 나무'에서 특정한 죄들이 어디에 뿌리를 내리고 있는지 알 수 있습니까? 당신의 삶에서 습관적인 일곱 가지 죽음의 죄는 무엇입니까? 그것 뒤에 어떤 우상이 있습니까? 그것이 어떻게 성채로 발전했는지 볼 수 있습니까? (6장 참조)

8. 삶에서 정신적 외상에 대한 어떤 반응으로 인해 하나 혹은 그

이상의 일곱 가지 상처에 묶여 있습니까? 정신적 외상 체험으로부터 어떤 거짓 정체성을 만들어 내면화하였습니까? 당신을 계속 묶어 둔 판단과 내적 맹세는 무엇입니까? (7장 참조)

9. 그리스도의 구원에 이르는 고통이 어떻게 당신 개인의 치유의 원천이 되었습니까? 어떻게 당신이 자신의 고통 속에 구원적 방식으로 들어갔는지 그 예를 들어 보십시오. 당신의 삶에서 고통을 통하여 성장한 살아 있는 덕들은 어떤 것들입니까? (8장 참조)

10. 성사에 대해 어떤 태도를 가지고 있습니까? 당신 삶에서 성사는 어떤 역할을 합니까? 성사에서 어떤 특정한 방식으로 예수님을 만났습니까? (9장 참조)

11. 치유 기도에서 예수님을 어떻게 만났습니까? 이런 방식으로 예수님을 만나는 데 대해 어떻게 생각합니까? 치유의 일곱 가지 징후 중 하나 혹은 그 이상의 결과를 낳은 기도 체험을 기술해 보십시오. (10장 참조)

12. 이전에는 경험할 수 없었던 자유를 현재 삶 안에서 누리고 있다는 것을 식별할 수 있습니까? 이 자유를 유지하고 확장하기 위해 어떤 계획을 세우고 있습니까? 다른 사람들과 하느님의 영광을 위해 당신의 자유를 어떻게 활용하고 있습니까? (결론 참조)

삶과 관점이 어떻게 변화되었는지 의식하기 위해 몇 주, 몇 달, 몇 년 안에 이 질문들을 다시 던져 보기 바랍니다. 이 치유 여정을 함께 나누기 위해 몇 사람과 작은 모임을 만들도록 권합니다. 위의 질문들과 이 책에 나온 질문들을 모임의 토론 길잡이로 이용하기 바랍니다.

가장 유익한 방법은 개인 기도와 기도 성찰을 기록하는 시간에 예수님을 만나려고 노력하고, 그다음에 그 체험을 믿을 수 있는 친구들과 나누는 것입니다. 이런 방식으로 기도할 수 있는 사람이나 서로 지탱해 줄 모임을 찾는 것도 유익합니다. 예수님께서 큰 기대를 안고 기다리십니다. 당신이 목말라하는 자리에서 그분을 만나 보십시오.

이 여정에 저와 함께해 주셔서 감사합니다. 성령님께서 당신이 예수님의 강하고 자비로운 사랑과 늘 깊이 만나도록 인도하시기를 기도합니다. 또한 당신이 바로 자신의 '예'라는 대답으로 성모님을 닮는 은총을 받기를 기도합니다. 끝으로, 하느님 아버지 안에서 더욱더 충만하고 활기 넘치는 당신이 되어, 하느님 아버지께서 영광 받으소서!

감사의 글

추수 감사절 주말에 이 책의 집필을 마무리하면서, 제가 삶에서 그리고 이 책을 쓰는 과정에서 얼마나 많은 축복을 받았는지 깨달 았습니다. 무엇보다 제 삶과 이 책의 거의 매 쪽에 담긴 하느님 사 랑과 자비에 감사합니다. 하느님은 참 좋으신 분입니다! 그분이 얼 마나 좋으신지 전하기 위해 세상 어디든지 가겠습니다. 이 책을 통 해 하느님의 사랑과 선하심이 전 세계에, 이 책을 읽는 사람마다 그 마음에 전해지기를 기도합니다.

제 삶의 가장 값진 선물들은 가족, 친구, 그리스도교 공동체입 니다. 우선, 아내 마지와 제 가족 한 사람 한 사람에게 감사합니다. 그리고 캐리와 두에인, 아나, 드루, 라이언, 잭, 루크, 릴리, 엘, 크 리스틴과 스티븐, 어머니, 데이브 형과 그 가족, 캐시와 닉과 그 가 족, 로렌과 톰과 그 가족, 웨인, 타라와 그 가족, 버트와 브룩과 그 가족, 마거릿과 켄과 그 가족, 아버지와 폴라와 그 가족, 수잔과 리 치와 그 가족, 미시와 저스틴과 그 가족, 앤과 제럴드, 제리와 패티와 그 가족, 줄리와 톰과 그 가족, 버드, 캐스, 존, 이들 한 사람 한 사람에게 감사하고 싶습니다. 할머니를 비롯한 친가, 외가 친지들께 감사합니다. 친지들 한 사람 한 사람이 제 삶에 기쁨과 성취감을 주었습니다. 한 사람 한 사람을 모두 사랑하며, 이 책을 통해 예수님의 사랑이 각 사람을 매우 특별하고 개별적 방식으로 만져 주시기를 간절히 바랍니다.

마지, 좋을 때나 힘들 때나 늘 서로 사랑하며 이 여정을 함께 걸어 주어 고맙습니다. 어머니와 아버지, 자식들에 대한 사랑과 하느님께 대한 사랑 그리고 상황이 가장 어두울 때 희망을 버리지 않고 자신의 부서진 모습을 마주한 두 분의 겸손과 모범에 감사합니다.

요한 바오로 2세 치유 센터의 임원진, 이사회 위원님들, 봉사자들과 후원자들께 이 사목에 참여해 준 데 대해 감사합니다. 여러분과 함께 이 사목을 하는 것이 제 기쁨입니다. 여러분이 사랑으로 자신을 예수님께 또한 우리가 봉사하는 사람들에게 관대하게 내어 준 데 대해 감사합니다. 여러분 한 사람 한 사람이 우리 가족의 보물 같은 구성원이 되었습니다. 제 삶의 이 시기에 하느님 아버지의 손에 들린 연마 도구가 되어 준 바트와 켄에게 특히 감사합니다.

마크 톱스 신부님, '전인적 치유 피정'을 함께 시작할 때 주신 우정과 격려, 영감에 대해, 이 책의 추천사를 써 주신 데 대해 감사를 드립니다. 그리고 샘 제이콥스 주교님, 처음으로 저희에게 신학생들을 돌보라고 맡겨 주시고 이사회 위원이 되어 주신 데 대해 감사를 드립니다.

오랫동안 저를 지도하신 영적 지도자들과 교사들, 조언자들께 감사합니다. 예수님을 위한 여러분의 사랑이 저와 제 가족에게 여러 방식으로 흘러넘쳤습니다. 특별히 마이클 폴리 신부님께 감사합니다. 지난 35년 동안 우리 본당 공동체에 봉사하시며 모든 것을 주신 데 대해 감사합니다. 우리 가족만 보아도, 신부님은 삶의 매 단계에서 우리와 함께하시며, 탄생과 죽음의 모든 중요한 순간을 주재하셨습니다. 그리고 그리스도의 사랑으로 봉사한 사제들 한 분 한 분께 감사를 드립니다.

제 모든 동료와 그리스도교 공동체들(그리스도인 상담 치료사들, 도시 속 교회, 가톨릭 치유 심포지엄, 영적 가족 등), 여러분은 제 이야기의 큰 부분을 차지합니다. 예수님과 그분의 치유하시는 사랑을 알기 위해 탐구하며 저 자신을 양성할 수 있도록 백방으로 도와주셔서 감사합니다. 이 치유 사목과 특히 이 책을 위해 헌신적으로 기도하며 우리를 계속 기억해 준 중재 기도자들께 감사를 드립니다. 치유 사목의 친구들과 후원자들이 보여 준 관대함, 또한 하느님과 이 사목에 대한 그분들 사랑에 감사합니다.

이 책에 자기 이야기를 전한 한 분 한 분과 여기에 실리지 않았지만 제 마음에 그 이야기가 쓰인 수많은 분께 감사합니다. 여러분은 제 삶을 풍요롭게 하였고 치유하시는 예수님과 여러분 각자의 만남은 제 마음에 깊은 감동이었습니다.

또한 이 책에 서평을 쓰고 조언을 하거나 개인적으로 홍보해 준 분들께 감사를 드립니다. 사무엘 아퀼라 대주교님, 피터 라이언 신부님, 존 혼 신부님, 윌 간치 신부님, 톰 딜런 신부님, 미리암 제임스 하이드랜드 수녀님, 닐 로자노, 크리스토퍼 웨스트, 브라이언 버틀러, 제인 군터, 게리 오츠, 레이 베리어 박사님, 질 보하식, 짐과 로이스 갈브레이스, 주디 브레일리, 데일 레치넬라, 프레드 톰슨, 프랭크 보란, 조앤 아넷트, 데이브 슈츠, 페기 슈츠, 켄 크닙맨, 바트 슈츠, 캐시 터푸리, 마거릿 쇼르티카, 캐리 던트, 두에인 던트, 크리스틴 블레이크, 웨인 슈츠, 리치 슈츠, 그리고 마지 슈츠에게 감사를 전합니다.

이 책을 쓰기 시작한 후 저를 지도하며 몇 년 동안 관대한 도움과 소중한 의견을 준 줄리 베팅거에게 특별히 감사하고 싶습니다.

마지막으로, 크리스티 맥도널드 편집장님, 감사합니다. 함께 일하며 내내 즐거웠습니다. 편집장님의 강한 신념과 부드러움, 확고한 결단에 감사합니다. 그리고 밥, 수재너, 잭키, 브라이언과 아베마리아 출판사, 그와 연계된 팀 전체, 이 책을 지금 모습으로 만들어 준 여러분의 지혜와 전문성에 감사를 드립니다. 여러분은 모두책 만드는 기술과 재능이 뛰어난 사람들입니다.

주註

추천의 말

1) 이 책에 나오는 '봉사자, 사목자minister'라는 말은, 저자가 넓은 맥락에서 성직자와 평신도, 모든 그리스도교 종파에서 그리스도의 이름으로 봉사하는 사람들을 포함하는 의미로 사용합니다. 이 책의 저자는 성사를 집행하고 사목을 하는 사제직을 교회의 다른 직무와 구별되는 독특한 직무로 인정합니다. 평신도들은 세례 때 받은 소명으로, 자신들이 영향을 미치는 특정한 영역에서 성령님의 은사의 도움을 받아 그리스도의 사랑을 전하는 독특한 역할을 합니다. 이 다양한 봉사 직무에 대한 자세한 논의에 관해서는 제2차 바티칸 공의회, 『기쁨과 희망』(Gaudium et Spes, 「현대 세계의 교회에 관한 사목 헌장」)을 참조하십시오.

2) 제2차 바티칸 공의회 문헌, 『사제 양성에 관한 교령』(Optatam Totius), 8 참조; 베네딕토 16세 교황, 폴란드 바르샤바에서 사제들에게 하신 강론 (2006년 5월).

3) 베네딕토 16세 교황, 2006년 5월 강론.

4) Pope Benedict XVI, *Jesus of Nazareth: From the Baptism in the Jordan to the Transfiguration*(New York: Random House, 2007), 176.

5) Christopher West, *Theology of the Body Explained: A Commentary on John Paul II's "Gospel of the Body"*, rev. ed.(Boston: Pauline Books, 2003), 60.

1장 "건강해지고 싶으냐?"

1) "Data: Indicators", World Bank, http://data.worldbank.org/indicator.
   2013년 9월 16일 접속.

2) Pope Benedict XVI, *Jesus of Nazareth*, 176.

3) '가족 회복 프로그램'은 한 사람이 대개 여러 세대에 걸친 자신의 가족사를
   재연하는 것입니다. 이 프로그램에서는 가족 구성원의 대표로 뽑힌 사람
   들이 역할 놀이를 합니다. 이들은 연기를 하는 것이 아니라 그냥 어느 한
   입장에서 자신의 경험을 이야기하게 됩니다. 이상하게 들릴 수 있지만, 이
   것은 깊은 상처와 가족 간의 역동적 관계를 치유하는 데 아주 강력한 힘
   을 가진 방법입니다. 이에 대해 더 관심이 있으면, 빌 네린이 저술한 다음
   의 책을 추천합니다. Bill Nerin, *Family Reconstruction: A Long Day's
   Journey into Light*(New York: Norton, 1986).

2장 선하신 스승

1) 참조: Henri J. M. Nouwen, *The Return of the Prodigal Son: A Medita-
   tion on Fathers, Brothers, and Sons*(New York: Doubleday, 1992); Neal
   Lozano, *The Older Brother Returns: Finding a Renewed Sense of God's
   Love and Mercy*(Clinton Corners, NY: Attic Studio, 1995).

2) 프란치스코 교황, 매일 미사 강론: 진복팔단(2013년 6월 10일).

3장 자비로우신 치유자

1) Leanne Payne, *The Healing Presence: How God's Grace Can Work in
   You to Bring Healing in Your Broken Places and the Joy of Living in
   His Love*(Westchester, IL: Crossway, 1989), 139.

2) 교회 역사에서 신앙인들은 성경뿐 아니라 믿는 이들의 삶과 (루르드와 같은)

성지에서 일어난 기적들을 언제나 믿었습니다. 그러나 엄밀히 말해 교회는 오랫동안 철저히 조사한 후에 타당하다고 인정하는 하느님의 초자연적 개입을 정의할 때 기적이란 용어를 사용합니다. 교회만이 어떤 것이 진정한 기적이라고 공식적으로 선포합니다. 이 책에서는 이 용어를, 하느님께서 치유하시거나 자연을 다르게 변화시키며 분명하게 개입하시는 일을 포함하는 좀 더 넓은 의미로 사용합니다. 이 책에서 이야기하는 기적 중에 교회가 조사하여 인정한 것은 없습니다. 하지만 증언자, 사목자, 의사, 상담 치료사 등이 많은 기적을 '비공식적으로' 확인하였습니다.

3) 성 요한 바오로 2세 교황, 『신앙과 이성』(Fides et Ratio) 참조.

4) Francis MacNutt, *Healing*(Notre Dame, IN: Ave Maria Press, 1999), 11.

5) Gary Oates, *Open My Eyes, Lord: A Practical Guide to Angelic Visitations and Heavenly Experiences*(New Kensington, PA: Whitaker, 2004).

6) 프란치스코 교황, 「기도는 기적을 일으킨다」, 로세르바토레 로마노, 22호, 2013년 5월 29일.

7) '랜디 클라크와 함께하는 세계 회복'이 이 봉사 팀을 주도하였습니다. http://globalawakening.com 참조.

8) MacNutt, *Healing*, 11.

4장 사랑받는 자녀

1) Peggy Papp, *The Process of Change*(New York: Guilford, 1983).

2) 닐 로자노는 자신의 책에서 하느님의 자녀라는 정체성의 축복이 치유의 열쇠라고 이야기합니다. Neal Lozano, *Unbound: A Practical Guide to Deliverance*, (Grand Rapids, MI: Chosen, 2010).

3) 프란치스코 교황, 예수 성심 대축일 강론(2013년 7월 7일).

4) Jack Frost, *Spiritual Slavery to Spiritual Sonship*(Shippensburg, PA: Des-

tiny Image, 2006) 참조.

5) Nouwen, *Return of the Prodigal.*

6) Lozano, *Older Brother Returns.*

7) John Eldredge, *Wild at Heart*(Nashville: Thomas Nelson, 2006).

8) James Keating, "Christ Is the Sure Foundation: Priestly Human Formation Completed in and by Spiritual Formation," *Nova et Vetera* 8, no. 4(2010): 883-899, 885.

9) 제2차 바티칸 공의회 문헌, 『기쁨과 희망』(Gaudium et Spes. 현대 세계의 교회에 관한 사목 헌장), 22.

10) Pope Benedict XVI, *Jesus of Nazareth*, 18.

5장 전인적全人的 관점

1) 성 요한 바오로 2세 교황, 『신앙과 이성』(Fides et Ratio) 참조.

2) John Paul II, *Man and Woman He Created Them: A Theology of the Body*, trans. Michael W. Walstein(Boston: Pauline, 2006), 특히 1부 참조.

3) 성 요한 바오로 2세 교황, 『인간의 구원자』(Redemptor Hominis), 10.

4) Pope John Paul II, *Crossing the Threshold of Hope*(New York: Knopf, 1994), 228.

5) Pope Benedict XVI, *Jesus of Nazareth*, 176.

6) International Catholic Charismatic Renewal Services (ICCRS) Doctrinal Commission, *Guidelines on Prayers for Healing*, 5th ed.(Vatican City, 2007), 37-39.

7) 질병 통제 방역 센터와 브루스 립톤 스탠퍼드 의과 대학 홈페이지에서 인용. Healing Codes: Heal Yourself, http://www.healingcodes.com.

8) 참조: Harold G. Koenig, Michael E. McCullough, and David B. Lar-

son, *Handbook of Religion and Health*(Oxford: Oxford University Press, 2001); Harold G. Koenig, *The Healing Power of Faith: How Belief and Prayer Can Help You Triumph Over Disease*(New York: Simon & Schuster, 2001).

9) J. Brennan Mullaney, *Authentic Love: Theory and Therapy*(New York: St. Pauls/Alba House, 2008), 17.

10) 같은 책.

11) Pope Benedict XVI, *Jesus of Nazareth*, 177.

12) 참조: 마태오 린, 쉐일라 파브리칸트 린, 데니스 린, 『상처받은 마음 치유하는 기도』 김종오 역, 생활성서사, 2019; Erik H. Erikson, *The Life Cycle Completed*(New York: Norton, 1997).

6장 나무와 열매

1) Pope John Paul II, *Man and Woman*, 4:1.

2) 스티븐 R. 코비가 인용한 성명 미상 저자의 말. Stephen R. Covey, *The Seven Habits of Highly Effective People: Powerful Lessons in Personal Change*(New York: Simon & Schuster, 2004), 46.

3) 성 요한 바오로 2세 교황, 죄의 본성에 대한 일반 알현 강론(1986년 11월 12일).

4) '일곱 가지 죽음의 죄' 홈페이지 참조. http://deadlysins.com.

5) Adolphe Tanquerey, *The Spiritual Life: A Treatise on Ascetical and Mystical Theology*, trans. Herman Branderis(Rockford, IL: Tan Books, 2000), 392.

6) 같은 책.

7) '교만', http://deadlysins.com. 2013년 9월 19일 접속.

8) 참조: Lozano, *Unbound*, 42-48; Beth Moore, *Breaking Free: Making Liberty in Christ a Reality in Life*(Nashville: LifeWay, 1999), 225-228.

9) Andy Reese, *Sozo Training Manual*(Freedom Resources, 2007), 25.

10) Moore, *Breaking Free*, 226.

11) 우울함이 언제나 억압된 분노로 인해 생기는 것은 아닙니다.

12) 참조: Blair Justice, *Who Gets Sick: Thinking and Health*(Houston: Peak Press, 1987); 미국 스트레스 협회(AIS), http://www.stress.org; 미국 심장 협회; 국가 관절 근골격 피부 협회; 정신 건강 협회(NIMH).

7장 상처 해부

1) Patrick Carnes, *Contrary to Love: Helping the Sexual Addict*(Minneapolis: CompCare, 1989).

2) Russell Willingham, *Breaking Free: Understanding Sexual Addiction and the Healing Power of Jesus*(Downers Grove, IL: InterVarsity Press, 1999); Carnes, *Contrary to Love*.

3) James G. Friesen et al., *The Life Model: Living from the Heart Jesus Gave You*(Pasadena, CA: Shepherd's House, 1999), 69-70.

4) 같은 책, 70-72.

5) John Wimber and Kevin Springer, *Power Healing*(New York: Harpercollins, 1987), 87-88.

6) Edward M. Smith, *Theophostic Prayer Ministry: Basic Training Seminar Manual*(Campbellsville: KY: New Creation, 2007), 104-108.

7) 에드워드 스미스 목사님은 수치 상처를 '더러움'과 '수치', 두 가지 유형으로 설명합니다. 저는 그 둘을 하나의 범주로 묶어 '수치'라 표기합니다.

8) "Pelagius and Pelagianism," Catholic Encyclopedia, New Advent,

2009, http://www.newadvent.org/cathen/.

8장 구원에 이르는 고통

1) 성 요한 바오로 2세 교황, 『구원에 이르는 고통』(Salvifici Doloris), 7.

2) 같은 책, 19.

3) 「주덕(主德), 천상덕(天上德), 추덕(樞德)」, 일곱 가지 죽음의 죄, http://deadlysins.com, 2013년 9월 19일 접속; Fr. Robert Barron, *Seven Deadly Sins and Lively Virtues*, Lighthouse Catholic Media, CD.

4) 성 요한 바오로 2세 교황, 『구원에 이르는 고통』(Salvifici Doloris), 19.

5) 같은 책, 25.

9장 성사와 치유

1) Scott Hahn, *Swear to God: The Promise and Power of the Sacraments*(New York: Doubleday, 2004), 3.

2) 같은 책.

3) Raniero Cantalamessa, *Sober Intoxication of the Spirit: Filled with the Fullness of God*, trans. Marsha Daigle-Williamson(Cincinnati: Servant Books, 2005), 61.

4) 같은 책, 40-43.

5) 프란치스코 교황, 부활 주일 후 월요일 강론(2013년 4월 2일).

6) 성 요한 바오로 2세 교황, 『화해와 참회』, 5.

7) 같은 책.

8) George Weigel, *Evangelical Catholicism: Deep Reform in the Twenty-First-Century Church*(New York: Basic, 2013), 42-43.

9) Briege McKenna, with Henry Libersat, *Miracles Do Happen*(Ann Ar-

bor, MI: Charis, 1996), 59-61.

10) Robert DeGrandis, with Linda Shubert, *Healing through the Mass*, rev. ed.(Mineola, NY: Resurrection Press, 1992), 5.

11) Rolland and Heidi Baker, *There Is Always Enough: The Amazing Story of Rolland and Heidi Baker's Miraculous Ministry among the Poor*(Tonbridge, UK: Sovereign, 2003), 42-43.

12) Pope Benedict XVI, *Benedictus: Day by Day with Pope Benedict XVI*, ed. Peter John Cameron(San Francisco: Ignatius, 2006), 337.

13) 프란치스코 교황, 부활 주일 후 월요일 강론(2013년 4월 2일).

10장 치유 기도

1) 성 요한 바오로 2세 교황, 『진리의 광채』(Veritatis Splendor), 108.

2) Weigel, *Evangelical Catholicism*, 18(베네딕토 16세 교황의 성령 강림 대축일 강론 인용).

3) Pope Benedict XVI, *Benedictus*, 164.

4) Cantalamessa, *Sober Intoxication*, 95.

5) Francis MacNutt, *The Power to Heal*(Notre Dame, IN: Ave Maria Press, 1992), 28.

6) 같은 책, 29.

7) 같은 책, 39.

8) 프란치스코 교황, 「기도는 기적을 일으킨다」.

9) Pope John Paul II, *Man and Woman*, 51:1, 326.

10) Edward M. Smith, *Healing Life's Hurts through Theophostic Prayer* (Ventura, CA: Gospel Light, 2004), 30-31; Betty Tapscott and Robert De-Grandis, *Forgiveness and Inner Healing*(Houston: Tapscott, 1980), 1.

1) 성 요한 바오로 2세 교황, 『인간의 구원자』(Redemptor Hominis), 21.

2) 제2차 바티칸 공의회 문헌, 『기쁨과 희망』(Gaudium et Spes, 현대 세계의 교회에 관한 사목 헌장), 24.

3) Tapscott and DeGrandis, *Forgiveness and Inner Healing*, 1.

4) 성 요한 바오로 2세 교황, 『진리의 광채』(Veritatis Splendor), 35.

5) Tapscott and DeGrandis, *Forgiveness and Inner Healing*, 14-15.

밥 슈츠는 혼인과 가족 전문 상담 치료사로, 35년 이상 상담 치료와 강의 · 연수 활동에 가톨릭 신앙과 치유 은사를 통합해 왔다. 슈츠는 1981년 플로리다 주립 대학교에서 가족 관계로 박사 학위를 받은 후 강의와 상담을 시작하였다. 플로리다 주립 대학교와 탤러해시 지역 전문 대학의 학부와 대학원에서 혼인과 가족 관계, 인간 개발, 응용 심리학, 혼인과 가족 상담 치료 등을 강의했다. 이후 펜실베이니아 몸 신학원과 플로리다 탤러해시 성경학 센터의 교수를 역임하며, 치유와 성생활, 혼인에 대해 강의했다.

슈츠는 플로리다 탤러해시에 있는 요한 바오로 2세 치유 센터의 설립자이자 소장으로, 이 센터에서 그의 팀과 함께 사제, 신학생, 수도자, 혼인한 부부와 다양한 나이와 삶의 단계에 속한 평신도 등 많은 사람을 위해 치유와 수련을 위한 강연 피정을 한다. 참석자가 가장 많은 프로그램은 '전인적 치유'(치유 피정), '가리개 벗기'(혼인자 피정), '거룩한 갈망'(신학생 피정) 등이다. 슈츠와 아내 마지는 슬하에 혼인한 두 딸과 일곱 명의 손주를 두었고, 현재 플로리다 탤러해시에 산다.

"우리 각자의 깊은 곳 어딘가에는
하느님께서 창조한
본래 그 사람이 되고자 하는 불타는 열망이 있다."

미국과 캐나다에서 베스트셀러에 오른
『나는 치유되었다』는 가톨릭 상담 치료사
밥 슈츠가 지도하는 영적, 정서적, 육체
적 치유를 위한 인기 있는 프로그램
을 기반으로 합니다. 카리스마적 영
성의 요소를 통합하고 성경과 교회의
지혜에 흠뻑 젖어 있는 이 책은 성령
과 성사, 기도를 통한 하느님의 치유
능력에 대한 희망을 제시합니다.